WOLFGANG HOHLBEIN

Der Magier

DAS TOR INS NICHTS

WOLFGANG HOHLBEIN

Der Magier

DAS TOR INS NICHTS

tosa

Covergestaltung inkl. Illustration: Joseph Koó

Druck: Ueberreuter Print

www.tosa-verlag.com

Manchmal habe ich das Gefühl, zwei zu sein, und es ist ein Gefühl von so schrecklicher Gewißheit, daß ich es in letzter Zeit immer öfter mit der Angst zu tun bekomme, verrückt zu werden.
Nun gibt es eine ganze Menge Leute – und unter ihnen sind nicht wenige, die sich lautstark als meine Freunde bezeichnen –,die hinter vorgehaltener Hand behaupten, ich wäre es längst, und ganz objektiv betrachtet kann man ihnen diese Meinung nicht einmal verübeln. Was, bitte schön, ist denn wohl sonst von einem jungen Mann zu halten, der sich einen Spaß daraus macht, sich eine schlohweiße, blitzförmig gezackte Strähne ins Haar zu färben, der ein bißchen zu oft auf spiritistischen Sitzungen und in der Nähe gewisser okkulter Kreise gesehen wird, als daß man das noch als harmlosen Spleen bezeichnen könnte, und der im übrigen weder einer geregelten Arbeit noch sonst irgendeiner vernünftigen Tätigkeit nachgeht, sondern seine Tage im allgemeinen mit Nichtstun zubringt und ansonsten die Zeit damit totschlägt, das nicht unbeträchtliche Erbe seines Großvaters aufzuzehren?
Aber ich meine nicht diese Art von Verrücktheit. All diese Dinge – und eine ganze Menge mehr, bei denen meine sogenannten Freunde glattweg graue Haare bekommen würden, wüßten sie davon – kann man mir mit Fug und Recht anlasten, aber der Wahnsinn, von dem ich rede, ist von einer anderen, viel handfesteren Art.
Es begann kurz nach jener schrecklichen Nacht, die mein ganzes Leben verändert hatte, und es wird schlimmer, von Tag zu Tag. Manchmal höre ich Stimmen. Düstere, uralte Stimmen, die in meinem Kopf sind und in einer Sprache reden, die vor zweihundert Millionen Jahren ausgestorben ist, zusammen mit den Wesen, die sie gesprochen haben. Und manchmal habe ich Visionen. Gottlob sind sie bisher

immer nachts gekommen, wenn ich allein war, so daß niemand gemerkt hat, wenn ich schreiend und schweißgebadet aufgewacht bin. Aber sie werden stärker. Deutlicher. Ich kann noch nicht erkennen, was sie bedeuten, aber ich spüre, daß sie in nicht allzuferner Zukunft – in nicht allzuferner Zukunft – Zukunft

Ich schrieb das Wort *Zukunft* noch dreimal, dann schüttelte ich den Kopf, strich die fünf letzten *Zukunfts* aus und knüllte schließlich das ganze Blatt zu einer sauber gepreßten Kugel zusammen, die ich in hohem Bogen in Richtung Papierkorb warf. Sie fiel daneben, rollte ein Stück weit über den Teppich und blieb schließlich liegen. Sie befand sich in ausgezeichneter Gesellschaft dort unten – auf dem weißen Hirtenteppich lag schon ein halbes Hundert ebensolcher Bälle, die alle einen anderen Anfang des Briefes, den ich schon den ganzen Tag zu schreiben versuchte, enthielten. Und jeder davon war so mißlungen wie der vorhergegangene. Der einzige, der bisher von meinen Bemühungen profitierte, war Merlin, mein übergewichtiger Albinokater, dem es ein höllisches Vergnügen bereitete, die kleinen Papierbällchen quer durch das Zimmer und unter die Möbel zu schießen.
Es war zum Verzweifeln – ich fand einfach nicht den richtigen Anfang. Dabei war es mir heute morgen, als ich den Entschluß faßte, diesen Brief zu schreiben, so einfach erschienen – schließlich mußte ich weder etwas erfinden noch versuchen, irgendwelche verborgenen Talente als Märchenerzähler zu entdecken, die in mir schlummern mochten, sondern mich einfach nur an die Wahrheit halten.
Was aber, wenn die Wahrheit zehnmal phantastischer und erschreckender war, als jeder erdachte Roman sein

konnte?
Ich blickte den fast leergeschriebenen Block feindselig an, stand schließlich auf und ging zum Fenster, um hinauszublicken.
Vielleicht lag es daran, daß ich mir nicht ganz sicher war, ob ich das Richtige tat. Es war eine Sache, über die Vorgänge und Dinge jenseits der Wirklichkeit Bescheid zu wissen, aber eine ganz andere Sache, dieses Wissen in einem Brief niederzuschreiben, der an einen vollkommen fremden Menschen adressiert war. Ich wußte nicht viel mehr über diesen geheimnisvollen Mijnheer DeVries, als daß er vor ungefähr zwei Jahren in Amsterdam aufgetaucht war und sich selbst als Medium und Seher bezeichnete. Er hatte in den vergangenen zwei Jahren ein halbes Dutzend Bücher veröffentlicht, die sich allesamt mit Okkultismus und dem »Studium verbotenen Wissens«, wie er es nannte, beschäftigten. Er bewohnte ein großes Haus in Amsterdam und hatte eine kleine Schar treuer Anhänger um sich gesammelt, die ihn als eine Art Guru zu verehren schienen. Und er schlug ein ganz beachtliches Kapital aus seinem »verbotenen« Wissen, das er anscheinend jedermann mitteilte, der bereit und in der Lage war, entsprechend dafür zu bezahlen. Auf den ersten Blick also einer der üblichen Spinner, von denen es in unserer Zeit leider nur zu viele gab.
Aber nur auf den ersten Blick. Auch ich hatte DeVries ganz automatisch jener Kategorie krimineller Subjekte zugeordnet, die sich die Leichtgläubigkeit der Menschen zunutze machten, um ihnen mit viel Hokuspokus und ein paar Jahrmarktstricks das Geld aus den Taschen zu ziehen. Aber dann, vor etwa einem Monat, war mir eines seiner Bücher in die Hände gefallen, und ich hatte ein wenig darin geblättert. Mich hatte – gelinde gesagt – fast der

Schlag getroffen.
Das Buch war Schund, nicht das Papier wert, auf dem es gedruckt war, aber das, was zwischen den Zeilen stand, war der reinste Sprengstoff. Noch am selben Tag hatte ich mir auch alle anderen Werke Henk DeVries' besorgt und in einer einzigen Nacht durchgelesen.
Die Bücher, in denen eine Art hausgemachte, reichlich kruse Theologie vertreten wurde, wimmelten nur so von Andeutungen und Zitaten, die mein ungutes Gefühl schon nach kurzer Zeit in hellen Schrecken verwandelt hatten. DeVries wußte um die Geschichte der Großen Alten. Er wußte um das Necronomicon – er zitierte sogar daraus, wenn auch gottlob so zusammenhanglos, daß der größte Schaden, den diese Zitate anrichten konnten, ein paar verknotete Stimmbänder waren –, und er wußte um das Geheimnis der SIEBEN SIEGEL DER MACHT. Wahrscheinlich gab es außer mir auf der ganzen Welt nur eine Handvoll Menschen, die die geheimnisvollen Andeutungen in DeVries' Büchern erkennen konnten, aber eines war mir sofort klar gewesen: Entweder war dieser DeVries ein Verrückter, oder er war ein Eingeweihter, der versuchte, auf diesem Wege Kontakt mit anderen aufzunehmen, während er sich nach außen hin ganz bewußt den Anschein eines Spinners gab, für den sich allenfalls das Betrugsdezernat interessieren würde. So oder so mußte ich mit ihm in Verbindung treten, sei es, um einen Verbündeten zu finden, oder um diesem sauberen Mijnheer ein bißchen auf die Finger zu klopfen und ihm das Handwerk zu legen.
Das Problem war bloß, daß ich nicht an ihn herankam.
Ich versuchte ihn anzurufen – zwecklos. Meist meldete sich nur die unpersönliche Stimme eines Anrufbeantworters, und die beiden Male, da ich wirklich mit einem lebenden Menschen sprach, geriet ich an einen äußerst zuvor-

kommenden, aber auch äußerst hartnäckigen Sekretär, der mir mitteilte, daß der Meister im Moment leider nicht zu sprechen sei. Ich hinterließ meine Adresse direkt bei ihm sowie ungefähr ein dutzendmal auf der Tonbandkassette des Anrufbeantworters, doch Mijnheer DeVries machte sich niemals die Mühe zurückzurufen.
Danach schickte ich einen Mann nach Amsterdam – vergebens. Er rannte sich im übertragenen Sinne den Schädel am Tor von DeVries' Festung ein, denn um nichts anderes handelte es sich bei seinem sogenannten Tempel, wie er mir schriftlich berichtete. Ganz egal, wie und mit welchen Argumenten er zu DeVries vorzudringen versuchte, er wurde stets höflich, aber sehr bestimmt abgewimmelt. Ich bin ein vermögender Mann, und ein Mann mit Einfluß. Ich lege keinen Wert darauf, aber wenn ich wollte, könnte ich mir sogar eine Audienz bei der Queen ertrotzen. Bei Mijnheer DeVries biß ich auf Granit, wie man so schön sagt.
Also beschloß ich, ihm einen Brief zu schreiben. Natürlich würde ich ihm nicht die ganze Wahrheit erzählen, aber immerhin genug, um ihn neugierig zu machen. Wenn er auch darauf nicht antwortete – nun, damit würde ich mich später beschäftigen.
Zunächst einmal galt es die Frage zu lösen, wie ich diesen vertrackten Brief beginnen sollte. Was sollte ich ihm schreiben? Daß ich Robert Craven, der Sohn des legendären Hexers war, einer der wenigen Eingeweihten und vielleicht der letzte echte Magier? Daß ich um die Geschichte der Großen Alten wußte, jenes furchtbaren Volkes dämonischer Götter, die zweihundert Millionen Jahre, bevor es Menschen gab, die Erde beherrscht hatten und die auch heute noch existierten, eingekerkert in Gefängnissen jenseits der Zeit? Daß ich selbst sie vor zwei Jahren daran ge-

hindert hatte, die SIEBEN SIEGEL DER MACHT zusammenzufügen und somit aus ihren Kerkern auszubrechen, und daß ich seither an der Vervollständigung meiner magischen Kräfte arbeitete, weil ich sicher war, daß sie es noch einmal versuchen würden? Daß sich in meinem Wandsafe das meines Wissens nach einzige echte Exemplar des Necronomicons befand, jenes sagenumwitterten magischen Buches, in der der verrückte Araber Abdul Alhazred die Geschichte der Großen Alten niedergeschrieben hatte, samt einer Sammlung widerwärtigster Beschwörungsformeln, mit deren Hilfe man sich ihrer Macht bedienen konnte? Oder daß ich im Besitz eines Gegenstandes war, der eine direkte Verbindung zu ihrer Welt darstellte, nämlich der magischen Uhr meines Vaters, die der Eingang zu einem Tunnel war, der geradewegs in den Wahnsinn führte?

Als wäre dieser Gedanke ein Stichwort gewesen, drehte ich mich vom Fenster weg und sah die Uhr an. Es war ein Monstrum von einer Standuhr – fast zwei Meter groß und wuchtig wie ein Schrank, und sie protzte mit gleich vier Zifferblättern, von denen allerdings nur eines – das größte – die Zeit anzeigte. Was die Zeiger und Symbole der drei anderen maßen, wußte niemand, mich eingeschlossen. An ihrer Tür glänzte ein kleines, harmlos aussehendes Schloß, das es aber in sich hatte. Mir war von dem Mann, der es angebracht hatte, versichert worden, daß niemand imstande war, dieses Schloß zu öffnen, außer mit dem passenden Schlüssel oder einer Stange Dynamit, und er mußte es wissen. Er war der ungekrönte König der englischen Safeknacker gewesen, ehe mein Freund Jeremy Card ihn dingfest gemacht und für zwanzig Jahre hinter Gitter geschickt hatte.

Und trotzdem hatte ich manchmal das Gefühl, daß dieses

Schloß nicht reichte. Seit jener entsetzlichen Nacht, in der Jeremy und ich die Uhr betreten hatten, um Priscilla am Zusammenfügen der SIEBEN SIEGEL zu hindern, hatte sie sich nicht mehr gerührt, war sie wieder nichts weiter als ein altes kurioses und ausgesprochen häßliches Möbelstück gewesen, das ganz und gar nicht zur restlichen Einrichtung meines Arbeitszimmers paßte. Doch ich traute dem Frieden nicht. Eine finstere, lauernde Macht wohnte ihr noch immer inne, das spürte ich wie einen üblen Geruch. Ich hatte einmal versucht, mich von dieser Uhr zu trennen; das Ergebnis war so katastrophal gewesen, daß ich keinen zweiten Versuch unternommen hatte. Mit einem Seufzer schüttelte ich die trüben Gedanken ab und verließ das Arbeitszimmer, um ins Speisezimmer hinunterzugehen, denn es war Essenszeit. In der Tür blieb ich nochmals stehen und lockte Merlin, aber der Kater war zu sehr damit beschäftigt, eine heroische Schlacht gegen meine Papierkügelchen zu schlagen. Ich ließ ihn gewähren. Selbst ein fünfundzwanzig Pfund schwerer Perserkater braucht von Zeit zu Zeit seine Erfolgserlebnisse.
Mary, die Haushälterin, hatte das Essen bereits aufgetragen, und es schmeckte, wie üblich, ganz ausgezeichnet. Trotzdem stocherte ich so lange lustlos auf meinem Teller herum, bis sich Mary ein strafendes Stirnrunzeln und ein herausforderndes »Stimmt etwas mit dem Essen nicht, Sir?« nicht mehr verkneifen konnte.
Ich schüttelte hastig den Kopf und beeilte mich, eine volle Gabel in den Mund zu stopfen. Mary war eine Perle; ich hätte nicht gewußt, wie ich Andara-House ohne sie hätte führen sollen. Aber sie konnte manchmal eine recht stachelige Perle sein.
»Keineswegs«, sagte ich mit vollem Mund. »Das hat nichts mit Ihrem Essen zu tun, Mary, bestimmt nicht. Ich mußte

nur an etwas denken.«
»So?« sagte Mary spitz. »Warum tun Sie das nicht einfach nach dem Essen, Sir? Ein voller Magen denkt leichter.«
Eine sonderbare Theorie – doch ich hütete mich, ihr zu widersprechen, sondern beugte mich tiefer über meinen Teller. Aber wenn Mary einmal in Fahrt gekommen ist, gibt sie nicht so leicht auf. Wie gesagt, Mary war eine Perle – aber seit dem Tode meines Großvaters bewohnte ich das riesige Herrenhaus allein, und Mary war wohl der Meinung, daß auch ein zwanzigjähriger Millionärserbe und Magier geordnete Verhältnisse braucht, und so versuchte sie eben manchmal als Muttterersatz zu fungieren. Nicht, daß ich wirklich etwas dagegen gehabt hätte – aber gelegentlich ging sie mir damit auch gehörig auf die Nerven.
»Sie haben wieder den ganzen Tag am Schreibtisch gesessen, wie?« fragte sie.
Ich nickte und aß weiter.
»Ein junger Mann wie Sie gehört an die frische Luft«, erklärte Mary, als ich ihr nicht den Gefallen tat zu antworten. »Sie verderben sich noch die Augen mit der ewigen Leserei«, fügte sie vorwurfsvoll hinzu. »Seit Monaten tun Sie nichts anderes, als in diesen staubigen alten Büchern zu schmökern.«
Ich antwortete auch darauf nicht, worauf Mary tief gekränkt aus dem Zimmer rauschte. Zumindest konnte ich jetzt in Ruhe zu Ende essen, dachte ich.
Weit gefehlt.
Es vergingen keine zehn Sekunden, als aus der Halle ein so markerschütternder Schrei erscholl, daß ich wie von der Tarantel gestochen aufsprang und mit zwei gewaltigen Schritten an der Tür war.
Mary schrie nicht mehr. Sie stand stocksteif da, hatte beide Hände vor den Mund geschlagen und blickte aus

entsetzt aufgerissenen Augen und leichenblaß auf Merlin herab, der ein paar Schritte vor ihr saß.
Und als ich den Kater ansah, verstand ich Marys Schrekken. Zwischen Merlins Fängen hing nichts anderes als eine tote Ratte. Eine der größten Ratten überdies, die ich je gesehen hatte.
Aus den übrigen Räumen kam das Personal zusammengelaufen, denn Marys Schrei war natürlich überall im Haus gehört worden. Ich sah, wie Harlan, mein neuer Hausdiener, mit einem Schürhaken bewaffnet aus der Küche gestürzt kam, winkte hastig ab und näherte mich dem Kater. Merlin blickte mir stolz entgegen, und er wehrte sich auch nicht, als ich dicht vor ihm in die Hocke ging und nach seiner Beute griff, allerdings mit einem spürbaren Ekelgefühl und spitzen Fingern. Ich bin nicht zimperlich, und im allgemeinen habe ich auch keine Angst vor Ratten, aber diese hier war ein wahres Monster. Den Schwanz mitgerechnet, war sie fast so groß wie eine normale Katze. Wäre Merlin nicht rein zufällig der mit Abstand größte und fetteste Kater gewesen, der mir je untergekommen war, dann hätte er sie kaum so mühelos schlagen können.
»Braver Junge«, sagte ich. »Das hast du gut gemacht, Merlin – aber jetzt gib mir die Ratte.« Merlin sah mich beifallheischend an, begann mit dem Schwanz zu wedeln – was bei Katzen nicht unbedingt ein gutes Zeichen sein muß – und grub seine Fänge nur noch tiefer in den Rattenkörper. Erst zusammen mit Harlan gelang es mir, Merlin den toten Nager abzunehmen. Mary keuchte entsetzt und machte Anstalten, in Ohnmacht zu fallen, als ich mich aufrichtete und die tote Ratte dabei am Schwanz hielt. Und auch ich spürte einen eisigen Schauer, als ich sah, wie groß die Ratte wirklich war.
»Bringen Sie dieses Tier weg, Harlan«, sagte ich.

Harlan schluckte, ergriff die Ratte aber gehorsam am Schwanz und trug sie fort, wobei er sie allerdings so weit von sich weghielt, wie er nur konnte. Merlin maunzte enttäuscht und machte einen Versuch, hinter ihm herzulaufen, um sich sein zweites Abendessen doch noch zurückzuerobern, aber ich packte ihn rasch im Nacken und hob ihn hoch. Zum Dank biß er mir kräftig in den Daumen und zerkratzte mir beide Hände, ehe er mit einem Satz verschwand.

Fluchend steckte ich meinen blutenden Daumen in den Mund, blickte dem Kater einen Moment lang mit Mordgedanken im Kopf hinterher und sah dann nach oben. Eines der Papierkügelchen, mit denen Merlin im Arbeitszimmer gekämpft hatte, war auf den Gang und ein paar Stufen die Treppe hinuntergerollt. Und trotz der großen Entfernung sah ich deutlich, daß es blutbeschmiert war.

Plötzlich war ich doch ein wenig beunruhigt. Wo eine Ratte war, da konnten auch noch mehr sein, und das Tier war groß genug, um selbst einem Menschen gefährlich zu werden. Ich ging ein paar Schritte die Treppe hinauf, blieb aber dann stehen und wartete, bis Harlan zurück war, ehe ich zusammen mit ihm das Arbeitszimmer betrat.

Wir durchsuchten das Zimmer von einem Ende zum anderen. Die Spuren des Kampfes waren unübersehbar – die Ratte mußte sich verzweifelt gewehrt haben, ehe Merlin sie schließlich in eine Ecke gedrängt und erlegt hatte, wie sich anhand der Blutspuren leicht rekonstruieren ließ. Aber das war auch alles, was wir herausfanden. Es gab keine Erklärung für das plötzliche Auftauchen der Ratte: Die Fenster waren geschlossen, die Fußleisten und Wände unversehrt – Harlan und ich rückten jedes einzelne Möbelstück ab und sahen selbst hinter die Bücher in den Regalen –, und der Fußboden bestand unter dem aufgelegten

Parkett aus Beton, an dem sich selbst eine Ratte die Zähne ausgebissen hätte. Kurzum, wir fanden keinerlei Hinweis darauf, wie das Tier hier hereingekommen war. Es gab ja nicht einmal eine Klimaanlage, durch deren Schächte die Ratte hätte heraufklettern können.

Andererseits – Andara-House war ein sehr großes Haus, eine Stadtvilla, die zwar relativ neu, aber nach Originalplänen aus dem neunzehnten Jahrhundert errichtet worden war, einer Zeit also, in der man noch großzügig zu bauen verstand. Und zumindest ihre Keller waren so alt, wie die überirdischen Teile zu sein vorgaben. Dort unten mochte sich alles mögliche Ungeziefer herumtreiben. Der Vorfall erstaunte mich, aber ich verschwendete auch nicht allzu viele Gedanken daran, sondern wies Harlan nur an, die Augen ein bißchen offenzuhalten und einen Kammerjäger zu rufen, sollte sich weiteres Ungeziefer zeigen. Danach zog ich mich um und verließ das Haus. Ich hatte eine Verabredung mit Jeremy – jene schreckliche Nacht, die wir gemeinsam erlebt hatten, war der Anfang einer tiefen Freundschaft gewesen, und seit damals trafen wir uns regelmäßig in seinem Club, um Schach zu spielen oder einfach ein wenig zu reden. Als ich in den Porsche stieg und losfuhr, hatte ich die Ratte schon längst vergessen.

Der Butler, der mir eine halbe Stunde später die Tür des Clubhauses öffnete, behandelte mich wie immer mit ausgesuchter Höflichkeit, aber mir entging der tadelnde Blick keineswegs, mit dem er mich maß, als er glaubte, ich sähe es nicht. Es hatte Jeremy Card all seinen Einfluß gekostet, mir überhaupt Zugang zu diesem Club zu ermöglichen, der einer der ältesten und traditionsbewußtesten der Stadt war. Und nicht einmal das Personal machte einen großen Hehl daraus, daß ich nicht unbedingt dem Standard der Gäste entsprach. Zum einen war ich zu jung. In einem

Club wie diesem erwartete man gesetzte ältere Herren von Rang und Bedeutung, keinen Zwanzigjährigen, dessen einziger Verdienst darin bestand, zufällig der Erbe eines großen Vermögens zu sein, Herren mit graumelierten Schläfen und Maßanzügen, keinen jeanstragenden Porschefahrer, der sich noch dazu eine weiße Strähne ins Haar gefärbt hatte. Zumindest im letzten Punkt war ich allerdings unschuldig – die schlohweiße, wie ein Blitz gezackte Haarsträhne, die sich von meinem Scheitel bis zur linken Schläfe zieht, war ein Scherz der Natur, mit dem ich bereits auf die Welt gekommen war, ebenso wie mein Vater und vor ihm dessen Vater – aber wer würde mir das wohl glauben, in einem Zeitalter, in dem es Mode war, sich das Haar in grünviolette Streifen zu färben und sich Sicherheitsnadeln durch die Wangen zu stecken?
Nicht, daß mich die Mißbilligung der anderen Clubmitglieder irgendwie störte – ganz im Gegenteil. Anfangs hatte ich mir sogar einen Spaß daraus gemacht, sie durch ein bewußt saloppes Benehmen noch weiter zu reizen; bis Jeremy, der wegen seiner schroffen Art ohnehin ein gewisses Außenseiterdasein im Club führte, mich eines Tages zur Seite nahm und mich bat, es nicht zu übertreiben. Sonst würden wir uns nämlich bald beide vor der Tür wiederfinden. Danach trat ich ein bißchen kürzer. Das letzte, was ich wollte, war, ihm irgendwelchen Ärger zu bereiten. Und nach und nach hatten sich die anderen Clubmitglieder an mich gewöhnt.
Auch an diesem Abend sah kaum noch jemand auf, als ich den Rauchersalon betrat und zielstrebig auf Jeremy zuging, der wie immer vor mir eingetroffen war. Und wie meist hatte er das Schachbrett bereits aufgebaut und eine Pfeife entzündet. Jeremy Card war eigentlich überzeugter Nichtraucher – außer wenn wir Schach spielten. Und ins-

geheim hegte ich den Verdacht, daß in seiner Pfeife noch irgend etwas anderes sein mußte als Tabak, denn das einzige Mal, daß ich ihn auf dem Schachbrett geschlagen hatte, war zugleich das einzige Mal gewesen, daß er nicht geraucht hatte.

»Nimm Platz, Robert«, sagte er und machte eine einladende Handbewegung. »Wie du siehst, habe ich deinen ersten Zug schon gemacht.«

Ich überhörte den Spott in seiner Stimme. Ich spielte immer mit Weiß, und ich begann immer mit demselben Zug – Bauer E2 auf E4. Das war vielleicht nicht besonders phantasievoll, aber ich hatte auch nie behauptet, ein guter Schachspieler zu sein. Ich nickte einfach, winkte dem Butler, mir meinen Spezial-Drink zu bringen – Pepsi-Cola mit Schweppes, was meinen Ruf, einfach unmöglich zu sein, im Club noch untermauert hatte –, und sah ihn auffordernd an.

»Dein Zug.«

Jeremy sog genüßlich an seiner Pfeife und streckte die Hand nach dem Brett aus, führte die Bewegung aber nicht zu Ende, sondern ließ sie wieder zurücksinken und sah abwechselnd mich und das Schachbrett an. Er tat so, als überlege er, aber ich wußte, daß dem nicht so war. Ein so exzellenter Spieler wie Card mußte nicht überlegen, wenn er mit einem Schach-Analphabeten wie mir spielte. Es war reiner Psychoterror, der einzig und allein dem Zweck diente, mich nervös zu machen.

»Du siehst nicht besonders gut gelaunt aus«, sagte er.

»Das bin ich auch nicht«, gestand ich. »Ich habe den ganzen Tag versucht, einen Brief an diesen Mijnheer DeVries zu schreiben, aber ich bekomme keine zwei vernünftigen Zeilen zusammen.« Jeremy nickte und machte einen Zug, so beiläufig, daß ich es kaum bemerkte. Ich konterte da-

mit, meinen Damenbauern um ein Feld vorzurücken. Jeremys Stirnrunzeln zeigte deutlich, was er davon hielt.
»Ich weiß nicht, ob es sehr vernünftig ist, wenn du dich überhaupt mit DeVries beschäftigst«, sagte er. »Meiner Meinung nach ist er nichts als ein Scharlatan. Wenn er hier in London sein Unwesen triebe, hätte ich ihn längst eingesperrt.«
»Ich habe dir seine Bücher doch gezeigt, oder?« fragte ich. Jeremy war der einzige Mensch, mit dem ich über meinen Verdacht geredet hatte.
»Sicher. Aber das muß gar nichts bedeuten«, antwortete er. »Er kann das alles irgendwo aufgeschnappt haben.«
»Aufgeschnappt? Ein Zitat aus dem Necronomicon?«
»Warum nicht?« antwortete Jeremy und machte einen weiteren Zug. »Das Buch ist alt, Robert. Wer weiß, wie oft es kopiert worden ist.« Er schüttelte überzeugt den Kopf, wartete meinen Zug ab und konterte blitzschnell. »Wenn dieser DeVries wirklich ein Magier wäre, dann hätte er es nicht nötig, Dummköpfen das Geld aus der Tasche zu ziehen.«
»Vielleicht ist es eine Tarnung«, erwiderte ich.
Jeremy schnaubte. »Eine schöne Tarnung, die ihn ins Gefängnis bringen wird.«
Ich blickte vom Schachbrett hoch und sah ihm nachdenklich ins Gesicht. »Sagst du das nur so, oder hast du etwas in Erfahrung gebracht?« fragte ich. Ich hatte Jeremy schon vor Wochenfrist gebeten, seine Verbindungen zur Amsterdamer Polizei spielen zu lassen, um mehr Informationen über den geheimnisvollen Mijnheer DeVries zu bekommen.
»Leider nicht«, antwortete er. »Ich habe es versucht, aber mein Freund in Amsterdam kann im Moment keine Zeit für Gefälligkeiten erübrigen. Dort drüben ist der Teufel

los.«
Ich blickte fragend.
»Ich weiß auch nichts Genaues«, erklärte Jeremy. »Eine höchst spektakuläre Einbruchsserie, soweit ich gehört habe. Jemand stiehlt alles, was nicht niet- und nagelfest ist, ohne auch nur die geringsten Spuren zu hinterlassen.«
Nun, das ging mich nichts an. »Ich werde ihm schreiben«, antwortete ich. »Und wenn er auch auf meinen Brief nicht antwortet, fahre ich selbst zu ihm. Wenn ich diesem Mann gegenüberstehe, dann weiß ich, ob er ein Scharlatan ist oder nicht.« Das war nicht übertrieben. Ich hatte eine Menge erstaunlicher Fähigkeiten und Talente an mir entdeckt, seit ich das magische Erbe meines Vaters angetreten hatte, aber die vielleicht erstaunlichste Begabung von allen hatte ich schon immer besessen. Es war unmöglich, mich zu belügen. Ganz gleich, wer es versuchte, und ganz gleich, wie geschickt und überzeugend er es tat, ich wußte stets, ob mein Gegenüber die Wahrheit sprach oder nicht. Es hatte gewisse Vorteile, der Sohn eines leibhaftigen Magiers zu sein.
Jeremy seufzte und machte einen weiteren Zug. »Du gibst wohl nie auf, wie?« fragte er.
»Was soll ich aufgeben?« fragte ich. »Nach jemandem zu suchen, der uns hilft?«
»Helfen?« Jeremy machte eine abfällige Handbewegung. »Aber wobei denn? Die Großen Alten sind vernichtet, Robert. Sie werden –«
»Sie sind nicht vernichtet«, unterbrach ich ihn, schärfer und wohl auch ein bißchen lauter, als ich eigentlich gewollt hatte, denn einige der Gesichter an den Nachbartischen wandten sich uns zu und blickten tadelnd. Ich senkte meine Stimme, als ich weitersprach. »Wir haben einen von ihnen vernichtet, Jeremy, und auch das mehr

durch Glück und Zufall als aus irgendeinem anderen Grund. Cthulhu und elf seiner Brüder leben noch, und sie werden sich nicht so schnell besiegt geben.«
Jeremy seufzte erneut. Aber er widersprach nicht mehr. Es war weiß Gott nicht das erste Mal, daß wir dieses Gespräch führten. Jeremy kannte die Geschichte der Großen Alten so gut wie ich, und er wußte so gut wie ich, daß sie wahr war – aber im Gegensatz zu mir glaubte er anscheinend nicht, daß sie sofort nach einem anderen Weg suchen würden, ihr Zeitgefängnis zu verlassen, nachdem wir sie einmal geschlagen hatten.
»Schach« sagte er plötzlich, wartete, bis ich verblüfft auf das Brett und seinen letzten Zug herabsah und fügte hinzu: »Und Matt.«

Es ging auf Mitternacht zu, als wir nach Andara-House zurückkehrten. Jeremy und ich hatten noch lange geredet, nicht nur über Mijnheer DeVries und Schach, sondern über alles mögliche, und wie so oft hatte ich ihn eingeladen, mich noch auf einen Schlummertrunk nach Hause zu begleiten. Die Villa war dunkel und still, als ich die Tür öffnete. Harlan und die Mädchen waren schon lange nach Hause gegangen, und auch Mary schlief anscheinend schon, denn hinter den Fenstern ihres Zimmers im Erdgeschoß brannte kein Licht mehr.
Jeremy bedeutete mir mit stummen Gesten, schon vor zu gehen, und warf Hut und Mantel achtlos auf die Garderobe und verschwand im Gäste-WC. Einen Moment wartete ich unschlüssig, dann durchquerte ich die Halle und stieg die Treppe ins erste Stockwerk hinauf.
Der knöcheltiefe Teppich dämpfte meine Schritte, aber wie immer, wenn ich abends allein durch die schier endlosen Gänge der Villa ging, bemühte ich mich instinktiv, be-

sonders leise aufzutreten und ja kein Geräusch zu machen. Lautlos öffnete ich die Tür zur Bibliothek, tastete nach dem Lichtschalter und legte ihn um.
Nichts geschah. Ich versuchte es noch einmal, sah endlich ein, daß wohl die Birne durchgebrannt war und trat vollends ins Zimmer.
Der Raum war dunkel, nur durch ein Fenster, dessen Vorhänge nicht ganz zugezogen waren, fiel ein schwacher Streifen silbernen Mondlichtes herein, so daß ich die Umrisse der Möbel als schwarze Schatten erkennen konnte. Vor der südlichen Wand leuchteten die vier Zifferblätter der Standuhr wie geheimnisvolle, mattgrüne Augen. Ich schloß die Tür hinter mir, ging zum Schreibtisch und streckte die Hand nach der Tischlampe aus.
Irgendwo hinter mir raschelte etwas.
Das Geräusch war nicht sehr laut, dennoch löste es in mir eine unklare, aber heftige Empfindung von Gefahr aus.
Ich erstarrte mitten in der Bewegung, zog die Hand behutsam zurück und drehte mich ganz langsam herum. Draußen vor dem Fenster rissen die Wolken auf, und der Streifen silbernen Mondlichtes wurde heller, doch die Dunkelheit, die ihn umgab, schien sich eher noch zu verdichten. Die Schatten wurden schwarz und gleichzeitig härter, wie mit scharfen Tuschestrichen gezogen. Dann wiederholte sich das Rascheln. Und diesmal war es so deutlich, daß ich vollkommen sicher war, es mir nicht bloß eingebildet zu haben.
Mit angehaltenem Atem sah ich mich um. Das Rascheln war jetzt permanent zu hören, ein gedämpfter, scharrender Laut, der mich an das Kratzen kleiner scharfer Krallen erinnerte; gleichzeitig glaubte ich einen schwachen, moderigen Geruch zu verspüren, der aus der gleichen Richtung wie das Geräusch kam.

Meine Hand tastete nach der Schreibtischschublade, zog sie lautlos auf und fand den kleinen Revolver, den ich darin aufzubewahren pflegte. Vorsichtig, um kein überflüssiges Geräusch oder etwa eine verräterisch hastige Bewegung zu machen, nahm ich ihn an mich, drehte mich um und ging mit erzwungen ruhigen Schritten zum Fenster.
Wieder hörte ich den raschelnden Laut, viel deutlicher diesmal – und näher. Es klang, als rieben sich kleine, weiche Körper aneinander. Der Friedhofsgeruch wurde stärker.
Mein Herz begann zu hämmern, und das Verlangen, herumzufahren und aus dem Zimmer zu stürzen, wurde beinahe übermächtig.
Mit aller Selbstbeherrschung, die ich aufzubringen imstande war, trat ich zum Fenster – und zog mit einer einzigen Bewegung den Vorhang zur Seite. Gleichzeitig wirbelte ich herum und riß die Waffe in die Höhe.
Der Anblick ließ mich erstarren.
Das Mondlicht strömte wie ein silberner Scheinwerferstrahl durch das Fenster und tauchte das Arbeitszimmer in beinahe taghelles Licht.
Der Boden bewegte sich! Schwarze Schlangen aus Finsternis bebten und zuckten auf mich zu, bizarre Grimassen aus substanzgewordener Dunkelheit grinsten mich an, glitzernde Spinnenbeine tasteten zitternd in die Luft, und etwas Großes, Körperloses, Schwarzes waberte und wogte wie brodelnder Nebel über dem Boden.
Dann zerstob die Illusion. Die klumpige Dunkelheit ballte sich zu Körpern, und ich sah, was es wirklich war.
Ratten.
Auf dem Teppich vor dem Kamin lagen Dutzende von Ratten, große, häßliche Tiere mit schwarzgrauem Fell, die meisten tot oder sich in Krämpfen windend, andere auf

grauenhafte Weise verstümmelt und verkrüppelt. Nur wenige hatten noch die Kraft, sich mühsam von der Stelle zu rühren.
Für endlose Sekunden blieb ich reglos vor Schreck beim Fenster stehen. Mein Magen krampfte sich zu einem harten, schmerzhaften Klumpen zusammen, meine Hand umklammerte den nutzlosen Revolver so heftig, daß sie zu zittern begann, und trotz des eisigen Schauers, der mir über den Rücken rieselte, brach mir am ganzen Körper der Schweiß aus.
Es war mir unmöglich, den Blick von der grauenhaften Erscheinung abzuwenden.
Die Ratten bildeten einen großen, zuckenden Berg aus Leibern und ineinander verkrallten Gliedmaßen, eine einzige, schwärzliche Masse, die wie ein riesiges bizarres Tier zappelte und bebte. Viele von ihnen hatten sich im Todeskampf in ihre Artgenossen verbissen, andere lagen verkrümmt da, in unmöglichen Haltungen, in die sie die tödlichen Krämpfe gezwungen hatten, und wieder andere waren auf fürchterliche Weise entstellt, die Leiber aufgedunsen und verquollen wie haarige Bälle, mit zerbrochenen Gliedmaßen und Gesichtern ohne Augen und Mäulern; einige hatten große, blutige Wunden im Fell, als wären ihnen ganze Fleischstücke herausgerissen worden.
Erst, als eine der grauenhaft entstellten Kreaturen auf mich zuzukriechen begann, erwachte ich aus meiner Erstarrung.
Mit einem gellenden Schrei sprang ich zurück, prallte schmerzhaft gegen die marmorne Fensterbank und drückte, halb von Sinnen vor Entsetzen und Ekel, den Abzug des Revolvers durch.
Der peitschende Knall zerriß die Stille wie ein Kanonenschlag. Die Kugel verfehlte das Tier und riß eine Hand-

breit neben ihm Splitter aus dem Boden, denn meine Hände zitterten so stark, daß ich die Waffe kaum zu halten, geschweige den zu zielen vermochte. Aber die Ratte erschlaffte trotzdem mitten in der Bewegung, zuckte noch einmal und lag dann still.
Wie zur Antwort auf den Knall des Pistolenschusses ertönte irgendwo im Haus ein erschrockener Ruf, dann hörte ich eine Tür schlagen und Jeremy schreien, aber die Geräusche blieben sonderbar irreal und bedeutungslos. Der furchtbare Anblick hielt mich noch immer gefangen, und mit jeder Sekunde, in der sich meine Augen mehr an die Dunkelheit gewöhnten und ich weitere Einzelheiten zu erkennen vermochte, wuchs der Schrecken.
Die Ratten bildeten einen fast halbmeterhohen, kribbelnden, wogenden Klumpen vor dem Kamin, aber dahinter, wie eine grausige Spur, zog sich eine Kette toter Tiere quer durch die Bibliothek, lief im Zickzack über den Parkettboden und endete vor dem Schreibtisch. Mein Herz schien auszusetzen und hämmerte dann doppelt so schnell weiter, als ich sah, daß einer der entstellten Kadaver direkt neben der Lampe auf der Schreibtischplatte lag – wenige Zentimeter von der Stelle entfernt, an der meine Hand gewesen war.
Ich versuchte, das immer stärker werdende Ekelgefühl zu unterdrücken, trat ein Stück vom Fenster fort und sah, daß sich die Spur aus toten oder sterbenden Ratten hinter dem Schreibtisch fortsetzte, in einem leicht geschwungenen Bogen zur anderen Seite des Zimmers führte und am Fuße der Standuhr abbrach.
Das heißt – nicht an ihrem Fuß.
Draußen auf dem Gang wurden polternde Schritte und Stimmen laut, dann wurde die Tür so heftig aufgestoßen, daß sie wuchtig gegen die Wand krachte, und Jeremy

stürmte herein. Aber ich bemerkte ihn kaum, sondern starrte aus ungläubig aufgerissenen Augen auf die gräßliche Standuhr.
Das angeblich so sichere Schloß war spurlos verschwunden, die Tür des mannshohen, monströsen Möbels stand eine Handbreit offen, und aus dem Spalt blickten mich die gebrochenen Augen einer Ratte an.

Jeremy hatte die Schreibtischlampe eingeschaltet, und das plötzliche Licht tat meinen Augen fast weh. Vielleicht war das Schlimme aber auch nur das Bild, das der helle Schein der Glühbirne so gnadenlos enthüllte. Vorhin, als ich nur Schemen erkannt hatte, war es erschreckend und unheimlich gewesen.
Jetzt war es ein Alptraum.
Es war eine Szene wie aus einem Gemälde von Hieronymus Bosch: auf entsetzliche Weise verstümmelte und verunstaltete Körper, zuckende Bündel aus Fell und rohem, glitzerndem Fleisch und Blut. Tiere, die mit- und ineinander verwachsen waren, grausige Kreaturen, die keinen Anspruch auf Leben hatten. Der Ekel wurde so übermächtig, daß ich mich beinahe übergeben mußte.
»Mein ... Gott ... was ... ist ... das?«
Es dauerte Ewigkeiten, bis die Stimme den Schleier aus Lähmung und grenzenlosem Entsetzen durchbrach, der sich um meine Sinne gelegt hatte, und ich sie als die Jeremys erkannte. Mühevoll löste ich meinen Blick von der entsetzlichen Erscheinung, starrte ihn sekundenlang an und machte einen schwerfälligen Schritt auf die Standuhr zu.
»Nicht«, sagte Jeremy scharf. »Rühr sie nicht an!«
Ich gehorchte. Es war ja nicht das erste Mal, daß ich erlebte, wie sehr der harmlose Eindruck täuschte, den die

vermeintliche Standuhr auf einen unbefangenen Betrachter ausübte, aber sowohl Jeremy als auch ich hatten seit den Ereignissen jener entsetzlichen Nacht, in der mein Vater gestorben war, gehofft, daß das schaurige Tor durch die Zeiten nun endgültig geschlossen, daß die unheimliche Magie der Uhr auf immer zerstört sei. Das Bild, daß sich uns bot, überzeugte uns auf recht drastische Weise vom Gegenteil. Keine zehn Pferde hätten mich jetzt noch dazu gebracht, die Uhr auch nur zu berühren!

»Was ist passiert?« fragte Jeremy. Obwohl er sich Mühe gab, so ruhig und sachlich wie gewohnt zu klingen, hörte ich deutlich das Zittern in seiner Stimme. Ich warf ihm einen raschen Blick zu und bemerkte, daß sein Gesicht bleich wie Schnee und von feinen Perlen glitzernden Schweißes bedeckt war. Sein Adamsapfel hüpfte auf und ab, als müsse er, genau wie ich, schlucken, um seiner Übelkeit Herr zu werden.

»Ich weiß es nicht«, murmelte ich. »Ich bin hereingekommen, und ...« Ich sprach nicht weiter, denn in diesem Moment bewegte sich etwas dicht neben meinem rechten Fuß. Ein kleiner grauer Ball kroch auf mich zu, stieß ein klägliches Quietschen aus und verendete. Voller Entsetzen führte ich mir die Tatsache vor Augen, daß längst nicht alle Ratten tot waren. Ich wies auf die Uhr. »Sie müssen durch das Tor gekommen sein.«

Jeremy sah mich zweifelnd an. Er machte einen Schritt auf die halb offenstehende Uhr zu, blieb stehen und ließ sich dicht neben dem Strom graubrauner toter oder sterbender Ratten in die Hocke sinken. Seine Gelenke knackten. Einen Moment lang sah er sich suchend um, dann deutete er mit einer Kopfbewegung auf das Lineal, das auf meinem Schreibtisch lag, und streckte fordernd die Hand aus.

Ich reichte es ihm. Jeremy drehte sich in der Hocke

herum und angelte mit dem Ende des Lineals nach der Tür der Standuhr. Die Scharniere knirschten leise, als das massive Eichenholzblatt vollends nach außen schwang.
Jeremy prallte mit einem nur halb unterdrückten Schrekkensruf zurück, als Dutzende und aber Dutzende von toten Ratten wie eine braune, haarige Lawine aus der Uhr auf den Boden kollerten. Mißgestaltete Klauen krallten sich in den Teppich. Kleine, trübe Rattenaugen starrten uns beinahe vorwurfsvoll an. Verstümmelte Leiber zuckten.
Mit rasendem Herzen trat ich hinter ihn und spähte in die Uhr. Pendel und Gewichte waren verschwunden; aber das hatte ich erwartet. Was ich nicht erwartet hatte, war der zuckende, rötliche Korridor, der hinter der Tür begann.
Er war rund, wenn auch nur annähernd, denn seine Wände befanden sich in ständiger pulsierender Bewegung. Unablässig bog und wand er sich wie ein Schlauch, Tropfen von gelblicher und roter Flüssigkeit drangen aus Wänden und Decke, und es war nicht auszumachen, aus welchem Material er bestand. Aber auf furchtbare Weise hatte ich das sichere Gefühl, etwas Lebendigem gegenüberzustehen.
Jeremy packte sein Lineal fester, beugte sich weiter vor und schob die Tür langsam wieder zu. Immer wieder mußte er damit innehalten, um tote Ratten beiseite zu schieben, die die Tür blockierten, und ich hatte das Gefühl, daß der Tunnel stärker zuckte und bebte, je weiter sich die Tür schloß.
Ich kam ihm zu Hilfe, doch selbst zu zweit hatten wir alle Mühe, die Uhr zu schließen. Es war nicht so, als müßten wir gegen einen mechanischen Widerstand ankämpfen; vielmehr schien sich die Tür selbst mit aller Gewalt gegen unseren Druck zu stemmen, und trotz aller Anstrengun-

ger. gelang es uns nicht, die Tür ganz ins Schloß zu drükken. Wir mußten uns schließlich damit zufriedengeben, sie bis auf einen winzigen Spalt zuzuschieben.
Keiner von uns sprach es aus, aber als ich in Jeremys Gesicht blickte, sah ich, daß er so froh war wie ich, den Anblick dieses schrecklichen lebenden Korridores nicht mehr ertragen zu müssen.
Jeremy wandte sich wieder um, ging erneut vor dem Strom toter und verendender Tiere in die Hocke und hob einen der kleinen Nager am Schwanz in die Höhe. Ich schauderte.
»Schau dir das an«, sagte Jeremy.
Widerwillig hockte ich mich neben ihn hin, schluckte bitteren Speichel hinunter und zwang mich, die Ratte in genaueren Augenschein zu nehmen.
Es war schauderhaft. Das Tier war tot, aber obgleich der Kadaver einen Anblick bot, der ausgereicht hätte, dem Marquis de Sade schlaflose Nächte zu bereiten, wies er keinerlei äußerliche Verletzungen auf. Was ich für schreckliche Wunden gehalten hatte, waren große, glitzernde Stellen, an denen das Fell nach innen gewachsen zu sein schien, die vermeintlich zerbrochenen Glieder waren so gewachsen, die heraushängenden Eingeweide von einem brutalen Scherz der Natur so und nicht anders angeordnet.
Und endlich begriff ich. Nicht eines der zahllosen Tiere im Raum war gewaltsam ums Leben gekommen. Es war eine Armee grausiger, nicht lebensfähiger Mißgeburten, die durch das Tor im Inneren der Uhr gekommen war!

Jeremy ging in dieser Nacht nicht mehr nach Hause, und er schlief auch keine Sekunde, ebensowenig wie ich. Mein Schrei und der Schuß hatten natürlich auch Mary geweckt, die nach einigen Minuten, bleich vor Schrecken im Morgenmantel und Pantoffeln und mit einem gewaltigen Fleischermesser in der Hand, bei uns in der Bibliothek erschienen war. Allerdings sagte sie kaum ein Wort, sondern starrte nur eine Weile aus hervorquellenden Augen auf die ekligen Tierkadaver, die den Boden besudelten, wandte sich kopfschüttelnd um und ging wieder. Nach einer geraumen Weile tauchte sie wieder auf, komplett angezogen und ohne ihr Hackebeilchen, dafür aber mit einigen großen blauen Müllsäcken bewaffnet – und einer gewaltigen Kanne Kaffee, an der Jeremy und ich uns erst einmal gütlich taten.

Wir brauchten fast die ganze Nacht, um die toten Tiere einzusammeln und aus dem Haus zu schaffen – was sich als gar nicht so einfach herausstellte, wie man annehmen mochte: Schließlich hatte ich keine Lust, irgendwelche peinliche Fragen zu beantworten, sollte sich jemand darüber wundern, daß meine Mülltonnen mit Dutzenden von verkrüppelten toten Ratten gefüllt waren. Zuletzt kam Jeremy auf die Idee, die Säcke mit den toten Tieren in meinen Porsche zu laden und auf die nächste Mülldeponie zu bringen. Wir mußten allerdings mehrmals fahren, da sich ein Porsche nicht gerade durch großen Laderaum auszeichnet. Endlich waren nur noch zwei Säcke übrig, die wir im Kofferraum verstauten, und Jeremy bot sich an, sie abzuliefern, bevor er seinen Dienst antrat, und mir mein Auto am Nachmittag zurückzubringen. Ich bemerkte allerdings auch, daß er zwei der kleinen braunen Kadaver in eine Extra-Tüte tat, die er unter dem Beifahrersitz verbarg; wahrscheinlich, um sie im Polizeilabor untersuchen zu lassen. Aber ich tat so, als hätte ich es nicht gesehen. Jeremy war zwar mein Freund – aber er war auch Polizeibeamter, und ein verdammt guter dazu. Protestieren hätte nicht viel

genutzt.
Den Rest der Nacht – mithin nur noch knappe zwei Stunden, ehe das übrige Personal kam und Jeremy aufbrechen mußte – verbrachten wir damit, Vermutungen anzustellen, was dieser Zwischenfall bedeutete. Als wir endlich das letzte Tier aus dem Zimmer geschafft hatten, war Mary mit Putzeimer und Scheuerlappen bewehrt in der Tür erschienen und hatte uns kurzerhand nach draußen gescheucht. Ich war ihr dankbar, daß sie saubermachte, denn der Anblick des Zimmers wäre wahrscheinlich selbst für mein an Kummer gewöhntes Personal zu viel gewesen, aber gleichzeitig begann ich mich immer unbehaglicher zu fühlen. Bisher hatte uns die Arbeit so in Atem gehalten, daß wir kaum Zeit gefunden hatten, uns über den Vorfall zu unterhalten. Aber Jeremy würde sich nicht mit einem Achselzucken abspeisen lassen, das war mir klar.
Wir gingen in den Salon hinunter, und Jeremy war sogar diplomatisch genug zu warten, bis ich von selbst zu reden anfing. Dummerweise wußte ich einfach nicht, was ich sagen sollte. Das Geschehen hatte mich genauso schockiert und verblüfft wie ihn. Und ich hatte ebensowenig eine Erklärung dafür wie er.
»Vielleicht fängst du einfach ganz am Anfang an«, riet er schließlich, nachdem ich eine Weile herumgedruckst hatte.
»Wie meinst du das?«
Jeremys Gesicht verdüsterte sich in gespieltem Zorn. »Das weißt du ganz genau«, sagte er. »Diese Uhr ist mehr als das, was sie zu sein scheint, nicht wahr?«
»Das weißt du wiederum ganz genau«, versetzte ich gereizt. »Du warst bei mir, als –«
»Ich meine nicht diese Nacht«, unterbrach er mich. »Wir haben sie damals benutzt, um in die Vergangenheit zu rei-

sen und deinem Vater zu helfen, aber du hast mir nie erzählt, was sie wirklich ist.«
Da hatte er recht. Aber der Grund war, daß ich es selbst nicht genau wußte. Mein Vater hatte die Uhr als eine Art Zeitmaschine eingesetzt, um Jeremy und mir den Weg in die Vergangenheit zu öffnen, aber im Grund war sie etwas ganz anderes. Ich hatte erst nach langem und mühseligem Studium der Aufzeichnungen meines Vaters und gewisser anderer Bücher – unter ihnen das Necronomicon – herausgefunden, was diese vermeintliche Standuhr wirklich darstellte. Zumindest hatte ich eine Vermutung, und das, was heute nacht geschehen war, machte sie fast zur Gewißheit.
»Ich will es versuchen«, sagte ich ausweichend. Jeremy schwieg.
»Die Großen Alten«, begann ich, »haben diese Welt vor zweihundert Millionen Jahren beherrscht. Sie ... waren zwar Dämonen, wenn du so willst, aber sie waren auch ein technisch sehr fortgeschrittenes Volk. Ich weiß nicht genau wie, aber sie erschufen eine Art ... Transportsystem. Die Uhr gehört dazu.«
Jeremy schwieg weiter und zog die linke Augenbraue hoch.
»Das ist alles nur eine Theorie«, sagte ich hastig. »Ich habe nur ein paar Andeutungen gefunden, in den Büchern meines Vaters. Aber es scheint, als ob sie eine Art ... Sender- und Empfängersystem erschufen. Stell es dir vor wie eine Art Radiosender: Du sprichst auf der einen Seite hinein, und deine Worte kommen im gleichen Moment im Empfänger an.«
Zu meiner Überraschung nickte Jeremy. »Die Theorie der Materietransmitter«, sagte er. Er lächelte, als er mein Erstaunen bemerkte. »Ich lese dann und wann ganz gerne Science-Fiction-Romane«, erklärte er. »Und in diesen Ge-

schichten werden oft solche futuristischen Technologien erklärt. Du meinst also, diese Uhr ist eine Art Sender, mit dem man feste Materie übertragen kann?«

»Ja«, antwortete ich. Jeremy hatte alles in sehr viel einfachere und leichter verständliche Worte gekleidet, als ich es je gekonnt hätte. »Jedenfalls ... haben die Tore der Großen Alten so ungefähr funktioniert. Nur daß es nichts Technisches war, weißt du, sondern eine Art ... Magie.«

»Oder eine Technik, die so fortgeschritten ist, daß sie uns wie Magie vorkommt«, fügte er hinzu. »Aber das spielt in der Wirkung keine Rolle.«

»Es gab ein ganzes System solcher Tore«, fuhr ich fort. »Es soll die ganze Welt umspannt und sogar zu anderen Planeten geführt haben.«

»Gab?«

»Gab«, bestätigte ich. »Es wurde vernichtet, während des Krieges der Großen Alten gegen die Älteren Götter. Nur ganz wenige dieser Tore blieben geöffnet, aber ... aber ich habe bisher gedacht, daß mein Vater sie endgültig zerstört hätte.«

»Eines existiert jedenfalls noch«, murmelte Jeremy.

»Mindestens zwei«, korrigierte ich ihn. »Diese Ratten müssen von irgendwoher gekommen sein.«

Jeremy schwieg eine ganze Weile. »Dann fragt sich nur, wer sie wieder aktiviert hat«, sagte er schließlich. »Und warum er dir eine Armee von Ratten ins Haus schickt.«

Ich sah ihn überrascht an. »Du meinst –«

»Ich meine gar nichts«, unterbrach er mich. »Aber ich glaube nicht, daß es Zufall war, weißt du? Du solltest einen großen Bogen um diese Uhr machen, solange wir nichts Genaueres wissen.«

Die Vorstellung, daß mir irgend jemand diese Rattenarmee geschickt hatte, ließ mich schaudern.

»Aber das ergibt doch keinen Sinn«, stammelte ich. »Diese Ratten waren gefährlich, aber ... verdammt, wenn mich jemand umbringen will, wieso schickt er mir dann nicht einen Löwen ins Haus, oder eine giftige Spinne?«
Darauf antwortete Jeremy nicht, aber sein Blick sagte mir deutlich, daß er sich mit dem Gedanken noch beschäftigen würde.
Jeremy sah auf seine Armbanduhr. »Halte dich von dem Ding fern«, legte er mir nochmals nahe, während er aufstand. »Am besten, du schließt das Zimmer ab und gehst gar nicht mehr hinein, bis wir wissen, was hier gespielt wird.«
Ich versprach ihm, mich nach seinem Rat zu richten, und geleitete ihn zur Tür.
Aber er war kaum in den Porsche gestiegen und davongefahren, als ich mich umwandte, die Treppe ins erste Stockwerk wieder hinaufging und das Arbeitszimmer betrat.
Mary hatte das Zimmer gereinigt, aber in der Luft hing noch der entsetzliche Geruch, den die toten Ratten verströmt hatten, und wie vorhin stand die Tür der Uhr einen winzigen Spalt offen.
Lange Zeit stand ich einfach da und blickte die Uhr an.
Ich wußte nicht genau, warum ich hier heraufgekommen war, entgegen allen feierlichen Versprechen, die ich Jeremy gegeben hatte. Das heißt, eigentlich wußte ich es schon, aber jetzt, als ich der Uhr gegenüberstand, war ich mir nicht mehr sicher, ob es wirklich klug war, zu tun, was ich vorhatte.
Schließlich gab ich mir einen Ruck, ging wieder zur Tür, öffnete sie einen Spalt breit und sah auf den Flur hinaus. Das Haus war noch still. Harlan und die beiden Mädchen würden erst in einer guten halben Stunde kommen, und Mary hatte sich wieder in ihr Reich in der Küche zurück-

gezogen. Und ich war auch ziemlich sicher, daß sie nicht unversehens hier heraufkommen würde. Mary haßte Ratten. Es war ein Wunder, daß sie vorhin nicht in Ohnmacht gefallen war oder wenigstens einen hysterischen Anfall bekommen hatte. Trotzdem drückte ich die Tür nach kurzem Überlegen lautlos ins Schloß und drehte den Schlüssel zweimal herum, ehe ich mich wieder der Uhr zuwandte.

Es kostete mich größte Überwindung, die mannshohe Tür der Standuhr aufzuziehen, und obwohl ich genau wußte, was mich erwartete, konnte ich einen angewiderten Aufschrei kaum unterdrücken.

Der Tunnel war noch da. Und er sah so widerwärtig und ekelerregend aus wie vorhin. Mehr noch – jetzt, als ich mich dazu zwang, ihn in aller Ruhe zu betrachten, erblickte ich mehr und mehr schauderhafte Details. Das war nicht mehr das Tor, wie ich es kannte. Der sich windende, scheinbar endlose Tunnel hatte kaum eine Ähnlichkeit mit jenem, den ich vor zwei Jahren kennengelernt hatte. Die Wände, die zuvor ein unheimliches grünes Licht ausgestrahlt hatten, waren jetzt rot und braun und gelb, fleckig und mit großen, schwärenden Stellen übersät, als ... ja, dachte ich schaudernd, als wäre der ganze Schacht krank.

Sollte Jeremy recht behalten und tatsächlich jemand das Tor wieder aktiviert haben, dann hatte er dabei etwas ganz entschieden falsch gemacht.

Ich richtete mich auf, ging zum Schreibtisch zurück und nahm die faustgroße Glaskugel zur Hand, die mir als Briefbeschwerer diente. Einen Moment lang zögerte ich noch, dann holte ich entschlossen aus – und warf sie mit aller Kraft in die offenstehende Tür.

Es geschah ganz genau das, was ich erwartet hatte: Die Kugel verschwand, gerade in dem Augenblick, als es so aussah, als würde sie in den Tunnel eindringen und seine widerlich feuchten Wände berühren. Das Tor funktionierte also zumindest in einer Richtung noch.

Aber dann mußte ich wieder an die Ratten denken, und den entsetzlichen Zustand, in dem sich die meisten Tiere befunden hatten. Es gab da etwas, was ich Jeremy verschwiegen hatte, und das mit gutem Grund: Ich hatte keine Sekunde lang ernsthaft daran geglaubt, daß es sich bei den Tieren um echte Mißgeburten handelte, dafür waren es zu viele. Aber es gab eine andere, viel schrecklichere Erklärung: Mit diesem Tor stimmte irgend etwas nicht. Es funktionierte nicht mehr richtig. Es tat seinen Dienst, aber wie ein schlecht abgestimmter Radiosender verzerrte es das, was im Empfänger ankam, fast bis zur Unkenntlichkeit. Und damit schied die Möglichkeit, einfach hindurchzugehen und nachzuschauen, von vornherein aus. Aber vielleicht gab es einen anderen Weg.

Ich schloß die Tür wieder, so gut es ging, trat abermals an den Schreibtisch heran und begann hastig in den Schubladen herumzusuchen. Nach einer Weile hatte ich gefunden, was ich brauchte: ein gut zwei Yards langes Stück Bindfaden und einen ganz ordinären Aktenlocher. Ich band den Locher an das eine Ende des Strickes, ging wieder zur Uhr und warf ihn schwungvoll hindurch.

Es war ein gespenstischer Anblick: Wie der Briefbeschwerer zuvor verschwand auch der Locher, gefolgt von dem Bindfaden, an dem er hing und dessen anderes Ende ich festhielt. Dann spannte sich der Strick für einen Moment, obwohl er wie abgeschnitten in der Luft endete, kaum einen Inch hinter der Tür, und erschlaffte wieder, als der Locher – für mich unsichtbar – zu Boden fiel.

Ich zögerte einen Moment, ging in die Hocke und begann meine improvisierte Angelleine vorsichtig einzuziehen.

Nach einer Weile tauchte der Locher wieder auf, Millimeter um Millimeter.
Ich zog ihn ein Stück weit in die Bibliothek hinein, drehte ihn mit spitzen Fingern um und betrachtete ihn konzentriert. Ich konnte keine Veränderung feststellen; er hatte ein paar Kratzer, und an seiner Unterseite klebte ein wenig übelriechender Morast, aber das war alles. Andererseits – dieser Locher war schließlich kein lebendes Wesen.
Dann kam mir eine Idee. Mit etwas Glück würde ich in ein paar Minuten vielleicht doch wissen, wie es auf der anderen Seite des Tores aussah.
In aller Hast verließ ich das Arbeitszimmer, stürmte die Treppe hinunter und in die kleine Kammer an der Rückseite des Hauses, die ich mir als Hobbyraum eingerichtet hatte. Gute zehn Minuten lang durchwühlte ich sämtliche Schränke und Schubladen, ehe ich ein Geräusch hinter mir hörte und Mary erkannte, die in der Tür erschienen war und mich vorwurfsvoll anblickte.
Ich gab ihr nicht einmal Zeit, eine Frage zu stellen. »Wo ist die Polaroidkamera?« fragte ich. »Schnell, Mary – ich brauche sie.«
»Wo sie immer liegt«, antwortete Mary verstört. »Dort im Schrank, auf dem obersten Brett. Aber warum –«
Ich hörte gar nicht mehr hin, sondern riß die Schranktüre auf, nahm die kleine Sofortbildkamera an mich und stürmte wieder aus dem Raum. So etwas wie Jagdfieber hatte mich gepackt. Ich war nicht verrückt genug, auf Grund des scheinbar positiven Ausganges meines kleinen Experiments mit dem Locher den Sprung durch ein Tor zu wagen, von dem ich weder wußte, wohin es führte, noch ob ich heil und unverletzt am anderen Ende ankommen würde, aber mit Hilfe eines Besenstieles, eines Streifens Klebeband und des Selbstauslösers der Polaroid würde ich

vielleicht in wenigen Minuten wissen, wer mir diese niedlichen Haustierchen geschickt hatte.
Den Besen besorgte ich mir aus der Küche, rannte Mary, die mir nachgekommen war, ein zweites Mal fast über den Haufen und hetzte, immer drei Stufen auf einmal nehmend, wieder die Treppe hinauf. Die arme Mary mußte mich wohl für endgültig übergeschnappt halten, als ich so an ihr vorüberjagte, einen Besen in der linken, die Polaroidkamera in der rechten Hand und ein triumphierendes Grinsen auf den Lippen. Ich würde mir wieder einmal eine Geschichte ausdenken müssen, wenn ich fertig war.
Als ich in das Zimmer stürmte, huschte Merlin zwischen meinen Beinen hindurch und brachte mich fast zu Fall. Ich bedachte den Kater mit einer lautlosen Verwünschung, versuchte ihn zu erwischen und griff selbstverständlich daneben, denn der Albinokater war nicht halb so langsam, wie sein pudelgroßes Äußeres vermuten ließ. Aber ich hatte im Moment keine Zeit, mich mit ihm zu beschäftigen. Hastig schloß ich die Tür hinter mir wieder ab, ging zum Schreibtisch und begann, die Polaroidkamera mittels einer Unmenge Klebeband am Ende des Besenstieles zu befestigen. Nachdem ich mich davon überzeugt hatte, daß das Magazin frisch geladen war und sowohl der Selbstauslöser als auch das Blitzlicht funktionierten, ging ich wieder zur Uhr, zog die Tür auf und ließ mich auf die Knie herab. Meine Hände zitterten vor Aufregung, als ich den Selbstauslöser der Kamera betätigte und sie mittels des Besenstieles durch das Tor schob.
Eine Sekunde später schrie ich entsetzt auf, ließ den Besenstiel fahren und warf mich mit weit ausgestreckten Händen nach vorne. Aber ich war nicht schnell genug. Meine Finger verfehlten Merlins Schwanz um weniger als einen Inch, und ich sah, wie der Kater sich im Inneren der

Uhr in Nichts auflöste, ehe ich mich – gerade noch rechtzeitig – herumwarf, um nicht hinter Merlin herzufallen.
»Merlin!« rief ich. »Um Gottes willen, Merlin – komm zurück!«
Natürlich bekam ich keine Antwort, und natürlich kam der Kater auch nicht zurück – das hätte er nicht einmal getan, wenn er meine Stimme gehört und noch in der Lage gewesen wäre, auf sie zu reagieren; schon aus Prinzip. Einen Moment lang war ich drauf und dran, einfach hinter ihm herzustürzen, aber im letzten Augenblick meldete sich meine Vernunft wieder zu Wort. Ich liebte Merlin und hätte viel getan, um ihn zu retten – aber Selbstmord gehörte nicht dazu.
Schockiert richtete ich mich auf, starrte einen Moment lang aus aufgerissenen Augen auf die Stelle, an der Merlin verschwunden war, und griff schließlich wieder nach meinem Besenstiel.
Die Polaroidkamera an seinem Ende war unversehrt, wie der Locher zuvor, und ich sah, daß der Selbstauslöser funktioniert hatte. Leider war das Bild auf der anderen Seite des Tores geblieben, nachdem der kleine Motor der Kamera es automatisch ausgeworfen hatte. Ich hatte ja vorgehabt, nur wenige Sekunden zu warten und den Apparat dann gleich wieder zurückzuziehen.
Aber das Magazin enthielt ja noch acht weitere Bilder. Ich reinigte die Kamera hastig von dem schwarzen Morast, der an der Linse klebte, beugte mich vor – und prallte ein zweites Mal erschrocken zurück.
Aus der Uhr starrte mich ein weißes Katergesicht an. Merlins halber Kopf und sein rechtes Ohr waren wieder aufgetaucht!
Eine Sekunde lang blickte er mich aus seinen großen, roten Augen an, dann ließ er ein zufriedenes *Miauuu* hören

und machte Anstalten, abermals zu verschwinden. Blitzschnell griff ich zu, bekam eine Handvoll seidenweiches weißes Fell zu fassen – und wurde nach vorne und in die Uhr gerissen, als Merlin einfach weiterlief. Für eine halbe Sekunde durchfuhr ein eisiges Prickeln meine Fingerspitzen, dann schrie ich auf, warf mich zurück und kroch hastig rücklings ein Stück von der Uhr fort.
Die nächsten dreißig Sekunden verbrachte ich damit, einfach dazusitzen und die Fingerspitzen meiner rechten Hand zu betrachten. Sie waren unverletzt, und sie fühlten sich auch vollkommen normal an. Es schien, als funktioniere das Tor mit einemmal wieder einwandfrei. Zumindest war meine rechte Hand weder verstümmelt noch sonst irgendwie grausig entstellt.
Sicher, das war noch lange kein Beweis – aber mir lag einfach zu viel an Merlin, als daß ich ihn so mir nichts, dir nichts seinem Schicksal überlassen hätte. Und außerdem wollte ich wissen, was auf der anderen Seite dieses Tores lag. Ich stand auf, sah mich nach etwas um, das ich nötigenfalls als Waffe benutzen konnte, und bemächtigte mich schließlich des Besenstiels, von dessen Ende ich die Kamera einfach abriß.
Dann trat ich mit einem entschlossenen Schritt in die Uhr hinein.
Es war wie die beiden Male zuvor, als ich das Tor benutzt hatte: Ich fühlte nichts, keinen Ruck, keinen Schmerz, keine Hitze oder Kälte, nicht einmal eine Bewegung, doch von einem Lidschlag zum nächsten befand ich mich nicht mehr in meinem Arbeitszimmer, sondern – ja, wo eigentlich?
Bis auf einen schwachen grünen Schein hinter meinem Rücken herrschte tiefe Finsternis. Ich drehte mich um und erkannte einen grünleuchtenden, wabernden Schlauch,

der jählings im Nichts begann und in die Unendlichkeit zu führen schien; ein Anblick, der fürchterlich war, den ich aber kannte: Es war die andere Seite des Tores, das in meinem Arbeitszimmer endete. Und in dieser Richtung sah es noch genauso aus, wie ich es in Erinnerung hatte.
Aber ich wollte mich vergewissern, daß es auch wirklich funktionierte. Entschlossen machte ich einen Schritt in das grüne Wabern hinein, fand mich für eine Sekunde in meiner gewohnten Umgebung wieder und kehrte gleich darauf zurück. Erst dann sah ich mich aufmerksam um.
Viel gab es allerdings nicht zu sehen. Der grüne Geisterschein des Tores verlor sich schon nach wenigen Schritten in absoluter Finsternis, und das wenige, was ich erkennen konnte, war unergiebig genug: Ich befand mich in einem halbrunden, knapp drei Yards hohem Tunnel, auf dessen Wänden aus uralten bröckligen Ziegelsteinen Schimmelpilz und schmieriger Moder und Nässe nisteten. Die Luft roch sehr unangenehm, und der Boden war mit einer dünnen, klebrigen Schicht aus schwarzem Schlamm bedeckt. Der Anblick erinnerte mich an ein altes Kanalisationssystem. Nun, das würde erklären, woher die Ratten gekommen waren.
»Merlin?« rief ich. »Bist du hier?«
Irgendwo aus der Dunkelheit vor mir erscholl ein Laut, der ein Miauen sein konnte, vielleicht aber auch nicht, doch als ich noch einmal nach Merlin rief, blieb es still.
Allmählich gewöhnten sich meine Augen an das schwache Licht, und ich begann mehr Einzelheiten zu erkennen: Es war tatsächlich ein alter Abwasserkanal, in dem ich mich befand – in den Wänden endeten in unregelmäßigen Abständen runde, schräge Tonröhren, aus denen ein dünnes Rinnsal in der Mitte des Tunnels gespeist wurde.
Irgendwo vor mir bewegte sich etwas. Ich machte einen

Schritt – und sah mich jäh einer fetten, haarigen Ratte gegenüber, die bei meinem Anblick ebenso erstarrt war wie ich selbst. Angeekelt hob ich meinen Stock und versuchte nach ihr zu schlagen, aber das Tier war schneller. Mit einem Satz verschwand es wieder in der Dunkelheit.
Dann entdeckte ich das Leuchten. Es war ganz schwach, nur ein grünliches Glimmen, sehr weit von mir entfernt, aber es wurde zusehends deutlicher. Mein Herz begann zu pochen. Ich kannte diesen unheimlichen Farbton – es war das gleiche Licht, das das Tor hinter mir ausfüllte, der unheimliche Schein, der stets in Zusammenhang mit der Magie der Großen Alten auftrat.
Vorsichtig setzte ich mich in Bewegung, meinen improvisierten Knüppel zum Schlag bereit erhoben. Das grünliche Lohen wurde stärker.
Ich war etwa hundert Schritte weit gelaufen, ehe ich die Quelle des unheimlichen Lichtes erreichte. Es war ein Schacht; ein rechteckiges, mit Beton ausgekleidetes Loch, über dem irgendwann einmal ein metallenes Schutzgitter gewesen sein mochte. Das Licht drang aus ihm heraus, als wäre tief unten ein Scheinwerfer angebracht, der direkt nach oben gerichtet war.
Und auf dem Grund des Schachtes bewegte sich etwas.
Ich beugte mich mit klopfendem Herzen vor und starrte in die Tiefe, vermochte aber nicht genau zu erkennen, was es war. Der grüne Lichtschein unter mir flackerte und bebte, als wäre er zu einer glänzenden Masse geronnen, und ich glaubte ein ganz leises, unangenehmes Rauschen zu vernehmen. Wäre ich in der magischen Kunst schon geübter gewesen, dann hätte ich vielleicht gewußt, was es war, aber ich stand ja noch ganz am Anfang meines Lernens, was das Erbe meines Vaters anging, und so war ich auf meine normalen, menschlichen Sinne angewiesen.

Dann hörte ich das Geräusch. Im ersten Moment klang es wie ein tiefes, qualvolles Stöhnen, aber es steigerte sich rasch zu einem widerwärtigen Schmatzen und Saugen, gefolgt von einem sonderbar feuchten Schleifen, einem Gleiten und Tasten, als ... kröche etwas zu mir herauf!
Ein entsetztes Keuchen kam über meine Lippen, als ich sah, was es war. Eine gigantische wabernde Masse aus schwarzgrünem Fleisch, ein Nest peitschender Schlangen und Tentakel wogte und zitterte unter mir wie schwarze Lava, die aus dem Schlund eines Vulkans emporkochte. Und noch während ich hinsah, lösten sich zwei, drei dünne Peitschenarme aus der Masse und griffen blitzartig nach mir!
Entsetzt warf ich mich zurück – aber ich war nicht schnell genug. Ein dünner, von Narben und Pocken übersäter Arm berührte mein rechtes Bein. Ich spürte einen harten Ruck, gefolgt von einem plötzlichen Brennen, als wäre meine Haut mit ätzender Säure in Berührung gekommen. Blind vor Angst und Schmerz hieb ich mit dem Besenstiel nach dem Tentakel – und das Wunder geschah: Der Schlangenarm zog sich zurück und gab mein Bein frei. Für eine Sekunde glaubte ich ein wütendes, enttäuschtes Zischeln zu hören, dann verstärkte sich das Brodeln der schwarzen Masse. Ein ganzer Wald peitschender Tentakel und zitternder schwarzer Nervenfäden schoß zu mir empor. Ich duckte mich, verlor dabei auf dem glitschigen Boden das Gleichgewicht und stieß blindlings mit dem Besenstiel zu. Es war ein Gefühl, als hätte ich in weiches, widerlich warmes Gelee geschlagen. Brennender Schmerz zuckte durch meinen Arm, als einer der sich aufbäumenden Tentakel meine Hand berührte, und mein Hemdsärmel begann zu schwelen.
Aber der Hieb hatte das Untier zurückgeschleudert. Für

einen Moment hatte ich Luft – und ich nutzte die Chance. Mit einem Satz war ich auf den Füßen, wirbelte herum und rannte los, so schnell ich konnte. Im Laufen blickte ich über die Schulter zurück.
Und was ich sah, ließ mich meine Anstrengungen verdoppeln.
Ein schwarzer qualliger Riesenkörper zuckte aus der Tiefe heraus, landete mit einem widerlichen Platschen auf dem Boden und begann ungeschickt hinter mir herzukriechen, wobei er sich unablässig aufblähte und wieder zusammenzog. Kleine bösartige Augen starrten mich an, und die zahllosen Arme der Kreatur peitschten die Wände. Ich rannte noch schneller, aber das grüne Lodern des Tores schien meilenweit entfernt zu sein. Ich rannte wie selten zuvor im Leben, erreichte den pulsierenden Schacht mit letzter Kraft, warf mich hindurch – und war in Sicherheit. Um mich herum war wieder die beruhigende Normalität meines Arbeitszimmers, als ich mich aufrichtete.
Aber für wie lange noch? Ich drehte mich herum, versuchte automatisch, die Tür der Standuhr zuzuwerfen, und erinnerte mich erst in diesem Moment, daß sie sich nicht schließen ließ. Sie blieb einen Spaltbreit geöffnet, nicht viel, aber weit genug, den dünnen peitschenden Tentakeln der Kreatur aus dem Tunnel Durchlaß zu gewähren!
Panik drohte mich zu übermannen. Ich warf mich mit aller Kraft gegen das Holz, wieder und wieder und immer wieder.
Und dann prallte etwas von innen gegen die Tür und ließ die ganze Uhr erbeben! Ein düsteres, wütendes Zischen und Pfeifen erscholl, und plötzlich ringelten sich drei, vier, fünf haardünne schwarze Fäden durch den Türspalt und tasteten suchend über das Uhrgehäuse. Ich schrie vor Schreck und warf mich noch einmal gegen die Tür, gleich-

zeitig schlug ich mit dem Besenstiel nach den Monsterarmen.
Die Tentakel traf ich nicht, aber das Ende des Stiels prallte klirrend gegen das Zifferblatt der Uhr. Und im gleichen Moment erlosch das rötliche Wabern des Tores, der unerklärliche Widerstand der Tür gab nach, und die suchenden Nervenfäden des Ungeheuers fielen abgetrennt zu Boden. Die Tür rastete mit einem fühlbaren Ruck ein und blieb geschlossen. Mit einem halb ungläubigen, halb erleichterten Seufzer taumelte ich von der Uhr fort, ließ mich auf einen Stuhl sinken und starrte die Tür gebannt an. Aber nichts rührte sich, und auch das schreckliche Kratzen und Hecheln war verstummt. Ich war gerettet.
Es verging fast eine Viertel Stunde, ehe ich meinen in Aufruhr geratenen Verstand wieder so weit unter Kontrolle hatte, mir zusammenzureimen, was geschehen war. Dabei war es im Grunde ganz einfach: Wie die Kratzer auf dem Messing bewiesen, hatte ich mit dem Besenstiel nicht das große Zifferblatt berührt, sondern eines der drei kleineren. Und dabei hatte ich, ohne es zu merken, einen der Zeiger verschoben.
Nun, ich hatte mich ja schon immer gefragt, wozu zum Teufel die drei Zeigerpaare überhaupt da sein mochten – jetzt wußte ich es. Und die Erklärung war so simpel, daß ich mich verblüfft fragte, wieso ich nicht schon längst von selbst darauf gekommen war. Sie waren eine Art Kontrollinstrumente, mit denen man das Tor aktivierte. Vermutlich konnte man mit ihnen auch das Ziel bestimmen, zu dem es einen bringen sollte. Es war ein Zufall gewesen, der mir das Leben gerettet hatte.
Plötzlich dachte ich an Merlin, und ein tiefes Gefühl der Trauer überkam mich. Möglicherweise wäre es mir sogar gelungen, das Tor mittels der Zeiger nochmals zu öffnen

und auch den Abwasserkanal wiederzufinden, aber in diesem Moment hätte ich mir wohl eher beide Hände abhakken lassen, ehe ich es auch nur versuchte. Ich konnte bloß hoffen, daß es Merlin gelungen war, wenigstens mit dem Leben davonzukommen. Irgendwie hatte der Bursche es ja immer verstanden, auf sich aufzupassen, jedenfalls weit besser als sein Herrchen.

Nachdem sich das Zittern meiner Hände und mein hämmernder Herzschlag wieder einigermaßen beruhigt hatten, stand ich auf, spähte vorsichtig auf den Korridor hinaus und überzeugte mich davon, daß niemand in der Nähe war. Dann schlich ich auf Zehenspitzen den Gang entlang und verschwand im Bad.

Ich duschte lange und ausgiebig, verarztete die Brandwunden auf meinem Handrücken und dem rechten Bein mit Salbe und Heftpflaster, warf meine besudelten Kleider kurzerhand in die Mülltonne und marschierte dann, nur mit einem Handtuch um die Hüften bekleidet, in mein Zimmer, um mich umzuziehen.

Mein Erlebnis auf der anderen Seite der Uhr blieb nicht die einzige Überraschung des Tages. Die zweite Neuigkeit kam in Form eines Telegrammes, das an der Haustür abgegeben wurde, während ich beim Frühstück saß und unter Marys mißbilligenden Blicken in einer Riesenportion Ham and eggs herumstocherte. Der Appetit war mir gründlich vergangen, was ich Mary aber schlecht erklären konnte, und außerdem ging mir Merlins Verlust doch sehr nahe; ich merkte eigentlich erst jetzt so richtig, wie sehr ich an diesem übergewichtigen, eigenbrötlerischen, hinterlistigen, verfressenen, undankbaren Kater hing. Dazu kam, daß sein Verschwinden früher oder später auffallen würde. Ich hoffte nur, daß Mary nicht gesehen hatte, wie er hinter

mir ins Arbeitszimmer gehuscht war.
Ich war regelrecht dankbar, als Harlan mir das Telegramm brachte und mir somit einen Vorwand lieferte, das Frühstück zu beenden. Ungeduldig riß ich es auf – und runzelte überrascht die Stirn, als ich sah, was da auf dem Recycling-Papier der Post geschrieben stand.
Geehrter Mijnheer Craven, las ich. *Mijnheer?* Ich stutzte und las dann aufgeregt weiter:
Geehrter Mijnheer Craven!
Bitte verzeihen Sie, daß ich mich bisher auf Ihre diversen Versuche einer Kontaktaufnahme nicht gemeldet habe, aber zum einen – das werden Sie verstehen – bringt meine Aufgabe als Lehrer der Unwissenden und Behüter der Geheimnisse es mit sich, daß meine Zeit sehr beschränkt ist, und zum anderen – und auch dafür hoffe ich auf Ihr geschätztes Verständnis – mußte ich mir Gewißheit über Sie und Ihre Person verschaffen. Nicht selten sind es Scharlatane oder zwielichtige Subjekte, die sich mit vorgespiegelter Wißbegierde Zugang zu meinem geheimen Wissen zu verschaffen trachten, um es für ihre kriminellen Zwecke zu nutzen. Nun aber, da ich weiß, daß Sie wie ich einer der wenigen Eingeweihten sind, lade ich Sie herzlichst ein, mich in meinem Haus in Amsterdam zu besuchen; ich bin sicher, daß es zu einem fruchtbaren Austausch von Wissen und Einsichten zwischen uns kommen wird.
Darf ich am 14. des Monats mit Ihrem Besuch rechnen? Mit getrennter Post übersende ich Ihnen eine Schiffspassage Harwich–Rotterdam sowie eine Fahrkarte der niederländischen Eisenbahn, was mir als die bequemste Art der Anreise erscheint. Ein Zimmer auf Ihren Namen ist für den Abend des 13. im Hotel Carola reserviert, und ich werde mir erlauben, mich dort mit Ihnen in Verbindung zu setzen. In Erwartung Ihrer geschätzten Antwort und mit

vorzüglicher Hochachtung verbleibe ich – Ihr Henk DeVries.

Verblüfft ließ ich das Telegramm sinken, las es nach einem Augenblick ein zweites Mal und legte es schließlich ganz aus der Hand. DeVries? Nachdem ich wochenlang vergebens versucht hatte, Kontakt mit ihm aufzunehmen, überraschte mich diese geschraubte Einladung nun doch. Und irgend etwas daran störte mich, ich wußte bloß noch nicht genau, was. Trotzdem wies ich Harlan an, DeVries auf demselben Wege zu antworten, allerdings mit sehr viel weniger Worten – mit zweien, um genau zu sein: *Ich komme.*

Danach zog ich mich in die Bibliothek zurück. Die Nähe der Uhr erfüllte mich jetzt kaum weniger mit Unbehagen als vor einer Stunde, aber noch unbehaglicher wäre mir zumute gewesen, wenn ich nicht ein Auge auf sie gehabt hätte, denn eines hatte mir der schreckliche Zwischenfall sehr klar gemacht: Ich konnte nicht weiter so tun, als wäre das Erbe meines Vaters nichts als ein harmloser Scherz, gerade gut, um ein paar Taschenspielertricks aufzuführen, mit denen ich Mary und einige Freunde verblüffen konnte, wollte ich nicht eines Tages eine weitere, tödliche Überraschung erleben. Ich war keineswegs überzeugt, daß sich die Gefahr endgültig bannen ließ, wenn ich nur ein bißchen an den Zeigern der Uhr herumfummelte. Jemand oder etwas hatte es gestern nacht geschafft, das Tor gegen meinen Willen und von außen her zu aktivieren, und ich traute es ihm durchaus zu, dieses Kunststück noch ein zweites Mal zu vollbringen.

Ich schloß das Zimmer von innen ab und öffnete den Wandsafe. Er enthielt weder Bargeld noch sonstige Wertgegenstände, sondern drei schwere, in Leder gebundene Bücher, die allerdings nicht halb so harmlos waren, wie sie auf den ersten Blick aussahen; genauer gesagt, konnten sie in den falschen Händen gefährlicher werden als alle Atombomben der Welt zusammen. Das größte der drei Bücher – das Necronomicon – hatte ich bereits in diesem Safe vorgefunden. Die beiden anderen, die wie durch ein Wunder den Zimmerbrand vor zwei Jahren heil überstanden hatten, hatte ich nachträglich aus dem Regal entfernt und sicher im Tresor verstaut, denn auch sie enthielten gefährliche Anweisungen, deren bloßes gedankenloses Vorlesen schon unsagbaren Schaden anrichten konnte: Es war das Chaat Aquadingen und die Pnakotischen Manuskripte, und zusätzlich eine uralte, handgemalte Karte des sagenhaften Landes M'nar, das irgendwo jenseits der Grenzen der Wirklichkeit liegen soll. Mit klopfendem Herzen öffnete ich die Manuskripte und begann darin zu blättern. Ich suchte nach genaueren Hinweisen auf die Tore der Großen Alten.

Der Vormittag verging. Ich hatte etwa vier Stunden konzentriert gelesen, ohne viel mehr erfahren zu haben, als was ich ohnehin schon wußte, und meine Augen begannen allmählich zu brennen, denn es war sehr mühsam, die uralten, in einem Dutzend verschiedener Sprachen niedergeschriebenen Handschriften zu entziffern, als das Telefon auf meinem Schreibtisch schrillte. Ärgerlich – auch ein bißchen erschrocken – sah ich auf. Man muß dazu wissen, daß das Telefon in diesem Raum eine andere Nummer hat als mein normaler Anschluß; eine, die außer mir nur noch eine Handvoll enger Freunde kannte. Ich nahm den Hörer ab.

Es war Jeremy. Und er brachte mir die dritte unangenehme Überraschung des Tages. Wie üblich kam er sofort zur Sache:

»Ich habe eine der Ratten untersuchen lassen, Robert«,

sagte er.
»Zwei«, korrigierte ich ihn. »Ich weiß. Ich habe gesehen, wie du sie beiseite geschafft hast. Und?«
»Wo ist deine Katze?« fragte Jeremy anstelle einer direkten Antwort.
Ich fuhr zusammen und blickte zur Uhr. »Merlin? Warum?« fragte ich.
»Er hat eines von den Viechern geschlagen, nicht wahr?«
»Ja«, antwortete ich. »Aber was soll das? Ich –«
»Ist das Tier gegen Tollwut geimpft?« fragte Jeremy.
Diesmal dauerte es einen Moment, ehe ich antwortete. Ein eisiger Schrecken durchfuhr mich. »Sicherlich. Warum denn?«
Jeremy atmete hörbar ein. »Das will ich dir sagen, Robert. Die beiden Ratten, die ich ins Labor gebracht habe, waren bis zum Kragen mit Tollwutbakterien vollgestopft. Einer besonders heimtückischen Abart sogar. Und ich bin ziemlich sicher, daß die anderen genauso krank waren. Unser Chefbiologe ist ganz aus dem Häuschen. Er behauptet, daß die Tiere eigentlich gar nicht mehr hätten leben dürfen.«
Erneut verspürte ich einen raschen, eisigen Schauer. »Du meinst –«
»Ich meine«, unterbrach mich Jeremy, »daß das heute nacht kein geschmackloser Scherz war, Robert. Es war ein Mordanschlag. Wenn die Tiere noch gelebt hätten, als du ins Zimmer kamst, wären sie über dich hergefallen und hätten dich zerfleischt. Und selbst wenn du es überlebt hättest, wärst du ein paar Tage darauf an der Tollwut gestorben.«
»Oh«, sagte ich nur.
»Ja, oh«, wiederholte Jeremy gereizt. »Also – was ist mit der Katze?«
»Merlin ist geimpft«, sagte ich rasch. »Aber ich schicke

Harlan trotzdem gleich mit ihm zum Tierarzt. Man kann nie wissen.«
»Tu das«, sagte Jeremy. »Und halte dich von der Uhr fern, bis wir Licht in die Sache gebracht haben – versprochen?«
»Versprochen«, sagte ich und hängte ein. Und diesmal nahm ich mir fest vor, mein Versprechen auch zu halten.

Jeremy kam am späten Nachmittag, und er wirkte nervös und besorgt wie selten zuvor. Und obwohl ich mit Fug und Recht behaupten kann, daß er einer der wenigen wirklichen Freunde ist, die ich je besessen habe, gerieten wir im Laufe der folgenden Stunde an den Rand eines handfesten Streites, denn er unterzog mich einem Verhör, als säßen wir auf der Polizeiwachstube. Es gab nichts, was er nicht wissen wollte, keinen meiner Bekannten, über den er mich nicht akribisch ausfragte, kein Detail im Zusammenhang mit dem Tode meines Vaters, das er sich nicht wieder und wieder erklären ließ, obgleich er das meiste davon längst wußte. Schließlich platzte mir der Kragen, und ich fuhr ihn an:
»Was zum Teufel soll das eigentlich? Du tust ja so, als wäre ich ein Schwerverbrecher!«
Jeremy lächelte verzeihend, aber diesmal war es sein Berufslächeln – kalt und ohne die geringste Spur eines menschlichen Gefühles. Wenn mein Freund Jeremy in die Rolle des Polizeicaptains Jeremy Card schlüpfte, dann war er Polizist bis in die Haarspitzen hinein. »Natürlich bist du das nicht«, sagte er. »Aber jemand ist hinter dir her, Robert. Jemand, der nicht besonders wählerisch in seinen Methoden ist.«
»Aber dafür einfallsreich«, antwortete ich leichthin. Ich hatte flüchtig daran gedacht, ihm von meinem Ausflug auf die andere Seite des Tores zu erzählen, mich dann aber da-

gegen entschieden.
Jeremy blieb ernst. »Ich glaube, du begreifst nicht ganz, was hier wirklich gespielt wird«, sagte er mit einer Kopfbewegung auf die Uhr hin. Natürlich war ihm aufgefallen, daß sie jetzt wieder vollends geschlossen war. Aber er hatte kein Wort darüber verloren. »Ich tue für dich, was ich kann, aber ich fürchte, die Sache wird Kreise ziehen.«
»Wieso?«
Jeremy seufzte. »Ich kann es möglicherweise vertuschen«, sagte er. »Aber nur möglicherweise. Ich habe die Gesundheitsbehörde am Hals, Robert. Und mit denen ist nicht zu spaßen.«
»Die Gesundheitsbehörde?« wiederholte ich verblüfft. »Was zum Teufel haben die damit zu tun?«
»Eine Menge«. Jeremy nippte nervös an seinem längst kalt gewordenen Kaffee. »Die Ratten, Robert«, fuhr er fort. »Sie waren mit Tollwut infiziert.«
»Na und? Niemand wurde gebissen oder sonstwie verletzt, und Merlin ist geimpft. Ich kann dir den Impfpaß zeigen.«
»Tu das«, sagte Jeremy. »Und am besten auch die Katze. Ich werde sie mitnehmen.«
Ich fuhr erschrocken zusammen, und Jeremy bemerkte es natürlich. Aber er deutete meine Sorge falsch. »Keine Angst«, sagte er hastig. »Ihm passiert nichts. Er kommt nur ein paar Wochen in Quarantäne, bis wir ganz sicher sind. Wo ist er?«
Ich hätte ihm Merlin ja gerne mitgegeben, wenn ich bloß die leiseste Ahnung gehabt hätte, wo er steckte. Er konnte sich unter dem nächsten Häuserblock herumtreiben, genausogut aber auch in Timbuktu. Die Reichweite eines Tores der Großen Alten ist unbegrenzt. Theoretisch konnte Merlin auch in einem anderen Sonnensystem sein.
»Er ist im Moment draußen und steigt der Nachbarskatze

nach«, sagte ich ausweichend. »Aber ich bringe ihn dir, sobald er zurückkommt.«
»Tu das«, sagte Jeremy. »Und tu es wirklich, Robert. Der Leiter der Gesundheitsbehörde steht kopf. Wußtest du, daß Großbritannien das einzige Land auf der Welt ist, in dem es keine Tollwut gibt?«
Das hatte ich nicht gewußt, und ich sagte es ihm.
Jeremy nickte. »Wir haben sehr strenge Einfuhrbestimmungen, was lebende Tiere angeht. Bisher wurde die Krankheit nicht eingeschleppt. Du kannst dir also vorstellen, daß unsere Laborleute die Ratten nicht einfach weggeworfen haben. Es wird eine Untersuchung geben.«
»Vielen Dank«, murrte ich verärgert. »Das hast du prima hingekriegt. Ich freue mich schon darauf, das Gesundheitsamt im Hause zu haben, und womöglich gleich auch die Presse. Ich sehe die Schlagzeile schon direkt vor mir: Andara-House, der Seuchenherd Großbritanniens!«
Jeremy sah plötzlich ein bißchen schuldbewußt aus, aber ich tat nichts, um etwas daran zu ändern. Im Gegenteil – ich gönnte ihm die Gewissensbisse.
»Die Sache mit der Tollwut bedeutet aber noch etwas anderes«, fuhr er nach einer Weile fort, verlegen und sichtlich darum bemüht, das Thema zu wechseln.
»So?« knurrte ich.
»Es bedeutet, daß die Ratten nicht aus England gekommen sein können«, sagte er. »Wer immer sie geschickt hat, sitzt nicht auf den britischen Inseln.«
Diesmal war ich ehrlich verblüfft. Von dieser Seite aus hatte ich die Sache noch gar nicht betrachtet. Aber natürlich hatte Jeremy recht.
»Das kompliziert die Sache«, murmelte ich. Ich versuchte zu lachen, aber es klang ein kleines bißchen nervös. »Ich wüßte nicht einmal in England jemanden, der mich so

haßt, daß er mich umbringen würde.«
»Aber irgend jemand tut es«, sagte Jeremy überzeugt. »Und wir finden heraus, wer es ist, keine Sorge. Die Hauptsache ist, daß du dich von dieser verdammten Uhr fernhältst.« Er schwieg einen Moment und fügte dann hinzu: »Vielleicht solltest du für ein paar Tage zu mir ziehen. Ich habe ein bequemes Gästezimmer.«
»Das wird nicht nötig sein«, antwortete ich. »Ich habe sowieso vor zu verreisen.« Ich reichte ihm das Telegramm, das DeVries mir geschickt hatte. Jeremy las es flüchtig, sah auf das Kalenderfenster seiner Armbanduhr und gab mir das Telegramm dann zurück.
»Am dreizehnten. Das ist übermorgen. Dieser Mijnheer DeVries scheint es plötzlich sehr eilig zu haben. Seltsam, nachdem er dich monatelang hat zappeln lassen.«
»Seine Erklärung klingt einleuchtend«, antwortete ich. »Ich werde jedenfalls hinfahren. Jetzt erst recht. Nach dem, was letzte Nacht passiert ist, kann ich jedes bißchen Hilfe gebrauchen, das ich kriegen kann.«
Jeremy zog eine Grimasse. »Dieser Mijnheer DeVries wird dir allerhöchstens dabei helfen, deinen Kontostand zu senken«, prophezeite er.
»Kaum. Wenn er ein Betrüger ist, dann weiß ich es im gleichen Moment, in dem ich ihm gegenübersitze.«
Jeremy schien nicht überzeugt, denn er verzog abermals das Gesicht. »Du beginnst dich zu überschätzen, Robert«, warnte er. »Sei vorsichtig. Diese Sektierer können gefährlich werden.«
»Ich habe den schwarzen Gürtel in Mikado«, antwortete ich scherzhaft.
»Und wenn er eine schwarze Pistole zieht?« erwiderte Jeremy ernst.
»Versuch es doch mal!«

»Hm?« machte Jeremy.
Ich unterstrich meine Aufforderung mit einer entsprechenden Handbewegung. »Versuch es«, sagte ich noch einmal. »Zieh deine Pistole und lege auf mich an.« Dann fiel mir ein, daß er ja gar keine Waffe bei sich trug. »Meinetwegen nimm deine Pfeife und mach Bumm«, sagte ich. »Nun tu mir schon den Gefallen.«
Jeremy seufzte und machte ein gequältes Gesicht, das deutlich zeigte, wie wenig er von meinem Vorschlag hielt, aber dann spielte er mit. Mit einer Schnelligkeit, die mich wirklich überraschte, zog er seine Pfeife aus der Rocktasche und zielte mit dem Mundstück auf mich. »Und jetzt, Mijnheer Robert Craven«, sagte er mit albern verstellter Verbrecherstimme, »beten Sie Ihr letztes Gebet.«
»Aber woher denn«, antwortete ich freundlich. »Ich denke, ich rufe lieber einen Arzt für Sie, Mijnheer Card. Er ist sehr giftig.«
Jeremy runzelte verblüfft die Stirn – und schrie vor Schreck auf, als er sah, was er da plötzlich in der Hand hielt: nämlich nichts anderes als einen riesigen, giftiggelben Skorpion, dessen nadeldünner Stachel sich eben zum Zuschlagen erhob. Mit einem entsetzten Keuchen sprang er auf und schleuderte den Skorpion in hohem Bogen quer durch das Zimmer. Noch im Flug verwandelte sich das Tier in eine abgewetzte Meerschaumpfeife zurück, die klappernd an der gegenüberliegenden Wand zerbrach.
»Entschuldige«, sagte ich. »Das wollte ich nicht. Ich kaufe dir eine neue Pfeife.«
Jeremy antwortete nicht gleich, sondern starrte eine ganze Weile lang abwechselnd die zerbrochene Pfeife und mich an, ehe er sich wieder setzte. Er war ganz blaß geworden, und jetzt war ich es, der ein schlechtes Gewissen bekam. Ich hatte ihm einen größeren Schrecken eingejagt,

als ich wollte.
»Das war ... sehr beeindruckend«, sagte er stockend. »Wie hast du das gemacht?«
»Illusion«, antwortete ich. »Im Grunde ein ganz simpler Trick. Du siehst, ich habe in den letzten Monaten nicht nur in Büchern meines Vaters gelesen, sondern auch das eine oder andere gelernt.«
Was ich sagte, entsprach nicht ganz der Wahrheit. Es war kein simpler Trick gewesen, sondern etwas, das meine ganze Konzentration brauchte und auch dann nicht immer funktionierte – und genau genommen wußte ich selbst nicht so recht, wie ich es eigentlich zustande brachte. Tatsache war, daß ich in der Lage war, anderen Menschen unter gewissen Voraussetzungen Dinge vorzugaukeln, die nicht da waren. Ob mir dies auch bei einem Gegner gelingen würde, der ebenfalls über ein gewisses magisches Wissen verfügte, wußte ich nicht. Aber das sprach ich nicht aus. Schließlich kam es mir darauf an, Jeremy zu beruhigen.
»Wirklich beeindruckend«, sagte er noch einmal. »Aber trotzdem – ich bin nicht begeistert davon, daß du ausgerechnet jetzt nach Amsterdam fahren willst.«
»Ich fahre«, beharrte ich. »Holland ist ein schönes Stückchen Erde. Ich wollte schon immer einmal dorthin.»
Jeremy seufzte, griff in seine Jacke und zog seine Brieftasche hervor. Umständlich klaubte er eine kleine, zerknickte Visitenkarte heraus und schnippte sie mir über den Tisch hinweg zu.
»Das ist die Adresse meines Freundes bei der Amsterdamer Polizei«, sagte er. »Ich rufe ihn morgen an. Du meldest dich bei ihm, sobald du angekommen bist. Vielleicht kann er dir helfen.« Er sah auf die Uhr und stand auf. »Ich muß gehen. Wir telefonieren noch einmal, bevor du abreist. Und denk an den Kater.«

Ich dachte nicht an den Kater, und irgendwie mußte es Jeremy wohl gelungen sein, die Sache abzubiegen, denn ich hörte weder von ihm noch von der Gesundheitsbehörde auch nur ein Sterbenswörtchen. Und zwei Tage später saß ich in einem Abteil der Niederländischen Eisenbahngesellschaft und näherte mich Amsterdam, nach einer gräßlichen, schier endlosen Überfahrt in einem schwankenden und schaukelnden Fährschiff, das mich vom Harwich nach Hoek van Holland gebracht hatte. Es hatte am Morgen in London zu regnen begonnen, und das schlechte Wetter war mir wie ein treuer Hund auf den Kontinent gefolgt. Im Moment regnete es zwar nicht mehr, aber der Himmel sah aus, als wollte er jeden Augenblick auf das Land herabstürzen. Obwohl das Erste-Klasse-Abteil geheizt war, glaubte ich die Kälte zu fühlen, die wie ein klammer Hauch über dem Land lag und dem Sommer, der zumindest dem Kalender nach schon vor über einem Monat Einzug gehalten hatte, eine lange Nase drehte.

Mißmutig wandte ich mich vom Fenster ab, blickte einen Moment lang auf die zerlesene englische Zeitung, die auf dem freien Platz neben mir lag, und ließ mich zurücksinken. Ich hatte sie auf der Fähre erstanden und kannte sie mittlerweile auswendig. Ich hatte mich dazu entschlossen, Mijnheer DeVries' Vorschlag anzunehmen und per Schiff und Bahn nach Amsterdam zu fahren, aber inzwischen bereute ich es schon, nicht das Flugzeug genommen zu haben. Es war nicht mehr weit bis Amsterdam – kaum zwanzig Minuten, wenn der Zug keine Verspätung hatte –, aber nach der langen Reise erschien mir selbst diese kurze Zeitspanne wie eine Ewigkeit. Ich hatte versucht ein wenig zu schlafen, aber das hatte sich als unmöglich herausgestellt. Nicht, daß ich nicht müde war, ganz im Gegenteil. Aber wer einmal mit der niederländischen Eisenbahn gefahren ist, der weiß, wovon ich rede. Die Eisenbahngesellschaft wirbt auf Plakaten für die Schnelligkeit und Bequemlichkeit ihrer Züge, und was das Tempo angeht, hat sie sicher recht. Aber von Bequemlichkeit konnte nun wirklich keine Rede sein. Dazu kam die reizende Gesellschaft, in der ich mich befand – ein ganzer Eisenbahnwaggon voller gröhlender Fußballfans. Ich hasse Fußballfans. Ich hasse auch Fußball. Einmal, vor ein paar Jahren, hatte ich in bierseliger Laune in einem Pub die Vermutung geäußert, daß es sich bei Fußball um einen rituellen Akt handelt, bei dem zweiundzwanzig Oberpriester um die heilige Kugel kämpfen, während am Stadionrand Menschenopfer vollbracht werden. Der Scherz hatte mir die bis dahin schlimmste Tracht Prügel meines Lebens eingebracht. So viel zu meinem Verhältnis zu Fußballfans. Um das Maß gewissermaßen vollzumachen, hatte ich das letzte Erste-Klasse-Abteil in diesem Wagen erwischt; direkt hinter der dünnen Trennwand zum Nachbarabteil lärmten und randalierten gleich Dutzende dieser besonders unerfreulichen Zeitgenossen, und selbst draußen auf dem Gang standen johlende Gestalten, schwenkten Fahnen in ihren Vereinsfarben oder lange Schals und bemühten sich, die mitgebrachten Alkoholvorräte leerzutrinken.

Der Zug wurde langsamer. Ein schriller, mißtönender Pfiff erscholl, dann griffen die Bremsen mit einem Geräusch, als kratze eine Gabel über einen Kochtopfboden, und der Zug hielt mit einem letzten, magenumstülpenden Ruck vor einem niedrigen Bahnhofsgebäude.

Neugierig beugte ich mich vor und spähte aus dem Fenster. Das schlechte Wetter schien den Leuten hier auch die Lust am Bahnfahren vergällt zu haben, denn der Bahnsteig war nahezu leer; nur ein ältliches Ehepaar und ein schlanker mittelgroßer Mann unbestimmbaren Alters

standen frierend neben den Geleisen. Das Ehepaar verschwand irgendwo im hinteren Teil des Zuges, während der Mann einen Moment unschlüssig stehenblieb, sich plötzlich abrupt umwandte und zielstrebig auf meinen Waggon zuging. Einen Augenblick später hörte ich die Tür schlagen, und fast im selben Moment ruckte der Zug auch schon wieder an. Ich sah, wie der Mann sich draußen auf dem Gang einen Weg durch die Meute bahnte; dann wurde die Tür meines Abteils geöffnet, und er trat ein.
Ich nickte ihm zu, wie es die Höflichkeit verlangt, wenn man einen Fremden während einer Bahnfahrt trifft, und wollte ebenso höflich den Blick wieder abwenden – aber dann weckte etwas an ihm meine Aufmerksamkeit. Ich konnte nicht gleich sagen, was es war, aber irgend etwas stimmte nicht mit ihm. Hinter meiner Stirn begann eine schrille Alarmglocke zu läuten, als der Mann mit sonderbar eckigen Bewegungen in das Abteil kam und die Tür hinter sich schloß.
Und mit einemmal begriff ich.
Er war zu schwer. Der Boden ächzte unter seinem Gewicht, als hätte er Blei gefrühstückt, und die Wucht, mit der er die Abteiltür schloß, ließ das Glas klirren. Instinktiv richtete ich mich in meinem Sitz auf und musterte ihn genauer.
Der Mann drehte sich herum, erwiderte meinen Blick mit steinernem Gesicht und ließ sich in den Sitz gegenüber fallen. Die Bank zitterte wie unter einem Hammerschlag. Die Sprungfedern in den Polstern quietschten unter seinem Gewicht. Er mußte der schwerste Mensch sein, dem ich jemals begegnet war. Dabei war er nicht einmal so groß wie ich und sogar noch eine Spur schlanker.
Plötzlich wurde ich mir der Tatsache bewußt, daß ich den Fremden noch immer unverwandt anstarrte, lächelte ent-

schuldigend und wandte hastig den Blick ab. Mein Gegenüber war nicht ganz so höflich – er starrte mich weiter mit unbewegtem Gesicht an. Der Blick seiner grauen, blitzenden Augen war seltsam beunruhigend. Sie sahen gar nicht aus wie lebende Augen, sondern wirkten vielmehr wie buntbemalte Glaskugeln, und die Härte, die ich darin las, ließ mich schaudern.

Schließlich senkte ich ein zweites Mal den Blick, griff nach der Zeitung neben mir und tat so, als läse ich. Aber ich spürte seinen Blick weiter.

Nach einer Weile wurde es mir zu bunt. Mit einer Geste, die selbst dem dümmsten Trottel klargemacht hätte, daß meine Geduld zu Ende war, senkte ich die Zeitung und blickte den Mann herausfordernd an. »Ist irgend etwas?« fragte ich, nicht unbedingt in höflichem Ton.

Mein Reisegefährte antwortete nicht – vielleicht verstand er kein Englisch –, aber er lächelte plötzlich und entblößte dabei ein Gebiß, das wie poliertes Silber blitzte. Ich schluckte den Rest der scharfen Zurechtweisung hinunter, die mir auf den Lippen lag, bedachte die Silberzähne mit einem langen, bewußt angewiderten Blick und sah wieder weg. Der Kerl schien zu viele James-Bond-Filme gesehen zu haben.

Er starrte mich weiter an, und obwohl ich mich fast krampfhaft bemühte, nicht in seine Richtung zu sehen, spürte ich seinen Blick wie eine eisige Berührung. Wütend faltete ich die Zeitung ganz auseinander, lehnte mich in den Polstern zurück und hielt das Blatt demonstrativ vor das Gesicht.

Aber mein eisenzähniger Mitreisender gab so schnell nicht auf. Es war absurd, aber ich spürte seinen bohrenden Blick durch das Papier hindurch. Und allmählich war er mir nicht mehr nur unangenehm, sondern machte mir regelrecht Angst. Ich mußte daran denken, daß bis Amsterdam keine Haltestelle mehr kam – und das bedeutete, daß ich noch fast zwanzig Minuten lang allein mit diesem Verrückten war. Ich überlegte einen Moment, einfach das Abteil zu wechseln, verwarf den Gedanken aber dann wieder. Zähne aus Metall ...

Schön, das war sein Problem. Vermutlich kam ich ihm mit meiner weißen Strähne im Haar genauso bescheuert vor wie er mir. Ich seufzte und verkroch mich noch tiefer hinter meiner Zeitung.

Nach ein paar Sekunden hörte ich die Sitzpolster quietschen, dann schien das gesamte Abteil zu erbeben, als er aufstand und zur Tür ging. Aber er verließ das Abteil nicht, wie ich über den Rand meiner Zeitung hinweg sah, sondern verriegelte im Gegenteil die Tür und ließ die Rollos herunter. Offensichtlich mochte er Fußballfans so wenig wie ich. Gut, wenigstens ein sympathischer Zug an ihm. Mit einer schwerfälligen Bewegung drehte er sich wieder zu mir um und starrte mich weiter an.

Vollends am Ende meiner Geduld angelangt, ließ ich die Zeitung sinken, starrte wütend zu ihm empor – und erstarrte.

Eisenzahn stand breitbeinig vor mir. Seine Hände waren halb geöffnet und erhoben, als wollte er mich packen. Sein Gesicht war noch immer so reglos wie eine Wachsmaske, aber in seinen Augen war plötzlich ein Glanz, der mich schaudern ließ.

»Was soll das?« fragte ich. »Was –«

Und dann geschah alles gleichzeitig.

Seine Hände zuckten nach meinem Hals, die Finger wie tödliche Krallen gekrümmt. Im gleichen Augenblick stieß er sein Knie hoch und versuchte mich zwischen die Rippen zu treffen.

Dem Kniestoß wich ich im letzten Moment durch eine blitzartige Drehung aus; seinen Händen nicht mehr.
Die Krallen verfehlten zwar meine Kehle, aber seine Linke fuhr wie eine stählerne Forke neben mir in das Rückenpolster und zerfetzte es, während sich die Finger seiner Rechten in meine Schulter gruben und zudrückten, daß ich glaubte, meine Knochen knirschen zu hören. Ich schrie auf, warf mich im Sitz zur Seite und schlug ihm die Faust gegen das Kinn.
Ein Hieb gegen einen massiven Fels hätte kaum weniger Erfolg gezeigt. Ein greller Schmerz explodierte in meiner Hand und ließ mich erneut aufschreien, während Eisenzahns Gesicht nicht einmal zuckte. Mit einem harten Ruck zerrte er mich herum.
Verzweifelt bäumte ich mich auf, warf mich gleichzeitig zur Seite und nach vorne und versuchte seinen Griff zu sprengen. Aber der Bursche war stark wie ein Elefant. Und er schien immun gegen jeglichen Schmerz zu sein. Seine Rechte umklammerte noch immer meine Schulter und schien sie zermalmen zu wollen, und die wütenden Hiebe, mit denen ich auf sein Gesicht und seinen Hals eindrosch, schien er gar nicht zu spüren. Er machte sich nicht einmal die Mühe, meine Schläge abzuwehren. Sein Kinn war voller Blut, aber es war mein Blut, das aus meinen aufgeplatzten Knöcheln quoll, und als ich ihm das Knie in den Leib rammte, zuckte er nicht einmal.
Dafür löste er seine Linke aus dem zerfetzten Polster, ballte sie zur Faust – und schlug mit aller Macht nach meinem Gesicht.
Im letzten Moment drehte ich den Kopf zur Seite. Seine Faust streifte meine Schläfe und zerschmetterte die Abteilwand.
Die Berührung, obgleich beinahe nur flüchtig, ließ meinen

Schädel wie eine angeschlagene Glocke dröhnen. Rotflammende Kreise drehten sich vor meinen Augen und trübten meinen Blick, und eine schreckliche Sekunde lang drohte ich das Bewußtsein zu verlieren.
Eisenzahn riß mich wie eine Puppe in die Höhe, schleuderte mich in die Polster zurück und hob die Faust zum letzten, entscheidenden Hieb. Ich wußte, daß ich es nicht überleben würde, wenn er mich nur ein einziges Mal wirklich träfe.
Ein plötzlicher Ruck ging durch den Boden, als der Zug über eine Weiche hüpfte und sich die Erschütterung bis ins Abteil fortpflanzte. Ich spürte es kaum, denn ich lag halb ausgestreckt und hilflos auf der Sitzbank, aber Eisenzahn, der mit leicht gespreizten Beinen über mir stand, wankte wie eine angeschlagene Statue und drohte für einen Moment, das Gleichgewicht zu verlieren.
Ich reagierte, ohne zu denken. Im gleichen Moment, in der er seinen Sturz abzufangen versuchte, raffte ich meine ganze Kraft zusammen, zog die Knie an – und trat ihn mit aller Gewalt vor den Bauch.
Es war wie vorhin, als ich nach seinem Kinn geschlagen hatte – ich hatte das Gefühl, gegen Beton anzurennen. Ein gräßlicher Schmerz zuckte bis in meinen Rücken hinauf.
Aber dann sah ich, wie Eisenzahn wie ein gefällter Baum nach hinten kippte, in der gleichen, grotesken Haltung, in der er über mir gestanden hatte – die Arme ausgestreckt und die Hände halb geöffnet –, auf die gegenüberliegende Sitzbank fiel und das Möbelstück mit seinem ungeheuren Gewicht kurzerhand zerschmetterte.
Als er sich aus den Trümmern der Bank zu befreien versuchte, war ich über ihm. Seine Hand griff nach mir, aber ich wich ihr aus und schlug ihm drei-, vier-, fünfmal hintereinander die Handkante gegen den Hals. Schon ein einzi-

ger dieser Hiebe hätte gereicht, jeden normalen Mann zu betäuben und für Stunden kampfunfähig zu machen. Aber Eisenzahn schien sie nicht einmal zu spüren!

Dafür schnappten seine Hände nach meiner Kehle.

Ich warf mich zurück, fühlte, wie seine Finger an meinem Hals entlangschrammten, schnellte verzweifelt aus der Reichweite dieser schrecklichen Hände und griff blindlings um mich. Meine Finger ertasteten etwas Hartes, Schweres und schlossen sich darum. Es war ein Eisenstück, ein zollstarker, mehr als armlanger Metallstab, der aus der zerborstenen Bank herausschaute und an einem Ende mit den scharfkantigen Resten abgebrochener Bolzen versehen war.

Blind vor Angst schlug ich zu.

Eisenzahn versuchte den Hieb abzuwehren, aber er war nicht schnell genug. Meine improvisierte Stachelkeule traf seinen Schädel und schlug Funken daraus, schmetterte in abermals zu Boden und wurde mir durch die schiere Wucht meines eigenen Hiebes aus der Hand geprellt.

Und im gleichen Augenblick zuckte Eisenzahns Hand nach vorne und schloß sich wie eine stählerne Klammer um meine Unterarme.

Noch einmal bäumte ich mich auf. Aber diesmal versuchte ich nicht mehr, seinen Griff mit Gewalt zu sprengen, sondern warf mich im Gegenteil in die Richtung, in die er mich zu zerren versuchte – und brachte ihn mit dieser unerwarteten Bewegung aus der Balance.

Eisenzahns eigene Kraft wurde ihm zum Verhängnis. Den Zug seiner eigenen, übermenschlich starken Muskeln ausnutzend, hebelte ich ihn über meinen Rücken hinweg und schleuderte ihn quer durch das Abteil.

Das Fenster zerbrach unter seinem Aufprall. Eisenzahns Gewicht ließ die Scheibe in winzige Stückchen zersplittern und beulte die halbe Abteilwand ein. Er griff mit hilflos rudernden Armen um sich, klammerte sich am Fensterrahmen fest – und verlor abermals das Gleichgewicht, als seine Finger das Eisenblech wie Pergament zerfetzten. Sein Gesicht verzerrte sich zur Grimasse, aber über seine Lippen kam nicht der geringste Laut, als er in einem grotesken Salto nach hinten kippte und aus dem fahrenden Zug fiel.

Mit einem einzigen Satz war ich am Fenster. Der Zug schaukelte und hüpfte unter meinen Füßen wie ein Boot bei starkem Seegang, so daß ich um ein Haar das Gleichgewicht verloren hätte und hinter Eisenzahn hergefallen wäre. Der Fahrtwind trieb mir die Tränen in die Augen, als ich mich aus dem zerschmetterten Fenster lehnte.

Im ersten Moment sah ich nichts als die verwischten Schemen der vorüberhuschenden Landschaft, dann drehte ich das Gesicht aus dem Wind, blickte zum Ende des Zuges zurück, sah, wie sich eine Gestalt unmittelbar neben den Geleisen in die Höhe stemmte – und dann mit einem kraftvollen Satz auf den fahrenden Zug sprang!

Hätte es nach allem noch eines endgültigen Beweises bedurft, daß mein unheimlicher Gegner kein normaler Mensch war, dann wäre es dieser Anblick gewesen.

Eisenzahn versuchte nicht, sich auf eine der Plattformen zu schwingen oder eine Tür zu öffnen, sondern ging die Sache entschieden direkter an. Wie ein lebendes Geschoß krachte er gegen den Zug. Seine linke Hand grub sich durch das Blech und klammerte sich irgendwo fest, während er mit den Füßen auf den Schotter neben den Geleisen geriet und ein gutes Stück mitgeschleift wurde, ehe er auch mit der anderen Hand sicheren Halt fand und sich in die Höhe zog. Wie eine Spinne kletterte er an der Außenwand des Zuges entlang, wobei sich seine Finger und Ze-

hen in das lackierte Stahlblech gruben und eine Spur kleiner runder Löcher darin hinterließen.
Der Anblick war so unglaublich, daß ich für einen Moment sogar die Gefahr vergaß, in der ich mich befand.
Der Unheimliche war zu weit entfernt, als daß ich Einzelheiten erkennen konnte – aber zum Teufel, er war bei einer Geschwindigkeit von mehr als achtzig Meilen aus einem fahrenden Zug gestürzt und hätte sich eigentlich alle Knochen brechen müssen! Und trotzdem kroch er langsam, aber stur wie eine Maschine über die Außenseite des Zuges weiter auf mich zu!
Erst als Eisenzahn schon fast die Hälfte der Strecke überwunden hatte und den Kopf hob, um sich zu orientieren, wurde ich mir der Tatsache wieder bewußt, daß er dieses Kunststück nicht aus reinem Sportsgeist ausführte, sondern zurückkam, um zu vollenden, was er begonnen hatte, ehe ich ihn aus dem Zug warf – nämlich mich umzubringen.
Ich prallte vom Fenster zurück und sah mich hastig nach einer Waffe oder einem Fluchtweg um. Das Abteil bot einen Anblick, als wäre eine Bombe darin explodiert, aber es gab nichts, womit ich mich hätte verteidigen können. Wie unempfindlich der Fremde gegen Hiebe mit Eisenstangen und ähnlichem war, hatte er sehr drastisch demonstriert. Und auch den Gedanken, aus dem Abteil zu fliehen, konnte ich getrost vergessen. Der Gang draußen war mit betrunkenen Fußballanhängern vollgestopft, die so gröhlten und randalierten, daß sie nicht einmal den Lärm des Kampfes gehört hatten. Wenn ich mich aus meinem Abteil hinausgewagt hätte, wäre ich nach ein paar Schritten hoffnungslos in der Menschenmenge auf dem Gang eingekeilt gewesen.
Einen Moment lang blieb mein Blick auf dem roten Bügel

der Notbremse haften, aber ich verwarf den Gedanken, sie kurzerhand zu ziehen, schnell wieder. Nein – es gab nur einen Weg, auch wenn mir allein der Gedanke daran den Angstschweiß auf die Stirn trieb. Ich wußte, daß es sinnlos war, vor dem unheimlichen Killer zu fliehen. Ich mußte mich ihm stellen. Auch wenn meine Chancen, ihn zu besiegen, erbärmlich waren. Eisenzahn war bis auf eine Wagenlänge herangekommen, als ich abermals an das zerschmetterte Fenster trat und hinausspähte. Seine Augen waren starr geöffnet, trotz des rasenden Fahrtwindes, und jetzt, da er näher war, sah ich, daß sein Gesicht ein bißchen eingedrückt zu sein schien.

Ich mußte schnell handeln. Vorsichtig beugte ich mich hinaus, tastete mit beiden Händen nach oben, bis meine Finger irgendwo an dem verbeulten Blech Halt fanden, löste die Füße vom Boden und schwang mich mit einer kraftvollen Bewegung aus dem Zug.

Eine endlose Sekunde lang schwebte ich über dem Nichts. Der Fahrtwind schlug mir wie eine unsichtbare Faust ins Gesicht und nahm mir den Atem, und der Zug sprang und zitterte wie ein bockendes Pferd, das mit aller Kraft versuchte, seinen Reiter abzuschütteln.

Aus den Augenwinkeln sah ich, wie Eisenzahn seine Anstrengungen verdoppelte und schnell näher kam. Seltsamerweise kam er immer noch nicht auf den Gedanken, einfach auf das Zugdach hinaufzuklettern und mich dort in aller Ruhe zu erwarten, sondern krabbelte weiter wie eine vierbeinige Spinne an der Außenseite des Waggons entlang.

Der Anblick gab mir zusätzliche Kraft. Ich stemmte mich mit den Füßen auf dem zerbrochenen Fensterrahmen ab, ließ mit der linken Hand los, tastete nach oben und fühlte die Krümmung des Daches, dann etwas Kleines, Spitzes, das stabil genug schien, mein Körpergewicht zu tragen, und zog mich mit einem verzweifelten Ruck nach oben. Zwei, drei Sekunden lang blieb ich reglos liegen, rang nach Atem und wartete darauf, daß meine Hände und Knie aufhörten zu zittern. Dann kroch ich bäuchlings bis zur Mitte des Daches und sah zurück.

Über der Krümmung des Zugdaches erschien eine Krallenhand, grub sich in das Blech und klammerte sich an einem Träger darunter fest. Sekunden später tauchte ein dunkler Haarschopf über dem Dach auf, und kalte, polierte Augen starrten mich an.

Ich schluckte meinen Fluch hinunter, sprang auf die Füße und wirbelte herum. Der Waggon, auf dessen Dach ich mich befand, war der letzte gleich hinter der Lokomotive, so daß mir keine andere Wahl blieb, als an Eisenzahn vorbei und in Richtung Zugende zu laufen – wobei mich seine Hand um ein Haar erwischt hätte und ich mich nur durch einen riskanten Hüpfer in Sicherheit bringen konnte.

Eine höchst zweifelhafte Sicherheit allerdings, wie sich bald herausstellte. Ich hatte kaum ein Dutzend Schritte zurückgelegt, da hatte ich auch schon das Ende des Waggons erreicht – und das Dach des dahinterliegenden war ein gutes Yard weit entfernt und sprang und hoppelte wie ein wildgewordener Maulesel auf und ab!

Eine Strecke von einem Yard stellt vielleicht keinen besonders gewagten Sprung dar, für einen durchtrainierten Mann wie mich – unter normalen Umständen. Aber ein Fehltritt würde einen Sturz unter die Räder des Zuges bedeuten, bestenfalls auf den Schotter des mit gut achtzig Meilen vorbeirasenden Bahndammes – und wahrscheinlich wäre das eine so tödlich wie das andere.

Hinter mir hörte ich ein Kratzen und Splittern, und als ich zurückblickte, sah ich, wie sich Eisenzahn umständlich er-

hob und mit ausgebreiteten Armen auf mich zugetapst kam. Seine Füße hinterließen tiefe Dellen im Dach.
Ich vergaß meine Furcht, spannte die Muskeln – und sprang ab.
Es war leichter, als ich gefürchtet hatte. Der Wagen schien mir noch entgegenzufliegen. Ich kam ungeschickt auf, fiel auf die Knie, fing den Sturz mit beiden Händen auf und stieß mich wie ein Hundert-Meter-Läufer am Start ab. Verzweifelt rannte ich los, während Eisenzahn mir auf die gleiche Weise folgte; zwar weniger elegant, dafür aber erheblich lauter.
Ich rannte, so schnell es der schwankende Untergrund zuließ, sprang von Wagendach zu Wagendach und vergrößerte die Entfernung zwischen mir und meinem unheimlichen Verfolger allmählich.
Schließlich hatte ich das Ende des Zuges beinahe erreicht und blieb stehen. Vor mir lag der letzte Waggon – und dann nichts mehr. Es sah aus, als wäre meine Flucht hier zu Ende, noch ehe sie richtig begonnen hatte.
Verzweifelt drehte ich mich herum und blickte meinem Gegner mit einer Mischung aus Entsetzen und trotzigem Zorn entgegen. Ich wußte weder, wer der Bursche war, noch, was er von mir wollte – aber ich würde mein Leben so teuer wie möglich verkaufen.
Dann sah ich den Schatten am vorderen Ende des Zuges, noch weit vor der Lokomotive. Ein verzweifelter Plan begann in meinem Kopf Gestalt anzunehmen. Hätte ich Zeit gehabt, ihn in allen Einzelheiten zu durchdenken, dann hätte ich es vermutlich zehnmal lieber auf einen Kampf mit dem Unheimlichen ankommen lassen – aber gottlob blieb mir diese Zeit nicht.
Ich wandte mich noch einmal um und sprang auf den letzten Wagen. Der Schatten erreichte die Lokomotive und

jagte über sie hinweg. Noch drei, vier Sekunden, schätzte ich. Allerhöchstens.
Eisenzahn blieb stehen, kaum einen Schritt vom Ende des Wagendaches entfernt. Seine kalten Glasaugen musterten mich. Dann spannte er sich – und sprang.
Was dann geschah, ging so unglaublich schnell, daß ich hinterher nicht einmal sicher war, ob ich es wirklich gesehen oder mir nur eingebildet hatte.
Eisenzahn landete wie ein lebender Amboß auf dem Dach und beulte es ein, fand im letzten Augenblick sein Gleichgewicht wieder und richtete sich auf. Sein Stahlgebiß blitzte.
Da jagte hinter ihm der Schatten heran – und ich ließ mich mit angehaltenem Atem zur Seite fallen und stürzte vom Wagendach herunter. Die Lokomotive stieß einen schrillen Pfiff aus. Eisenzahn versuchte noch zu reagieren, wirbelte mit übermenschlicher Schnelligkeit herum und duckte sich gleichzeitig. Aber er hatte die Drehung noch nicht einmal halb beendet, als der Zug unter der Brücke hindurchdonnerte.
Es war eine sehr niedrige Brücke.
So niedrig, wie ich gehofft hatte.

Das erste, was ich wieder bewußt wahrnahm, war das schrille Pfeifen der Lokomotive. Sekundenlang blieb ich reglos liegen und wartete darauf, daß der hämmernde Schmerz in meinem Hinterkopf nachließ. Dann öffnete ich die Augen, erkannte einen Ausschnitt regengrauen niederländischen Himmels über mir und nahm staunend die Tatsache zur Kenntnis, daß ich den Sturz vom Zugdach überlebt hatte.
Vorsichtig richtete ich mich auf. An meinem Körper schien kein einziger Muskel zu sein, der nicht irgendwie

geprellt, gestaucht oder überdehnt war. Als ich versuchte, mich auf Hände und Knie zu erheben, unterdrückte ich nur mit Mühe einen Schmerzensschrei.
Dabei hatte ich noch Glück gehabt. Ich war nicht direkt auf den Bahndamm geprallt, sondern ein Stück weit die Böschung hinuntergekugelt, ehe ein Busch meinen rasenden Sturz gebremst und mich vermutlich vor einigen üblen Knochenbrüchen oder Schlimmerem bewahrt hatte. Wenn ich von den zahllosen Kratzern und Abschürfungen an meinen Händen und im Gesicht absah, schien ich fast unverletzt zu sein. So unverletzt, wie man eben ist, wenn man von einem mit voller Geschwindigkeit dahinpreschenden Zug springt ...
Irgendwo, sicher schon eine oder zwei Meilen entfernt, pfiff die Lokomotive ein weiteres Mal, und der Laut erinnerte mich daran, daß ich einen triftigen Grund gehabt hatte, vom Dach des Wagens zu springen. Ich sah mich sichernd nach allen Seiten um und stand dann vollends auf. Mühsam – und noch immer ziemlich wackelig auf den Beinen – erklomm ich die Böschung und bewegte mich auf die Brücke zu. Ich war nicht sehr weit von der Stelle entfernt, an der sie sich über die Geleise spannte – zwanzig, vielleicht dreißig Yards. Weniger als eine Sekunde, bei der Geschwindigkeit, die der Zug gehabt hatte. Der Gedanke ließ mich frösteln. Eine Sekunde ... Wenn ich auch nur um eine Winzigkeit zu spät reagiert hätte ...
Mein Blick glitt über das regennasse Gras der Böschung, fand einen niedergewalzten Busch und folgte der Spur aus aufgewühltem Erdreich und entwurzelten Sträuchern, die sich den Abhang hinabzog. Einen Moment lang egriff mich die absurde Angst, daß sich die Büsche bewegen und Eisenzahn in alter Mordlust auftauchen könnte, aber ich vertrieb den Gedanken und schimpfte mich im stillen einen

Narren. Alles, was ich finden würde, war eine Leiche. Trotzdem zögerte ich noch, von den Bahngeleisen hinunterzutreten. Allein der Gedanke an den Anblick, den der Tote bieten mußte, drehte mir schier den Magen um. Und... ich hatte einen Menschen getötet, zwar in einwandfreier Notwehr und vermutlich ohne irgendeine andere Wahl gehabt zu haben, aber tot war tot, und der Gedanke erfüllte mich mit einem Gefühl von Schuld, gegen das ich allen Rechtfertigungen zum Trotz nicht ankam. Schließlich überwand ich mich doch, die Böschung hinunterzusehen und der Spur zu folgen. Der Boden war fast handtief aufgerissen, wie von einer gewaltigen Egge umgepflügt, das Gras glattweg abrasiert und selbst ein junger Baum, der die Stärke meines Handgelenkes hatte, geknickt, als wäre ein Meteor vom Himmel gestürzt. Überall lagen Fetzen von Kleidern, zerborstenes Metall und Dinge, die derart zusammengestaucht waren, daß ihre ursprüngliche Form nicht mehr zu erkennen war. Dann fand ich einen Schuh, der wie von einer Kreissäge halbiert worden war. Und schließlich endete die Spur am Ufer eines schmalen, aber allem Anschein nach sehr reißenden Flüßchens, das sich parallel zum Bahndamm dahinzog.
Was ich nicht fand, war Eisenzahn.
Zwei-, dreimal hintereinander suchte ich die Böschung rechts und links der gewaltigen Schleifspur ab, zuerst flüchtig und in aller Hast, dann gründlicher. Aber das Ergebnis war jedesmal das gleiche: Die Schleifspur endete nach einer Strecke von mehr als dreißig Yards im Uferschlamm des Flusses, aber von Eisenzahn selbst war nichts zu sehen.
Die logische Erklärung war sicherlich, daß die Wucht des Sturzes ihn bis in den Fluß geschleudert hatte, wo ihn die Strömung davontrug; aber ein inneres Gefühl sagte mir,

daß es nicht so gewesen war und daß ich gut daran tat, mich trotz allem in acht zu nehmen.
Direkt vor meinen Füßen schimmerte etwas im Gras. Ich blieb stehen, bückte mich und streckte die Hand nach dem Gegenstand aus, hielt aber mitten in der Bewegung inne. Eine eisige Faust schien sich um mein Herz zu legen und ganz langsam zuzudrücken.
Es war ein Auge.
Wie eine kleine glitzernde Murmel lag es vor mir im Gras, lidlos und von einem stummen, im Tode erstarrten Vorwurf erfüllt. Ein menschliches Auge.
Oder zumindest die perfekteste Nachbildung eines menschlichen Auges, die mir jemals untergekommen war. Das einzige, was die Illusion störte, waren die dünnen, glitzernden Drähte, die sich wie abgerissene metallene Nervenstränge aus seiner Rückseite kräuselten.
Alarmiert ließ ich mich auf die Knie herabsinken, nahm das gläserne Auge behutsam zwischen die Fingerspitzen und hob es hoch. Es war viel schwerer, als ich erwartet hatte, und als ich versehentlich zwei der dünnen Drähtchen berührte, gab es einen winzigen blauen Funken. Ein leises Schnarren ertönte aus dem Inneren des Gebildes, und die Pupille bewegte sich von links nach rechts und wieder zurück.
Ich war nicht einmal sonderlich überrascht. Nach allem, was geschehen war, hatte es eigentlich nur diese eine Erklärung geben können.
Was nicht etwa hieß, daß sie mich beruhigt hätte.
Ganz im Gegenteil.

Die Sonne war längst untergegangen, als ich Amsterdam erreichte, und aus den zahllosen Grachten und Flüßchen, die die Stadt durchzogen, stieg Nebel empor. Die Häuser

rechts und links der heruntergekommenen Straße schienen sich hinter den wogenden Schleiern zu ducken, und obwohl es noch gar nicht so übermäßig spät und Amsterdam immerhin eine Weltstadt war, waren die Straßen wie ausgestorben. Nicht das geringste Zeichen von Leben regte sich. Die einzige Bewegung, die ich ausmachen konnte, war das gemächliche Dahintreiben des Nebels, der in großen, sonderbar massig wirkenden Fetzen in der Luft hing. Die Scheinwerfer des Taxis vermochten sie nicht zu durchdringen. In den letzten Minuten war der Wagen immer langsamer geworden, jetzt kroch er fast im Schrittempo dahin. Und wenn dieser verdammte Nebel noch dichter wurde, dann war der Moment abzusehen, an dem wir gar nicht mehr weiterkommen würden. Der Gedanke, etwa aussteigen und zu Fuß durch die Straßen – und vor allem durch diese Straßen – gehen zu müssen, machte mir irgendwie Angst.
Ich bewegte mich unbehaglich auf dem Beifahrersitz und wandte mich schließlich an den Taxifahrer. »Sie sind ganz sicher, daß wir richtig sind?«
Der Mann nickte. Während der gut fünfundvierzig Minuten, die die Fahrt bisher gedauert hatte, hatte er kaum mehr als ein Dutzend Worte gesprochen. Aber das mochte daran liegen, daß er ungefähr so viel Englisch sprach wie ich Holländisch – nämlich keines. Diesmal aber schien er zumindest den Sinn meiner Worte verstanden zu haben, denn er tippte mit dem kleinen Finger auf den Spickzettel, den er am Amaturenbrett festgeklemmt hatte. Ich hatte ihm – nachdem ich vergeblich versucht hatte, ihm mein Anliegen klarzumachen – die drei Worte AMSTERDAM, HOTEL und CAROLA daraufgeschrieben und einen Hundert-Gulden-Schein dazugelegt, und eines von beiden mußte er wohl verstanden haben. »Hotel Carola,

Mijnheer?« wiederholte er jetzt fragend.
Ich nickte widerstrebend. Carola, das war der Name des Hotels, in dem DeVries das Zimmer für mich gebucht hatte, und ich sah keinen Grund, nicht dort einzuziehen. Das heißt, bisher hatte ich keinen Grund gesehen; schließlich hatte ich ja nicht ahnen können, in welcher Gegend dieses Hotel lag.
Trotzdem erschien es mir unsinnig, ein anderes Hotel zu suchen, auch wenn mir das im Grunde keinerlei Schwierigkeiten bereitet hätte, – mein Gepäck war zwar im Zug zurückgeblieben, aber ich hatte Glück im Unglück gehabt: Ich hatte all meine persönlichen Papiere und mein Bargeld in der Brieftasche getragen, so daß ich durchaus in der Lage war, mir ein anständiges Hotel zu leisten. Aber zum einen mochte es sein, daß DeVries eine Nachricht für mich im Carola hinterlassen hatte, vielleicht sogar selbst dort wartete, zum anderen hatte ich Jeremy diese Adresse gegeben und er wiederum seinem Freund Dreistmeer von der Amsterdamer Polizei. Und außerdem sah ich nicht unbedingt aus wie ein Mann, der sich ein teures Hotel leisten konnte. Meine Kleider bestanden eigentlich nur noch aus Fetzen, daher war ich mir gar nicht sicher, ob man mich im Marriott oder Hilton aufnehmen würde, selbst wenn ich mit einem Bündel Banknoten wedelte. Geld allein reicht nicht immer aus. Und schließlich war ich so erschöpft und müde, daß ich auch unter den Brücken geschlafen hätte. Ich hatte eine Stunde gebraucht, um die Straße zu erreichen und ein Taxi zum Anhalten zu bewegen – was bei meinem desolaten Äußeren eigentlich kein Wunder war.
Trotzdem kamen mir mehr und mehr Zweifel – ich legte keinen Wert auf ein Vier-Sterne-Hotel, aber ich bezweifelte doch arg, daß es in dieser Gegend überhaupt etwas

gab, das die Bezeichnung Hotel verdiente. Ich hatte – zumal heute Sonntag war – nicht unbedingt damit gerechnet, eine vor Leben und Freundlichkeit strotzende Stadt vorzufinden, was ich aber jetzt erblickte, das war schon fast gespenstisch. Sämtliche Fenster waren geschlossen und vor den meisten zusätzlich Läden vorgelegt. Nirgends war Licht oder irgendein anderes Anzeichen menschlichen Daseins zu gewahren, und der einzige Laut, den ich hörte, war das Motorengeräusch des Wagens. Die Häuser hier waren allesamt schmal und geduckt, und selbst das wenige Grün, das hier und da das triste graue Antlitz des Viertels durchbrach, wirkte kränklich und blaß.

»Hotel Carola«, sagte der Fahrer plötzlich noch einmal, aber warum er das tat, das begriff ich erst, als ich verblüfft die heruntergekommene Ruine betrachtete, neben der der Wagen angehalten hatte. Ein einzelnes trübes Licht brannte hinter der verglasten Eingangstür, ansonsten paßte das Gebäude hundertprozentig in die Gegend – es sah aus, als wäre es seit Jahren unbewohnt. DeVries hatte entweder einen besonders seltsamen Sinn für Humor, oder er schätzte mich irgendwie falsch ein. Noch einmal überlegte ich, ob ich mir nicht doch ein anderes Domizil suchen sollte, aber dann gewannen meine Müdigkeit und der Gedanke an ein Bett – und sei es noch so schmutzig und durchgelegen – die Oberhand. Ich verabschiedete mich mit einem flüchtigen Lächeln von meinem Chauffeur, stieg aus dem Wagen und betrat das Hotel.

Für einen kurzen Moment spürte ich, wie mein sechster Sinn Alarm schlug. Irgend etwas stimmte hier nicht. Aber dann war das Gefühl verschwunden. Meine Nerven schienen auch nicht mehr die besten zu sein – kein Wunder, nach dem heutigen Tag.

Mit hängenden Schultern stapfte ich zur Rezeption und

schlug die Hand auf die kleine Glocke, die auf der zerkratzten Theke stand, aber es dauerte fast eine Minute, bis endlich hinter mir schlurfende Schritte laut wurden. Ich drehte mich herum und gewahrte einen buckligen, kahlköpfigen Alten, der ohne sonderliche Eile herbeikam.
»Guten Abend«, sagte ich. »Mein Name ist Craven. Robert Craven. Für mich muß ein Zimmer in Ihrem Hotel reserviert sein.«
Der Alte sagte nichts, latschte nur kopfschüttelnd an mir vorbei und hinter die Theke. Ich sah, daß seine rechte Hand von der Gicht verkrüppelt war, und beschloß, ihm seine Unfreundlichkeit nachzusehen.
»Zimmer reservieren wir nicht«, murrte er grob, dafür aber in beinahe akzentfreiem Englisch, wie ich mit einem leisen Gefühl der Verwunderung feststellte. »Aber Sie können eins haben. Für wie lange?« Er bückte sich, holte einen abgewetzten Folianten unter seiner Theke hervor und schlug ihn auf. Die Seiten waren schmutzig und zerknittert und mit kleinen Zeilen in einer fast unleserlichen Handschrift übersät. Mit zitternden Fingern zog er einen Bleistiftstummel hervor, leckte ihn an und blinzelte aus kleinen roten Augen zu mir hinauf.
»Ihr Name?«
»Craven«, wiederholte ich, noch immer um Ruhe und freundliches Auftreten bemüht. »Robert Craven.«
»Roooobeeeert Craaaaven«, wiederholte der Alte gedehnt und begann etwas in sein Buch zu kritzeln, hielt dann aber inne und blinzelte mich wieder an. »Schreibt sich das mit K oder C?« fragte er.
»Mit einem C«, erwiderte ich, nun schon etwas ruppiger. Meine Geduld war nach der gespenstischen Fahrt hierher ziemlich erschöpft. Und meine Umgebung machte mich zusätzlich nervös. Verstohlen sah ich mich um. Alles hier

wirkte alt und verkommen und in seiner Verstaubtheit sonderbar bedrückend. Es war die Art von Gefühl, die einem bei der Besichtigung einer uralten Burgruine überkommen mochte.
»Ce-er-e-ef-e-en«, buchstabierte der Alte. »Richtig?«
»Nein«, schnappte ich. »Ganz einfach Craven. Wie Raven, nur mit einem C vorne. Der Rabe, verstehen Sie?« Ich starrte ihn böse an, hob die Arme und machte eine flatternde Bewegung.
Aber wenn der Alte meinen Sarkasmus überhaupt mitbekam – was ich heftigst bezweifelte –, dann reagierte er nicht darauf. Er zuckte nur mit den Achseln, beendete seine Eintragungen und klappte das Buch wieder zu. Dann klaubte er einen Zimmerschlüssel von dem Bord hinter sich und reichte ihn mir. Ich sah, daß die meisten Schlüssel an ihren Haken hingen. Das Hotel mußte zum Großteil leerstehen. Kein Wunder.
»Kein Gepäck?« fragte er mißtrauisch. Ich verneinte, und der Alte fügte hinzu: »Dann müssen Sie im voraus zahlen. Macht hunderfünfzig Gulden.«
Ich nickte automatisch, griff nach meiner Brieftasche und hielt mitten in der Bewegung inne, als mir klar wurde, daß diese Summe fast fünfzig englischen Pfund entsprach. »Für eine Nacht?« fragte ich zweifelnd.
Quasimodo nickte ungerührt. »Sie müssen's ja nicht nehmen«, antwortete er. »Können gerne wieder gehen. 's gibt billigere Hotels.«
Schaudernd blickte ich zur Tür. Der Nebel war mittlerweile so dicht geworden, daß das Glas aussah, als wäre es in graue Watte gepackt. Ohne ein weiteres Wort klappte ich meine Brieftasche auf, zählte den geforderten Betrag ab und schob ihn über die Theke. Der Alte griff mit einer flinken Bewegung danach und ließ die Scheine in seiner

Hosentasche verschwinden. »Zimmer dreihundertdrei«, sagte er. »Im dritten Stock. Nummer steht an der Tür. Wenn Sie Frühstück wollen, müssen Sie sich am Abend vorher anmelden. Heute ist's aber zu spät.«
Der Gedanke an Frühstück war mir noch nicht einmal gekommen. Alles, was ich wollte, war schlafen. Und ich hätte wahrscheinlich auch lieber gehungert, als in diesem Etablissement irgend etwas zu mir zu nehmen. Morgen würde ich einige deutliche Worte mit Mijnheer DeVries wechseln. Was hatte er sich bloß dabei gedacht, mich in einem solchen Loch unterzubringen?
Ohne ein weiteres Wort ging ich nach oben. Die morschen, gefährlich aussehenden Stufen ächzten und bebten unter meinem Gewicht, als wollte die gesamte Konstruktion jeden Moment zusammenbrechen, und die Luft roch zunehmend nach Staub und Alter, je höher ich kam. Das Hotel war sonderbar still. Nicht der geringste Laut war zu hören, und viele Türen standen offen. Die Zimmer dahinter waren leer und unbenutzt.
Als ich das dritte Stockwerk erreichte, war ich vollkommen sicher, daß mir der Alte dieses Zimmer aus purer Gehässigkeit gegeben hatte, nachdem er gesehen hatte, wie müde ich war. Ich würde ihm gehörig die Meinung sagen. Aber erst, nachdem ich zwölf Stunden geschlafen hatte.
Ich betrat mein Zimmer und wankte schnurstracks zum Bett. Ohne mir auch nur die Mühe zu machen, mich auszuziehen, ließ ich mich auf die schmutzigen Laken fallen. Müdigkeit und Erschöpfung schlugen wie eine mächtige, warme Woge über mir zusammen, und ich war schon halb eingeschlafen, als ich ein gewisses menschliches Bedürfnis verspürte, von dem auch Magier und Hexenmeister nicht verschont bleiben. Eine Zeitlang kämpfte ich dagegen an, sah dann aber ein, daß es ziemlich sinnlos war – letztend-

lich würde ich doch aufstehen müssen –, und erhob mich seufzend, um ins Bad zu gehen. Wankend vor Müdigkeit und mit halb geschlossenen Augen torkelte ich durch das Zimmer, öffnete die Tür zum Bad und tat einen großen Schritt in den Raum hinein. Ich hoffte, daß es in dieser Kaschemme wenigstens eine Toilette mit Wasserspülung gab.

Ich hoffte vergebens.

Es gab hier nicht nur keine Wasserspülung, es gab auch keine Toilette.

Der Raum hatte nicht einmal einen Boden.

Aber das bemerkte ich erst, als mein Fuß ins Leere stieß und ich wie ein Stein in die Tiefe kippte.

Alles ging unglaublich schnell. Ich schrie auf, fiel mit hilflos rudernden Armen nach vorne und sah den Abgrund wie ein aufgerissenes Maul nach mir schnappen. Die zerborstenen Wände huschten an mir vorüber, und mein eigener Schrei hallte wie boshaftes Hohngelächter in meinen Ohren wider. Verzweifelt griff ich um mich, bekam irgend etwas zu fassen und klammerte mich mit aller Gewalt fest.

Der Ruck schien mir die Arme aus den Gelenken zu reißen. Meine Hände glitten an dem rauhen Holz ab, drohten den Halt zu verlieren. Ein Span riß mir die Rechte vom Daumen bis zur Handwurzel auf, aber ich hielt eisern fest. Vorsichtig griff ich erst mit der Rechten, dann mit der Linken nach und umfaßte schließlich sicher einen Balken, der über mir aus der Wand ragte. Sekundenlang blieb ich mit geschlossenen Augen so hängen und rang nach Atem. Erst dann wagte ich es, die Augen zu öffnen und mich umzusehen.

Der Anblick ließ mein Herz einen schmerzhaften Sprung machen.

Der Balken, an dem ich mich im letzten Moment festgeklammert hatte, war alles, was vom Boden des Zimmers übriggeblieben war. Die Zwischendecke war zusammengebrochen, vielleicht schon vor Jahren, und hatte dabei die gesamte Einrichtung des kleinen Raumes mit sich gerissen. Aus den Wänden ragten die zerfetzten Überreste von Bleirohren und Leitungen. Selbst der Balken, an dem ich hing, war nur noch zu einem Drittel vorhanden. Wäre ich zehn Inches weiter nach vorne gestürzt, hätten meine Hände ins Leere gegriffen.

Meine Beine pendelten frei über einem drei Stockwerke tiefen Abgrund. Nicht nur der Boden des Badezimmers war eingebrochen – die Trümmer hatten auch die darunterliegenden Etagen durchschlagen. Es war ein rechteckiger, bis in die Kellergeschosse reichender Schacht.

Meine Hände meldeten sich mit pochenden Schmerzen. Ich löste meinen Blick von der dräuenden Finsternis unter mir, biß die Zähne zusammen und begann mich langsam, unendlich langsam an dem Balken entlang auf die offenstehende Tür zuzuhangeln.

Die Strecke war nicht weit – vielleicht dreißig Inches –, aber es hätten ebensogut dreißig Meilen sein können. Meine Muskeln begannen mir den Dienst zu versagen. Der Abgrund zerrte mit unsichtbaren Händen an meinen Beinen. Aber ich schaffte es. Mit letzter Kraft erreichte ich die Tür, meine Finger krallten sich in den zerschlissenen Teppichrand, und ich zog mich in die Sicherheit des Hotelzimmers hinauf. Dann schwanden mir endgültig die Sinne.

Jemand machte sich an meiner Hand zu schaffen, als ich erwachte, und was immer er tat, es verursachte höllische Schmerzen.

Ich stöhnte, versuchte mich aufzusetzen und gleichzeitig

meine Hand zurückzuziehen, schaffte aber weder das eine noch das andere. Eine Hand stieß mich mit sanfter Gewalt zurück, und eine andere hielt mein rechtes Handgelenk behutsam, aber mit großer Kraft fest.
»Halten Sie still«, sagte eine Stimme. »Es dauert nur noch einen Moment.«
Ich gehorchte, biß die Zähne zusammen, als sich ein neuer, dünner Schmerz in meinen Arm bohrte, und öffnete erst jetzt die Augen.
Ich lag auf dem Bett meines Zimmers. Der Fensterladen war geöffnet worden, und grelles Sonnenlicht stach in meine Augen. So konnte ich die Gestalt, die neben mir auf der Bettkante saß, im ersten Moment nur als verschwommenen Schatten gegen das Fenster ausmachen. Hinter ihr erhob sich ein zweiter Schatten, und irgendwo links von mir rumorte noch jemand. Sie waren also mindestens zu dritt.
Der Schmerz in meiner Hand erlosch plötzlich, und auch das Hämmern hinter meiner Stirn sank auf ein erträgliches Maß herab. Die wirbelnden Schleier vor meinen Augen lichteten sich allmählich.
Der Mann ließ meinen Arm los, setzte sich auf und lächelte. Ich erkannte jetzt, daß er nicht sehr viel älter war als ich – vielleicht dreißig – und ein offenes, sympathisches Gesicht hatte. Sein blondes Haar war streichholzkurz geschnitten. Er trug Jeans und ein Polohemd, darüber aber einen ganz und gar unpassenden Trenchcoat. Der schwarze Schatten hinter ihm gerann zu einem hochgewachsenen, sehr schlanken Mann in einer dunkelblauen, niederländischen Polizeiuniform.
Dann, schlagartig, kehrten auch meine Erinnerungen zurück.
Erschrocken wandte ich den Kopf und blickte zur Bade-

zimmertür hinüber. Sie war wieder geschlossen, aber allein die Erinnerung an das, was geschehen war, ließ einen eisigen Schauer über meinen Rücken rieseln.
Der Fremde war meinem Blick gefolgt, und als ich ihn wieder ansah, entdeckte ich eine sonderbare Mischung aus Freundlichkeit und Sorge in seinen Augen.
»Alles wieder okay?« fragte er.
Ich nickte – noch immer, ohne ein Wort zu sagen –, und er beugte sich vor und hob etwas auf, das neben mir auf dem Bett gelegen hatte. Es war ein gut drei Zoll langer, nadelspitzer Holzsplitter, an dessen Ende geronnenes Blut klebte. »Das da war in Ihrer Hand«, sagte er freundlich. »Muß verdammt weh getan haben. Haben Sie eine Ahnung, wie es hineingekommen ist?«
Ich setzte zu einer Antwort an – aber dann überlegte ich es mir wieder. Irgendwie wäre ich mir albern dabei vorgekommen, ihm zu erklären, daß ich ins Klo gefallen war ... Statt dessen zuckte ich nur die Achseln und schüttelte stumm den Kopf
»Na, macht auch nichts«, sagte der andere. Plötzlich lächelte er wieder. »Sie sind Robert Craven, stimmt's? Ich bin Frans Dreistmeer.«
Er hielt mir seine ausgestreckte Hand entgegen, und ich griff automatisch danach und schüttelte sie. Erst dann wurde mir bewußt, was er überhaupt gesagt hatte.
»Dreistmeer? Sie sind Inspektor Dreistmeer?«
Dreistmeer nickte. »Was ist daran so erstaunlich? Jeremy hat Sie doch zu mir geschickt.«
»Sicher«, antwortete ich verwirrt. »Aber ...«
»Haben Sie mich nicht so schnell erwartet?« Dreistmeer zog fragend die Brauen hoch. »Na, jedenfalls bin ich jetzt da. Aber was zum Teufel, mein lieber Mister Craven, tun *Sie* hier?« Er machte eine weitausholende Handbewegung.

»Jeremy erzählte mir am Telefon, daß Sie nicht ganz mittellos sind. Konnten Sie sich kein Hotel leisten?«
Wenn das ein Witz sein sollte, dann war es kein guter. Ich quittierte die Bemerkung mit einem bösen Blick, setzte mich vollends auf und schwang die Beine vom Bett. »Ich bin doch in einem Ho –«, begann ich, sprach dann aber nicht weiter, sondern blickte mich voll plötzlichem Schrekken um. Ich war bisher viel zu benommen gewesen, um auf meine Umgebung zu achten.
Ich war in meinem Hotelzimmer, wie ich behauptet hatte – und auch wieder nicht. Es war derselbe Raum, aber wie hatte er sich verändert! Die Wände waren in schrecklichem Zustand, überall lösten sich die Tapeten, da und dort sah der nackte Putz oder graues, vom Schwamm aufgeweichtes Mauerwerk hervor. Der Boden war eingefallen, die Bohlen vom Alter verquollen und geborsten, und durch das glaslose Fenster pfiff der Wind herein. Das Bett, auf dem ich erwacht war, war ein einziges Trümmerstück, schräg wie ein gestrandetes Schiff auf nur drei Beinen stehend und mit vermoderten, grauen Fetzen bedeckt. Das Zimmer war keine Luxussuite gewesen, aber das ...
Verstört blickte ich meinen Retter an. »Das ist doch unmöglich«, murmelte ich. »Dieses Zimmer war ... vollkommen in Ordnung, als ich heraufgekommen bin.«
Dreistmeer schüttelte den Kopf. »Sie müssen ein schlimmes Zeug geschluckt haben, heute nacht«, erwiderte er lächelnd, aber nicht ganz ohne Mißtrauen. Dann wurde er wieder ernst. »Ich bin zwar zum ersten Mal hier«, sagte er, »aber so, wie das Haus aussieht, muß es seit mindestens zehn Jahren leerstehen.«
»Aber es war völlig intakt, als ich gekommen bin«, protestierte ich. »Ein bißchen heruntergekommen vielleicht, aber sonst völlig intakt. Ich habe mich an der Rezeption

eingetragen und vom Portier den Schlüssel zu diesem Zimmer bekommen und –« Ich sprach nicht weiter, als ich den Ausdruck in seinen Augen bemerkte. »Sie glauben mir kein Wort, wie?«
Dreistmeer zögerte. Sein Blick huschte nervös über die Tür zum Bad und kehrte zurück. »Nein«, sagte er dann. »Aber das heißt nicht, daß ich glaube, daß Sie lügen.« Er seufzte. »Jeremy hat mich gewarnt, mich auf Überraschungen gefaßt zu machen, wenn ich auf Sie treffe. Aber ich wußte nicht genau, wie er das gemeint hat. Warum sind Sie nicht in das Hotel gezogen, das DeVries für Sie gebucht hat?«
Jetzt verstand ich überhaupt nichts mehr. »Ich war im Hotel Corona«, fuhr Dreistmeer fort, als er meinen fragenden Blick registrierte. »Genauer gesagt, ich war am Bahnhof, gestern abend, um Sie abzuholen.«
»Aha«, sagte ich. Plötzlich fühlte ich mich gar nicht mehr wohl in meiner Haut. »Der Zug hatte Verspätung«, fuhr Dreistmeer fort, und jetzt war ich sicher, mir den lauernden Ton in seiner Stimme nicht nur einzubilden. »Das war allerdings nicht besonders erstaunlich – jemand hat sich große Mühe gemacht, den Zug zu demolieren, nach allen Regeln der Kunst. Ein paar Wagen sahen aus wie nach einem Tieffliegerangriff, und die Fahrgäste erzählten eine höchst sonderbare Geschichte. Sie wissen nichts darüber?«
»Nein«, sagte ich hastig. »Ich bin ... nicht mit dem Zug gefahren.«
»Ihr Gepäck war im Wagen«, sagte Dreistmeer harmlos.
»Sicher. Ich war so intelligent, in Rotterdam noch einmal auszusteigen, um mir eine Zeitung zu kaufen. Am Kiosk war viel Betrieb. Als ich wieder an den Bahnsteig kam, sah ich den Zug gerade noch abfahren. Ich habe ein Taxi hierher genommen.«

Dreistmeer schwieg eine ganze Weile. Er glaubte mir kein Wort, das merkte ich genau. Aber dann nickte er nur. »Das war Pech«, sagte er. »Nun ja – jedenfalls war ich am Bahnhof, und als Sie nicht im Zug waren, bin ich zum Corona gefahren. Aber auch dort war kein Robert Craven zu finden.«
»Warum auch?« fragte ich. »Mijnheer DeVries hat im Hotel Carola für mich gebucht.« Ich griff nach meiner Brieftasche, zog das zusammengefaltete Telegramm von DeVries heraus und reichte es ihm. Dreistmeer überflog das Blatt flüchtig, reichte es mir zurück und sah mich auf sehr sonderbare Weise an. Beunruhigt faltete ich das Blatt abermals auseinander, las es, stutzte, las es noch einmal – und fuhr mir mit dem Handrücken über die Augen. Für einen Moment weigerte ich mich einfach zu glauben, was ich da sah.
Auf dem Telegramm stand eindeutig: *Hotel Corona.*
Aber das war doch unmöglich! Ich wußte mit hundertprozentiger Sicherheit, daß ich mich nicht geirrt hatte. Ich hatte den Namen ja noch extra von diesem Blatt abgeschrieben, als ich versuchte, mich mit dem Taxifahrer zu verständigen. Was ging hier vor?
Dreistmeer sah mich weiter auf diese beunruhigend mißtrauische Weise an, gab sich dann aber einen merklichen Ruck und lächelte wieder. »Irrtümer kommen vor«, sagte er. »Aber warum sind Sie nicht weitergefahren, als das Taxi Sie hierhergebracht hat?«
Einge gute Frage. Ja, warum war ich eigentlich nicht weitergefahren? »Ich ... ich dachte, es ...«, begann ich, lächelte nervös und setzte noch einmal von neuem an. »Mijnheer DeVries nannte mir diesen Treffpunkt, wissen Sie? Ich habe mich auch gewundert. Aber ich dachte, er würde hier auf mich warten.«

Dreistmeers Blick machte deutlich, was er von dieser Antwort hielt. Aber er widersprach nicht, sondern zuckte nach einer Weile abermals mit den Achseln. Dann fiel mir etwas ein.
»Woher wußten Sie überhaupt, wo Sie mich finden würden?« fragte ich.
Dreistmeer lächelte dünn. »Oh, das war leicht«, sagte er. »Wir haben den Taxifahrer gefunden, der Sie von Rotterdam aus hierhergefahren hat.«
Darauf antwortete ich vorsichtshalber nichts mehr.

Das nächste, was ich von Amsterdam kennenlernte, war die Polizeizentrale, in die Dreistmeer mich mitnahm. Wir sprachen nicht viel auf dem Weg dorthin, und auch nach unserer Ankunft kamen wir nicht gleich dazu – was ich nur begrüßte, denn ich war so verwirrt, daß ich ohnehin kaum ein vernünftiges Wort herausgebracht hätte, und das nicht nur, weil ich zum zweiten Mal innerhalb weniger Stunden mit knapper Not dem Tode entronnen war – das war etwas, woran ich mich gewissermaßen allmählich zu gewöhnen begann –, nein, da war noch mehr. An der Sonne, die hoch über den Dächern Amsterdams am Himmel stand, erkannte ich, daß es auf Mittag zuging, und die Vorstellung, daß ich fast vierzehn Stunden lang bewußtlos gewesen sein sollte, beunruhigte mich zutiefst. Und da war die Sache mit dem Telegramm – verdammt, ich wußte genau, daß ich mich nicht in der Adresse vertan hatte!
Aber was war es dann gewesen? Zauberei? Ich beschloß, abzuwarten, bis ich mit Dreistmeer allein war, und vorsichtig herauszufinden, inwieweit ich ihm die Wahrheit zumuten konnte. Er war Jeremys Freund, und das allein war ein Grund für mich, ihm zu vertrauen. Die Frage war nur, ob er mir glauben würde.

Vorerst jedoch kamen wir nicht dazu, in aller Ruhe über Gespenster und Magie zu plaudern, denn Dreistmeer verfrachtete mich kurzerhand zum Polizeiarzt, kaum daß wir das Revier erreicht hatten. Als ich lautstark zu protestieren begann, vergaß er schlagartig jeden Brocken Englisch, den er je gesprochen hatte, deutete nur mit der Hand auf sein Ohr und zuckte die Achseln.
»*Ik kan niet verstaan*«, sagte er grinsend.
Ich kapitulierte. Und eigentlich war ich sogar ganz froh, auf diese Weise noch ein wenig Zeit zum Nachdenken herausgeschunden zu haben.
Der Arzt untersuchte mich gründlich und begann dann all die kleineren und größeren Blessuren zu versorgen, die ich in den letzten vierundzwanzig Stunden davongetragen hatte. Er sagte während der ganzen Zeit kein Wort, aber er schüttelte dafür unentwegt den Kopf, und sein Gesichtsausdruck wurde immer finsterer. Als er mit mir fertig war, sah ich aus wie eine Mumie auf Urlaub.
Dreistmeer erwartete mich in einem winzigen, bis an die Decke mit Akten und Papieren vollgestopftem Büro. Er telefonierte, als ich eintrat, bedeutete mir aber mit einer Geste, Platz zu nehmen, und scheuchte mit der gleichen Handbewegung den Polizisten fort, der mich hergebracht hatte. Ich setzte mich und wartete geduldig, bis er sein Gespräch beendet hatte.
»Geht es besser?« fragte er.
Ich nickte dankbar. »Ihr Arzt hat sich hervorragend um mich gekümmert. Aber ich bin ein wenig durstig. Wenn Sie vielleicht ein Glas Wasser –«
Dreistmeer stand halb auf, ließ sich dann wieder zurücksinken und streifte den Hemdsärmel zurück, um auf seine Armbanduhr zu sehen. »Ich habe gleich Mittagspause«, sagte er. »Wenn Sie wollen, gehen wir eine Kleinigkeit es-

sen. Ich kenne da ein nettes italienisches Restaurant, gleich um die Ecke. Einverstanden?«

Natürlich war ich das – obgleich mich sein Vorschlag einigermaßen überraschte. Ich war halb darauf gefaßt gewesen, verhaftet zu werden. Aber Dreistmeer machte weder irgendwelche finstere Andeutungen – »Fliehen ist sowieso zwecklos, Mister Craven«, oder sonst etwas in dieser Richtung –, noch legte er mir Handschellen an. Keine fünf Minuten später verließen wir das Polizeihauptquartier wie zwei altvertraute Freunde und flanierten gemächlich über die kaum befahrene Straße.

Das Restaurant lag wirklich nur ein paar Schritte entfernt, wie Dreistmeer gesagt hatte. Er mußte hier wohl Stammkunde sein, denn wir hatten uns kaum gesetzt, als ein Ober herbeikam und nach unseren Wünschen fragte – und das, obgleich das Lokal zu dieser Tageszeit Hochbetrieb hatte. Dreistmeer bestellte kurzerhand für uns beide, wartete, bis der Kellner wieder außer Hörweite war und zündete sich dann umständlich eine Zigarette an. Nachdem er mir die Packung hingehalten und ich den Kopf geschüttelt hatte, kam er endlich zum Thema.

»Das waren Sie, nicht?« fragte er.

»Was?« fragte ich – obgleich ich ahnte, worauf er hinauswollte.

»Der Mann, der den Zug Rotterdam–Amsterdam auseinandergenommen hat. Wenigstens einer von beiden.«

»Verhaften Sie mich, wenn ich ja sage?« fragte ich zögernd.

Dreistmeer lächelte und blies eine dünne Rauchwolke gegen die Decke. »Höchstens, wenn Sie nein sagen«, antwortete er. »Die Beschreibung paßt genau auf Sie. Ihr Gepäck war in dem zertrümmerten Abteil, und ich schätze, daß wir an die zweihundert Zeugen auftreiben können, wenn es sein muß. Was ist passiert?«

Es dauerte einen Moment, bis ich antwortete, und ich war auch dann nicht sehr sicher, ob es klug war – aber welche Wahl hatte ich schon?
»Ich weiß es nicht genau«, sagte ich. »Das heißt, ich weiß natürlich, was passiert ist, aber nicht warum.«
»Dann erzählen Sie mir erst das Was«, schlug Dreistmeer vor. »Vielleicht finden wir das Warum dann gemeinsam heraus.«
Das tat ich. Ich untertrieb ein wenig, als ich über Eisenzahns unmenschliche Stärke berichtete, aber nicht viel – letztendlich hatte er das zertrümmerte Abteil gesehen, und wahrscheinlich auch die Spuren, die seine Hände und Füße in den Wagendächern hinterlassen hatten. Dreistmeer hörte geduldig zu, rauchte derweil seine Zigarette zu Ende und zündete sich gleich darauf eine zweite an, die er aber im Aschenbecher verqualmen ließ, ohne auch nur einmal daran zu ziehen. Erst, als ich zu Ende gekommen war, ergriff er wieder das Wort.
»Das klingt phantastisch«, sagte er. »Aber es paßt zu dem, was ich gesehen habe.« Er schüttelte den Kopf. »Trotzdem kann ich es kaum glauben. Das Abteil sah aus, als wäre eine Bombe darin explodiert. Ein Mensch mit solchen Kräften, das ist ... unvorstellbar.«
»Er war kein Mensch«, antwortete ich.
Dreistmeer blinzelte, und ich griff mit einer bewußt dramatischen Geste in die Tasche und zog das Glasauge heraus, das ich am Flußufer gefunden hatte. »Er war ein Roboter.«
Dreistmeer blinzelte erneut, streckte die Hand aus und nahm mir das künstliche Auge mit spitzen Fingern ab. Ich hatte, schon während ich erzählte, überlegt, ihm die ganze Wahrheit zu sagen – und warum auch nicht? Schließlich war er nicht mein Feind, sondern ein potentieller Verbündeter.

»Ein Roboter?« sagte er schließlich. »Das gibt es nicht. Eine Maschine, die einen Menschen so täuschend nachahmt, daß sie eine Fahrkarte lösen und in einen Zug steigen kann, ohne aufzufallen ... das ist Science-Fiction.«
»Oder Zauberei«, sagte ich, fügte aber hastig hinzu: »Jedenfalls kommt es einem so vor, nicht wahr? Aber ich habe gesehen, wie der Kerl Metall zerrissen hat, mit bloßen Händen.«
Dreistmeer drehte das Glasauge verwirrt zwischen den Fingern hin und her und schloß schließlich die Faust darum. »Darf ich das behalten?« fragte er. »Ich möchte es untersuchen lassen.«
»Es nützt mir wohl nicht viel, nein zu sagen.«
»Kaum«, antwortete Dreistmeer und ließ das Auge in der Jackentasche verschwinden.
Der Ober kam mit dem bestellten Essen, und während er servierte, schwiegen wir beide. Erst danach, und auch dann sehr zögernd, stellte ich die Frage, die mir schon die ganze Zeit auf der Zunge brannte. »Verraten Sie mir eines, Inspektor«, sagte ich. »Wenn Sie all das schon gewußt haben und wenn es so viel gibt, was gegen mich spricht, warum sitzen wir dann hier und plauschen gemütlich, statt daß –«
»Ich Sie verhaftet hätte?« Dreistmeer lächelte, als ich widerstrebend nickte. »Aber warum denn, Mister Craven? Sie erzählen mir doch auch so alles, was ich wissen will. Und wahrscheinlich sehr viel ehrlicher.«
Ein Weile weidete er sich ganz offen an meiner Verblüffung, dann lachte er leise und griff nach seiner Gabel, um mit dem Essen zu beginnen. »Im Ernst, Mister Craven«, fuhr er fort. »Ihre Frage ist nicht so ganz unberechtigt. Aber ich will Ihnen die Wahrheit sagen: Ich habe ein wenig geblufft. Es gibt keine Zeugen. Man hat zwei Männer

gesehen, die über die Wagendächer rannten, aber niemand hat ihre Gesichter erkannt. Ich habe einfach zwei und zwei zusammengezählt, wissen Sie?«

»Oh«, sagte ich. Ich muß dabei wohl ein nicht sonderlich intelligentes Gesicht gemacht haben, denn Dreistmeers Grinsen wurde geradezu unverschämt.

»Und ich habe es noch aus einem zweiten Grund getan«, fuhr er fort. »Ich möchte Ihnen ein Geschäft vorschlagen, Mister Craven.«

»Ein Geschäft?« wiederholte ich mißtrauisch.

»Ja. Ich vergesse unser kleines Gespräch von gerade, und Sie erweisen mir dafür einen Gefallen.«

»Vergessen? Einfach so?«

Dreistmeer nickte. »Warum nicht? Die Eisenbahn wird den Schaden verkraften. Sie können der Gesellschaft ja anonym einen Scheck schicken, wenn das Ihr Gewissen entlastet.«

Aus dem Munde eines Polizisten war das ein höchst sonderbarer Vorschlag, fand ich. Aber ich hütete mich, diesen Gedanken auszusprechen. Statt dessen fragte ich: »Und wie soll dieser kleine Gefallen aussehen, Mijnheer Dreistmeer?«

»Frans«, sagte Dreistmeer. »Ich heiße Frans – okay? Wir sind fast gleich alt, da könnten wir uns doch wirklich duzen!«

»Na schön, Frans«, bestätigte ich. »Also – was verlangst du?«

»Du hältst nach wie vor an deiner Idee fest, Mijnheer DeVries aufzusuchen?« fragte er.

»Dazu bin ich hier. Es war schwer genug, Amsterdam lebend zu erreichen, jetzt kann ich nicht einfach unverrichteter Dinge umkehren.«

»Obwohl man zweimal versucht hat, dich umzubringen?«

»Es ist nicht gesagt, daß DeVries irgend etwas damit zu tun hat, oder?« antwortete ich ausweichend. Natürlich hatte auch ich mir schon gewisse Gedanken über diese Frage gemacht – es war doch ein sehr merkwürdiger Zufall, daß all diese unerfreulichen Dinge ausgerechnet dann begannen, als ich dem geheimnisumwitterten Mijnheer DeVries endlich näherzukommen schien.

»Aber es ist auch nicht bewiesen, daß er nichts damit zu tun hat«, antwortete Frans ernst. »DeVries ist gefährlich, Robert. Ich bin seit zwei Jahren hinter ihm her, aber ich konnte ihm noch nichts nachweisen.«

»Ist das der kleine Gefallen, den ich dir tun soll?« fragte ich. »Dir irgend etwas geben, womit du DeVries festnageln kannst?«

Ich muß wohl ziemlich empört geklungen haben, denn Dreistmeer beeilte sich, den Kopf zu schütteln und zu antworten: »Ich will doch nicht, daß du für mich spionierst, Robert.«

»Sondern?«

»Wann ist deine Verabredung mit DeVries?«

»Ich weiß es nicht. Ich sollte im Hotel auf ihn warten.«

»Benachrichtigst du mich, wenn er sich meldet?« sagte Dreistmeer. »Ich möchte dich zu diesem Treffen begleiten.«

»Begleiten? Du?«

»Warum nicht?« antwortete Dreistmeer. »DeVries kennt mich so wenig persönlich wie ich ihn. Wie gesagt – der Mann ist gefährlich, aber auch gerissen. Wir haben es in anderthalb Jahren nicht einmal geschafft, ihn aus seiner Festung herauszulocken.«

»Nicht einmal mit einer richterlichen Vorladung?«

»Woraufhin?« fragte Dreistmeer. »Die Niederlande sind ein Rechtsstaat, Mister Craven. Das Gericht kann nicht einfach einen unbescholtenen Bürger vor seine Schranken zitieren. Solange er sich nichts zuschulden kommen läßt, bin ich machtlos.«

»Gerade hörte es sich aber nicht nach einem unbescholtenen Bürger an«, antwortete ich.

Dreistmeer seufzte. »DeVries ist ein Verbrecher«, sagte er überzeugt. »Er zieht den Leuten das Geld aus der Tasche und setzt sie unter Drogen, aber ich kann nichts von alledem beweisen. Und da gibt es noch etwas.«

»Und was ist das?«

Diesmal zögerte Dreistmeer. »Hat ... Jeremy dir von unserem Problem erzählt?« fragte er schließlich.

Ich mußte einen Moment überlegen, ehe ich begriff, was er meinte, aber dann nickte ich. »Die Einbruchsserie«, sagte ich. »Ich weiß. Was hat DeVries damit zu tun?«

»Gerade das will ich ja herausfinden«, antwortete er. »Siehst du, die Diebe werden immer dreister. Vor einer Woche haben sie die Stahlkammern einer Bank ausgeräumt – ohne auch nur Fingerabdrücke am Schloß zu hinterlassen. Und sie werden allmählich gefährlich. Anfangs haben sie nur harmlose Diebstähle begangen; ein bißchen Geld, ein paar Diamanten ... mittlerweile plündern sie die großen Banken. Und irgendwann werden sie auf die Idee kommen, Forschungslaboratorien zu überfallen, oder das Hauptquartier der Armee ...«

»Und du vermutest, DeVries hat damit zu tun?« fragte ich zweifelnd.

Dreistmeer zuckte mit den Schultern. »Bei einem der ersten Einbrüche wurden Geldscheine gestohlen, deren Nummern notiert waren«, antwortete er. »Ein paar dieser Scheine tauchten dann kurz darauf bei einem von DeVries' Anhängern auf. Der Mann wurde natürlich verhaftet, aber er schweigt wie ein Grab.« Er seufzte erneut. »Ich gebe zu,

das ist ein bißchen wenig. Aber ich ...« Er lächelte verlegen. »Ich weiß nicht, wie ich es besser ausdrücken soll, Robert – aber ich spüre einfach, daß ich auf der richtigen Spur bin. Etwas stimmt nicht mit diesem DeVries« Er sah mich fast bittend an. »Was ist? Nimmst du mich mit?«
Ich überlegte angestrengt. Dreistmeers Verdacht stand auf tönernen Füßen, und das war ihm ebenso klar wie mir. Andererseits wußte keiner besser als ich, daß es manchmal nicht das Falscheste war, auf sein Gefühl zu hören. Und ich schadete DeVries ja nicht, wenn sich Dreistmeers Verdacht als unbegründet herausstellte. Ich nickte.

Dreistmeer brachte mich ins Hotel Corona, wo ja immer noch ein Zimmer für mich reserviert war. Allerdings machten wir auf meine Bitte hin einen Umweg über ein großes Amsterdamer Kaufhaus, wo ich mich von Kopf bis Fuß neu einkleidete. Anschließend telefonierte ich mit London; zuerst mit Mary, von der ich erfuhr, daß in Andara-House alles beim alten war und daß – und bei diesen Worten glaubte ich ein deutliches Zittern in ihrer Stimme zu vernehmen – der Kater immer noch nicht wieder aufgetaucht sei, und danach mit Jeremy, der sich über alles bestens informiert zeigte und mich – wie nicht anders zu erwarten gewesen war – aufs genaueste über den Zwischenfall im Zug ausfragte. Es verging fast eine halbe Stunde, bis er endlich aufhörte, mich mit Fragen zu bombardieren. Das Gespräch endete mit seiner üblichen Ermahnung, vorsichtig zu sein und mir meinen Besuch bei DeVries doch noch einmal gründlich zu überlegen. Ich versprach, beides zu tun (der zweite Teil des Versprechens war eine glatte Lüge), hängte ein und wollte mein Zimmer verlassen, um im Hotelrestaurant eine Kleinigkeit zu mir zu nehmen, als das Telefon erneut klingelte. Ich hob ab und meldete mich.

»DeVries«, sagte eine tiefe Stimme am anderen Ende der Leitung. »Mister Craven?« Für einen Moment verschlug es mir die Sprache. Es dauerte fast fünf Sekunden, bis ich mich wieder gefangen hatte und eine Antwort herausbrachte. »Ganz richtig«, sagte ich hastig. »Mijnheer DeVries – welche Überraschung.«

»Wieso?« fragte DeVries. »Wir waren doch verabredet. Ich habe gestern abend bereits versucht, Sie zu erreichen, aber der Portier sagte mir, daß Sie noch nicht angekommen wären.«

»Ich ... hatte gewisse Schwierigkeiten«, sagte ich ausweichend. »Um ehrlich zu sein, ich hatte den Zug verpaßt und mußte mich kurzfristig in Rotterdam einquartieren.«

DeVries lachte leise. Es klang vollkommen falsch. »Nun, jetzt sind Sie ja da«, sagte er. »Es bleibt bei unserer Verabredung, nehme ich doch an.«

»Warum nicht?«

»Gut«, antwortete DeVries. »Ich habe Ihnen einen Wagen geschickt. Der Fahrer wartet bereits unten in der Halle auf Sie.«

»Jetzt?« Ich sah automatisch auf die Uhr. Dreistmeer hatte versprochen, sich gegen vier bei mir zu melden – aber das war erst in einer guten Stunde.

»Warum nicht?« erwiderte DeVries. »Ich freue mich darauf, Sie zu sehen, mein Freund. Wir haben eine Menge zu besprechen. Sie kommen doch?«

»Natürlich«, sagte ich. »Ich habe nur nicht ... so überraschend damit gerechnet.«

»Oh, ich versuche seit einer halben Stunde, Sie zu erreichen. Irgend etwas muß mit der Leitung nicht stimmen. Ich bin nie durchgekommen. Also bis gleich.« Und schon hatte er eingehängt, ohne mir auch nur Gelegenheit zu einem weiteren Wort zu geben.

Verblüfft blickte ich den Telefonhörer in meiner Hand an. Dieser DeVries schien wirklich ein sonderbarer Zeitgenosse zu sein. Aber andererseits war ich fast erleichtert, enthob mich doch seine überfallsartige Einladung der Peinlichkeit, Dreistmeer entweder unter einem fadenscheinigen Vorwand absagen oder ihn unter einem ebenso fadenscheinigen Vorwand mitnehmen zu müssen. So verließ ich mein Zimmer, ging in die Halle hinunter und wollte die Rezeption ansteuern, um mich nach dem Wagen zu erkundigen, als ich meinen Namen rufen hörte. Ich blieb stehen, sah mich verwundert um und entdeckte eine dunkelhaarige, sehr schlanke Schönheit, die neben der gläsernen Eingangspforte stand und mit beiden Armen winkte, um meine Aufmerksamkeit auf sich zu ziehen. War das etwa der Fahrer, von dem DeVries gesprochen hatte?
Verwundert ging ich auf sie zu, legte fragend den Kopf schräg und sagte: »Ja?«
Ein freundliches Lächeln überzog das Gesicht der jungen Frau – nein, korrigierte ich mich in Gedanken, des jungen Mädchens. Sie war keinesfalls so alt wie ich, dabei so schlank, daß ich Angst gehabt hätte, sie zu zerbrechen, hätte ich sie angerührt – und das mit Abstand hübscheste Ding, das mir je untergekommen war. Ihr dunkles Haar war kurz geschnitten und lag eng wie eine schwarze Kappe um ihre Schläfen, was ihr etwas Knabenhaftes gab, ohne ihr dadurch auch nur einen Deut von ihrer Weiblichkeit zu nehmen. Sie trug ein einfaches schwarzes Kleid und als einziges Schmuckstück eine dünne Goldkette um das Handgelenk, an dem ein Rubinanhänger prangte. Ihre Augen waren groß und so dunkel wie ihr Haar.
»Haben Sie mich jetzt lange genug angestarrt?« fragte sie nach einigen Sekunden, und in perfektem Englisch. Sie lä-

chelte bei diesen Worten, und ich wußte auch, daß sie sie nicht böse gemeint hatte, sondern allerhöchstens in freundschaftlichem Spott. Trotzdem fuhr ich fast erschrokken zusammen und senkte verlegen den Blick.
»Verzeihung«, sagte ich. »Ich war nur ...«
»Überrascht?« Sie lachte. »Das sind die meisten, wenn sie mich sehen. Mein Vater macht sich einen Spaß daraus, mich als seinen Fahrer anzukündigen.«
»Ihr Vater?«
»Ich bin Henk DeVries' Tochter, ja«, antwortete sie und streckte mir die Hand entgegen. »Ich bin Pri. Sie müssen Robert sein.«
Automatisch ergriff ich die dargebotene Hand. Ein sonderbarer, prickelnder Schauer durchrieselte mich, als ich sie berührte. Ihre Hand war leicht wie eine Feder und so zart, daß ich mich nicht getraute, sie wirklich zu drücken.
»Kommen Sie, Robert«, sagte Pri. »Ich parke draußen direkt unter einem Halteverbotsschild. Wir können im Wagen reden. Sie sind doch fertig?«
Rasch verließen wir das Hotel. Pri wandte sich nach rechts, winkte mir ungeduldig mit der Hand, mich zu beeilen, und steuerte den größten Wagen an, den ich jemals gesehen hatte – einen nachtschwarzen Mercedes 600, halb so lang wie die Straße und mit abgedunkelten Scheiben. Mijnheer DeVries wußte zu leben, das mußte der Neid ihm lassen.
Obwohl wir uns beeilten, kamen wir zu spät. Unter dem Scheibenwischer des Mercedes prangte bereits eine durchsichtige Plastiktüte mit einem Strafzettel. Pri schüttelte den Kopf, grinste plötzlich und zog das Protokoll unter dem Scheibenwischer heraus. Verblüfft beobachtete ich, wie sie sich rasch und verstohlen umsah, dann zu dem hinter ihrem Wagen geparkten Fahrzeug ging – einer rostzer-

fressenen Ente, die mit zwei Rädern auf dem Bürgersteig stand – und die Plastiktüte kurzerhand unter deren Scheibenwischer placierte. Als sie zurückkam, grinste sie lausbubenhaft. »Vielleicht bezahlt er es ja, ohne auf die Nummer zu achten«, sagte sie fröhlich, riß den Wagenschlag auf und machte eine einladende Handbewegung.
Verdattert stieg ich in den schweren Wagen, beugte mich über den Fahrersitz und entriegelte die Tür. Pri bedankte sich mit einem flüchtigen Kopfnicken, startete den Motor und fuhr los, ohne auch nur einen Blick in den Rückspiegel zu werfen. Hinter uns quietschten Bremsen. Ein zorniges Hupen erklang. Pri lächelte und trat das Gaspedal bis zum Boden durch. Der tonnenschwere Wagen schoß mit einer Beschleunigung los, die meinem Porsche alle Ehre gemacht hätte. Ich duckte mich ein wenig in die Polster, als sie nacheinander drei Kleinwagen zum Ausweichen zwang und mit unverminderter Geschwindigkeit – und niedergedrückter Hupe – über einen Zebrastreifen schoß.
»Fahren Sie immer so?« fragte ich vorsichtig.
Pri schüttelte den Kopf. »Nur, wenn ich es eilig habe«, antwortete sie. »Mein Vater wartet nicht gerne, wissen Sie. Und wir müssen quer durch die Stadt. Der Tempel liegt ein wenig außerhalb Amsterdams.«
Nun, wenn sie so weiterfuhr, standen die Chancen, daß wir überhaupt je heil an unserem Ziel ankamen, eher schlecht. Ich sagte aber nichts mehr, sondern klammerte mich nur krampfhaft am Haltegriff fest und starrte wie ein hypnotisiertes Kaninchen auf die Straße.
»Sie sind also Henk DeVries' Tochter«, nahm ich das Gespräch nach einer Weile wieder auf. »Wieso sprechen Sie so gut Englisch?«
»Ich bin in Amerika aufgewachsen«, antwortete Pri. »Mein Vater hat mich erst vor kurzem zu sich geholt. Ich heiße

auch eigentlich nicht Pri, sondern Priscilla. Aber den Namen konnte ich noch nie leiden.«

Priscilla? Ich starrte sie an. Priscilla? In meinem ganzen Leben war mir dieser Name erst ein einziges Mal untergekommen.

Pri entging meine Überraschung keineswegs. Verwundert wandte sie den Blick und sah mich an. »Was haben Sie?« fragte sie.

»Nichts«, antwortete ich hastig. »Ich... kannte einmal eine Priscilla, das ist alles. Ein ungewöhnlicher Name, heutzutage.«

»Stimmt«, antwortete Pri. »Deswegen habe ich ihn ja abgelegt.« Sie sah endlich wieder auf die Straße, gab Gas und überholte einen R4, dessen Fahrer bei dem riskanten Manöver so erschrak, daß er um ein Haar im Graben gelandet wäre.

Priscilla... ich schauderte innerlich. Das war der Name der Frau, die mein Vater geheiratet hatte – und die letztendlich die Schuld an seinem Tode trug. Aber davon konnte DeVries unmöglich wissen. Wahrscheinlich war es nur ein Zufall, wenn auch ein sehr sonderbarer.

Wir sprachen über dies und das, während wir uns DeVries Tempel näherten, und ich erfuhr, daß es sich in Wahrheit um ein umgebautes Herrenhaus aus dem achtzehnten Jahrhundert handelte, in dem nicht nur Mijnheer DeVries und seine Tochter, sondern auch ein halbes Hundert seiner treuesten Anhänger lebten. DeVries hatte eine Art Loge gegründet, die sich die „Neuen Templer" nannte, eine Namensgebung, die mir irgendwie nicht behagte. Aber Pri versicherte, daß es trotz dieses martialischen Namens dort äußerst friedfertig zuginge; alles wäre wie in einer großen Familie, und man verabscheue nichts so sehr wie Gewalt und Lüge. Nun, letztendlich war das nicht mein Problem.

Es stand nirgends geschrieben, daß mir DeVries und seine Anhänger sympathisch sein mußten.
Nach einer Fahrt von einer halben Stunde verließen wir die asphaltierte Straße und rumpelten eine gute Meile über einen ausgefahrenen Waldweg, ehe wir den Tempel erreichten. Sein Anblick überraschte mich.
Ich wußte nicht genau, was ich erwartet hatte – aber der Tempel war nichts anderes als ein Gutshof, dessen Hauptgebäude allerdings einen eindeutig schloßähnlichen Charakter hatte. Eine zwei Meter hohe, schneeweiß gestrichene Ziegelsteinmauer umgab das ganze Anwesen, und das Tor, durch das der Mercedes rollte, sah massiv genug aus, einem Panzer standzuhalten. Oben auf der Mauer war Stacheldraht ausgerollt, und mir entgingen auch nicht die unauffällig angebrachten Videokameras, die jeden Quadratmeter des Hofes unter Kontrolle hielten. Und wahrscheinlich gab es noch eine ganze Anzahl weiterer, unsichtbarer Alarmeinrichtungen. Der Mann, den ich hergeschickt hatte, hatte nicht übertrieben – der Tempel war eine Festung. Sonderbarerweise sah ich keinen Menschen auf dem Hof. Aber ich hörte das Bellen zahlreicher Hunde. Sehr großer Hunde, dem Geräusch nach zu urteilen.
Pri parkte den Wagen direkt vor der breiten Marmortreppe, die zum Hauptgebäude hinaufführte. Wir stiegen aus, und Pri lief, immer zwei Stufen auf einmal nehmend, vor mir her. Trotz ihrer zarten Statur bereitete es ihr keine sichtliche Mühe, die riesige Eichentür zu öffnen.
Der fast normale Eindruck, den das Gebäude von außen auf mich gemacht hatte, zerplatzte wie eine Seifenblase, kaum daß ich hinter Pri durch die Tür trat.
Vor mir breitete sich eine Empfangshalle aus, die in Architektur und Größe ein wenig der meines eigenen Hauses in London ähnelte – aber damit hörte die Ähnlichkeit auch

schon auf.
Alle Fenster waren verhängt, und das Licht war matt und düster und flackernd und stammte nur von einer Handvoll Kerzen, die in geschmiedeten Kandelabern an den Wänden blakten. Überall hingen Vorhänge und große, gestickte Wandteppiche, die zum Teil mittelalterliche, zum Teil mystische Motive zeigten. Wo die holzvertäfelten Wände nicht von diesen Bildern und Stickereien verborgen waren, prangten barbarische Waffen – Schwerter, Morgensterne und eine Menge anderer altertümlicher Mordinstrumente. Rechts und links der Treppe standen mannshohe, silbern blitzende Ritterrüstungen. Die dünnen Klänge sphärischer Musik durchdrangen die Luft, und ich gewahrte einen schwachen, aber sehr aufdringlichen Geruch: Weihrauch.
»Nehmen Sie es nicht zu ernst, Robert«, sagte Pri, der meine Verblüffung auch diesmal nicht entgangen war. »Mein Vater ist nun einmal der Meinung, daß gewisse Äußerlichkeiten dazu gehören.«
»Aha«, sagte ich – in einer Art, die Pris Freundlichkeit um mehrere Grade abkühlen ließ. Aber sie sagte nichts darauf, sondern deutete mir nur mit einer neuerlichen Handbewegung, ihr zu folgen, und eilte die Treppe ins erste Stockwerk hinauf.
Dort oben begegneten wir auch anderen menschlichen Wesen – DeVries' Jüngern (oder Templern, wie er sie nannte), auf den ersten Blick ganz normale Zeitgenossen, die allerdings alle auf die gleiche Weise wie Pri gekleidet waren: einfache schwarze Gewänder und als einzigen Farbtupfer die Goldkette mit dem Rubinanhänger am rechten Handgelenk. Und etwas war in ihrem Blick, das mir nicht gefiel. Eine Art von Furcht, die nicht offen zum Ausdruck kam, aber unübersehbar war. Ich beschloß, Mijnheer

DeVries nicht zu mögen.
Pri würdigte die Templer keines Blickes, sondern führte mich über eine weitere Treppe und durch ein ganzes Labyrinth von kleineren Räumen und Gängen. Endlich erreichten wir einen kleinen Raum, der ein Turmzimmer sein mußte – er war sechseckig, und in vier der sechs Wände waren kleine, spitze Fenster eingelassen, deren bunte Bleiverglasung alle möglichen mystischen Symbole zeigten – von Drudenfüßen über Hexagramme bis hin zu Zeichen, die ich nie zuvor gesehen hatte. Auch auf dem Boden war ein Pentagramm gemalt – mit phosphoriszierender weißer Farbe, was der Zeichnung in dem hier herrschenden Halbdunkel etwas Unheimliches gab. DeVries war offensichtlich nicht nur ein Scharlatan, sondern auch reichlich verrückt.
»Warten Sie hier, Robert«, sagte Pri. »Ich hole meinen Vater.« Sie verschwand, ehe ich sie zurückhalten konnte.
Schaudernd sah ich mich in der kleinen Turmkammer um. Seine Möblierung war kärglich: Es gab einen runden Tisch mit zwei Stühlen, der – wie sollte es auch anders sein? – genau im Zentrum des Pentagramms stand, dazu eine schwere, eisenbeschlagene Truhe und zwei kleine Borde an der Wand, auf denen die unabdinglichen Kandelaber standen; Mijnheer DeVries schien nicht viel von der Erfindung des elektrischen Stromes zu halten.
Auf dem Tisch lag ein Buch. Neugierig beugte ich mich darüber, schlug die erste Seite auf – und glaubte meinen Augen nicht zu trauen.
Es war das Necronomicon.
Ein eisiger Schauer lief über meinen Rücken. Das war doch unmöglich! Das einzige Exemplar dieses entsetzlichen Buches befand sich in meinem Besitz, sicher verwahrt hinter dem zehn Zoll starken Panzerstahl meines

Safes, und zusätzlich geschützt durch gewisse magische Kräfte, die kein lebendes Wesen gegen meinen Willen überwinden konnte.
Zitternd vor Erregung begann ich zu blättern. Und nach einer Weile erkannte ich meinen Irrtum. Es war nicht das ganze Necronomicon. Es handelte sich um eine Kopie, eine offensichtlich in langer mühseliger Handarbeit angefertigte Abschrift, die aber sehr unvollständig geblieben war – manche Seiten waren ganz leer, auf anderen befanden sich nur flüchtige, mit sehr vielen Fragezeichen versehene Notizen, und einiges war, jedenfalls soweit ich das aus dem Gedächtnis zu sagen vermochte, auch einfach falsch. Ich spürte eine deutliche Erleichterung. Was hier vor mir lag, das war gefährlich genug – aber eine vollständige Kopie des Necronomicons in den Händen eines Verrückten oder gar Verbrechers wie DeVries – unvorstellbar.
»Gefällt Ihnen, was Sie da sehen, Robert?« fragte eine Stimme hinter mir.
Ich fuhr zusammen, klappte das Buch erschrocken wieder zu und drehte mich herum. Hinter mir stand Henk DeVries.
Ich erkannte ihn, ohne daß es eines Wortes der Erklärung bedurft hätte. Er war eine gute Handspanne kleiner als ich und steckte in einem geradezu lächerlichen Kostüm: Unter dem weißen Leinenmantel eines Tempelritters trug er ein Kettenhemd; sein magerer, offensichtlich kahler Schädel wurde von einer Kappe aus dem gleichen Metallgeflecht eingehüllt, und an seiner Seite prangte ein fast anderthalb Yards langes Schwert, das bei jeder Bewegung klapperte und klirrte. Aber dieser lächerliche Eindruck hielt nur Sekundenbruchteile vor, danach geschah etwas Sonderbares. Es war, als sähe ich Henk DeVries plötzlich in einem anderen Licht; er wirkte nicht länger lächerlich

auf mich, sondern bedrohlich. Und er kam mir seltsam bekannt vor, als wäre ich ihm schon früher begegnet. Aber wo sollte das gewesen sein?
»Das ist ... sehr interessant«, sagte ich verlegen. »Was stellt das dar?«
DeVries lächelte humorlos und kam mit kleinen, schlurfenden Schritten auf mich zu. Ich sah, daß seine Hände dürr und von der Gicht entstellt waren.
»Spielen Sie nicht den Narren, Robert«, sagte er freundlich. »Ich hätte Sie nicht kommen lassen, wenn Sie nicht genau wüßten, was das ist. Oder einmal werden wird.« Er ließ sich auf einen der freien Stühle sinken und bedeutete mir mit einer Geste, es ihm gleich zu tun. Ich gehorchte. Meine Verwirrung steigerte sich allmählich zu tiefer Beunruhigung.
Die Tür wurde erneut geöffnet, und Pri kam herein und trug Getränke auf – dünnen, aromatisch riechenden Tee für ihren Vater, und pechschwarzen, starken Kaffee für mich. DeVries lächelte sanft.
»Sie sehen, ich habe mich über Sie informiert, mein Freund«, sagte er. »Das ist doch Ihr Lieblingsgetränk, oder?«
Ich kostete den Kaffee und blickte ihn erstaunt an. Der Kaffee war stark wie die Hölle und ganz genau nach Marys Rezept aufgebrüht. Es gibt nur sehr wenige Menschen, die eine winzige Prise Salz an den Kaffee tun ...
»Laß uns allein, mein Kleines«, sagte DeVries, an Pri gewandt. Danach trank er einen großen Schluck von seinem Tee, wartete, bis sich die Tür hinter seiner Tochter geschlossen hatte, und wandte sich wieder an mich.
»Sie hatten eine angenehme Reise?« fragte er.
Ich nickte, dann schüttelte ich den Kopf. *Woher kannte ich ihn?* »Nein«, sagte ich. »Um ehrlich zu sein, es ist so

ziemlich alles schiefgegangen, was nur schiefgehen kann. Aber jetzt bin ich ja da.«

DeVries lächelte kalt. »Ja«, antwortete er. »Und? Gefällt Ihnen, was Sie sehen?«

Verlegen machte ich eine Bewegung, die eine Mischung aus Nicken und Achselzucken war. »Es ist ... sehr interessant«, sagte ich ausweichend.

»Sie lügen«, antwortete DeVries. »Es ist weder interessant noch in der geringsten Weise gut. Aber ein wenig Theaterdonner gehört nun einmal zum Geschäft.« Er ließ seine gichtige rechte Hand auf sein Kettenhemd klatschen. »Mir gefällt dieses alberne Kostüm so wenig wie Ihnen, mein Junge. Aber möglicherweise werde ich es nicht mehr sehr lange tragen müssen, sollten wir zu einer Einigung gelangen.«

»Einigung? Worüber?«

Mijnheer DeVries schien kein sehr geduldiger Mensch zu sein, denn sein Gesicht verdüsterte sich für eine Sekunde. Dann lächelte er wieder. »Mister Craven«, sagte er. »Wir können uns das ganze Herumgerede weiß Gott sparen. Wie gesagt, ich habe gewisse Erkundigungen über Sie eingezogen, ehe ich Sie hierher bat. Sie sind Robert Craven, der Sohn des gleichnamigen Hexers, der vor hundert Jahren in London lebte. Und Sie sind einer der wenigen Eingeweihten, die es heute noch gibt. Sie wissen um das Geheimnis der Großen Alten, und in Ihrem Besitz befindet sich das einzige noch existierende Exemplar des Necronomicons – zusammen mit einer ganzen Anzahl anderer, kaum weniger wertvoller Dinge, die Sie von Ihrem Vater geerbt haben.»

Ich schwieg einige Sekunden. DeVries war wirklich gut informiert. Besser, als mir recht war. Aber ich traute ihm nicht. Eine innere Stimme warnte mich. DeVries war ge-

fährlich, viel, viel gefährlicher, als ich bisher angenommen hatte. Ich bedauerte es bereits, überhaupt hierhergekommen zu sein.
»Selbst wenn es so wäre«, sagte ich abweisend, »wieso sollte ich ausgerechnet Ihnen die Wahrheit anvertrauen, Mijnheer DeVries? Ich kenne Sie nicht einmal.«
»Weil ich ebensoviel weiß wie Sie«, antwortete DeVries. »Vielleicht mehr, denn ich habe mein ganzes Leben lang nach den Geheimnissen der Großen Alten gesucht. Sie und ich zusammen, Robert, wir wären unschlagbar.«
»Unschlagbar?« Ich nippte an meinem Kaffee, um Zeit zu gewinnen, und sah ihn scharf über den Rand der Tasse hinweg an. »Worauf wollen Sie hinaus, DeVries?«
»Das wissen Sie ganz genau«, antwortete DeVries unwillig. »In unser beider Besitz befindet sich ein Schatz von Wissen, dessen wahren Wert keiner von uns bisher richtig begriffen hat. Wir sollten zusammenarbeiten.«
»Und wie soll diese ... Zusammenarbeit aussehen?« fragte ich vorsichtig.
»Macht«, sagte DeVries. »Wir könnten Macht haben, Robert. Unvorstellbare Macht.« Er beugte sich vor, und für einen Moment sah ich sein Gesicht im Profil. Und im gleichen Augenblick wußte ich, woher ich ihn kannte. Vor Schreck wäre mir beinahe die Tasse aus der Hand gefallen, aber DeVries war so erregt, daß er es nicht einmal zu bemerken schien. »Diese Welt wird zugrunde gehen, Robert«, fuhr er fort. »Das wissen Sie so gut wie ich. Wenn die Menschen sich nicht gegenseitig ausrotten, dann werden sie diesen Planeten so lange vergiften und ausbeuten, bis ein Überleben darauf nicht mehr möglich ist.«
»Oh, und das wollen Sie verhindern?« fragte ich spöttisch.
»Nicht ich«, widersprach DeVries. »Wir. Mit meiner Erfahrung und dem Schatz von Wissen, den Sie geerbt haben,

Robert. Wir könnten die Welt beherrschen.«
»Mehr nicht?«
DeVries schüttelte fast zornig den Kopf. »Sie mißverstehen mich, Robert«, sagte er. »Ich spreche nicht von Tyrannei. Wir würden im geheimen wirken. Mit der magischen Macht, die uns beiden zusammen gegeben ist, könnten wir die Menschen zur Vernunft bringen. Wir könnten die Waffen abschaffen. Wir könnten Krankheiten besiegen. Wir könnten den Haß aus der Welt entfernen. Wir könnten die Menschen zwingen, sich endlich gegenseitig zu lieben, statt sich umzubringen. Und niemand würde es merken.«
Seine Worte waren so ungeheuerlich, daß ich ihn volle zehn Sekunden lang einfach nur anstarrte. Das Schlimmste war, daß er wirklich glaubte, was er da sagte.
»Das überrascht Sie, nicht wahr?« fuhr er fort. »Ich erwarte jetzt auch keine Antwort von Ihnen, Robert. Lassen Sie sich ein paar Tage Zeit, um in Ruhe über alles nachzudenken. Es ist nicht so phantastisch, wie es klingt. Ich vertraue Ihnen. Sie sind vielleicht der einzige Mensch auf der Welt, der mir an Macht und Wissen gleichkommt.«
»Haben Sie deshalb versucht, mich umzubringen?« fragte ich leise.
DeVries erstarrte.
»Der Mann im Hotel«, sagte ich. »Im Carola, DeVries. Das waren Sie. Sie hatten zwar einen Buckel und sahen ein wenig älter aus, aber Sie waren es.«
DeVries nickte ungerührt. »Es war ein Test«, sagte er kalt. »Ich mußte sicher gehen, daß Sie auch der sind, für den ich Sie hielt.«
»Und deshalb haben Sie versucht, mich zu töten?«
»Keineswegs«, antwortete DeVries ruhig. »Sie waren keine Sekunde in Gefahr, mein Freund. Wären Sie aller-

dings ein Betrüger gewesen ...«
Er sprach nicht weiter, aber das war auch nicht nötig. Plötzlich war mir eiskalt. Dieser Mann, der davon sprach, die Welt zu beherrschen, hätte mich bedenkenlos umgebracht, wenn es seinen Plänen dienlich gewesen wäre.
»Sie sind ja verrückt«, sagte ich.
DeVries zuckte ungerührt mit den Achseln. »Viele glauben das«, antwortete er. »Es stimmt nicht. Außer wenn man verrückt so definiert, daß man anders ist als das tumbe Vieh, das den Großteil der Menschheit darstellt. Man muß überkommene Moralvorstellungen berichtigen, wenn man große Ziele verwirklichen will.«
»Wie die, menschliches Leben zu achten?« fragte ich.
DeVries schnaubte. »Der einzelne zählt nichts. Die Welt wird sich weiterdrehen, auch wenn Sie oder ich sterben. Das Wohl der Allgemeinheit ist alles, was zählt.« Er stand auf. »Gehen Sie jetzt. Meine Tochter wird Sie zurück in Ihr Hotel bringen. Denken Sie über meine Worte nach, mein Freund. Ich werde Sie in den nächsten Tagen anrufen und Ihre Antwort erfragen.«
»Sparen Sie sich die Telefongebühren, DeVries«, sagte ich wütend. »Meine Antwort ist nein. Ich werde Sie im Gegenteil sehr scharf im Auge behalten – und Ihnen das Handwerk legen, sollten Sie versuchen, Ihr Wissen zu verbrecherischen Zwecken einzusetzen.«
Diese hehren Worte müssen DeVries wohl ebenso albern vorgekommen sein wie mir, denn er lächelte nur. »Seien Sie nicht vorschnell, Robert«, sagte er. »Ihnen ist doch klar, daß Sie dieses Haus nicht lebend verlassen würden, wenn ich es nicht wollte?« Er machte eine rasche, wegwerfende Handbewegung, als ich etwas erwidern wollte. »Aber ich bin nicht Ihr Feind. Wir wollen nichts überstürzen. Denken Sie in Ruhe über meinen Vorschlag nach; in

aller Ruhe. Und nun gehen Sie. Die Audienz ist beendet.«
Er sagte wirklich *Audienz.* Fassungslos starrte ich ihn an. Aber für DeVries schien ich plötzlich gar nicht mehr vorhanden zu sein. Er drehte sich um und schlurfte aus dem Zimmer, ohne mir auch nur mehr einen Blick zuzuwerfen.
Verblüfft sah ich ihm nach, dann verließ auch ich die Turmkammer. Ein schwarzgekleideter Templer führte mich schweigend durch das Labyrinth aus Räumen und Treppen zurück in die Halle, wo Pri auf mich wartete. Anders als vorhin sah sie sehr ernst aus, und fast ein bißchen schuldbewußt. Doch auch sie sagte kein Wort, sondern bedeutete mir nur mit einer Geste, ihr zu folgen.
Ich hatte die Tür fast erreicht, als nicht weit hinter mir Schritte erschollen. Eine Sekunde später hörte ich das zornige Fauchen einer Katze – und dann ein so hysterisches *Miiiaaauuuuuuu!,* daß ich wie angewurzelt stehenblieb und mich umwandte.
Nur ein paar Yards hinter mir hatte sich eine Tür geöffnet, und zwei schwarzgekleidete Templer waren in die Halle hinausgetreten. Und der eine hatte im Moment alle Hände voll zu tun, das tobende Fellbündel zu bändigen, das er auf den Armen trug.
»Merlin!« rief ich bestürzt.
Merlins Kreischen wurde noch hysterischer, als er meine Stimme hörte. Er überzeugte den Templer davon, ihn loszulassen, indem er ihm die Krallen seiner rechten Vorderpfote quer über die Wange zog, landete auf allen vieren und schlug einen Haken, als der zweite Templer nach ihm greifen wollte. Der Mann erwischte ihn, aber ich war sicher, daß er seine eigene Geschicklichkeit schon in der gleichen Sekunde bereute, denn Merlin demonstrierte ihm seinen Matamorphose-Trick. Darin war er unschlagbar, und zu Hause in London war er unter den Nachbars-

katzen und -hunden dafür berüchtigt; bei einigen Tierfängern übrigens auch. Im Bruchteil einer Sekunde verwandelte er sich aus einem fünfundzwanzig Pfund schweren, wabbeligen Fettkloß in eine ebenso schwere Kampfmaschine, die nur aus Krallen und Zähnen bestand. Der Templer brüllte vor Schmerz und Überraschung auf, fiel auf die Knie und schlug seine plötzlich blutigen Hände gegen das ebenso blutige Gesicht, und Merlin fegte mit halber Schallgeschwindigkeit auf mich zu und war mit einem Satz auf meinen Armen.

Der Anprall ließ mich taumeln, aber ich sah trotzdem, wie zwei weitere schwarzgekleidete Gestalten auf mich zusprangen. Ganz instinktiv reagierte ich. Ich warf dem einen den Kater ins Gesicht, brachte den anderen mit einem Tritt gegen das Schienbein aus dem Gleichgewicht und versetzte ihm einen gehörigen Stoß, der ihn an mir vorbei und aus der Tür torkeln ließ. Dann fuhr ich blitzschnell herum, pflückte Merlin aus dem Gesicht des kreischenden Templers und schickte den Mann mit einem Fausthieb vollends zu Boden. Danach drehte ich mich wieder zu Pri herum, die mich fassungslos anstarrte – wahrscheinlich hatte sie noch gar nicht richtig begriffen, was überhaupt passiert war, es war ja alles so schnell gegangen.

Aber nicht schnell genug.

Die Halle war plötzlich voller schwarzgekleideter Männer.

»Festhalten!« erscholl eine schrille Stimme über mir. Ich fuhr herum und gewahrte DeVries, der auf der obersten Treppenstufe stand und mit haßverzerrtem Gesicht und ausgestrecktem Arm auf mich deutete. Und schon stand ich zwei weiteren Templern gegenüber. Ich ließ Merlin fallen, erwehrte mich der Hiebe des einen mit einer zugegebenermaßen heimtückischen, aber sehr wirkungsvollen

Schlagkombination und versetzte dem zweiten einen Fußtritt an eine Stelle, an der auch Templerritter besonders empfindlich sind. Aber der Schlag brachte mir nur eine sehr kurze Atempause.
Ein halbes Dutzend Männer drang gleichzeitig auf mich ein, und einige davon waren mit Schwertern bewaffnet! Ich duckte mich unter der herabsausenden Klinge des ersten hindurch, verschaffte mir mit ein paar wütenden Hieben und Tritten Luft und sah mich verzweifelt nach einem Fluchtweg um. Die Tür lag nur wenige Schritte hinter mir, aber ich war umzingelt. Nun hatte ich bei meinem Gespräch mit Jeremy keineswegs übertrieben – ich besaß tatsächlich den berühmten schwarzen Gürtel in diversen asiatischen Kampftechniken –, aber es ist keineswegs so, wie man es in gewissen Hollywood-Filmen sehen kann: Auch ein guter Karate- oder Jiu-Jitsu-Kämpfer hat keine sonderlich guten Aussichten, einen Kampf gegen sechs Männer zu gewinnen, zumal wenn drei seiner Gegner mit langen, gefährlich aussehenden Schwertern bewaffnet sind.
Aber ich schlug mich wacker. Dem ersten, der sich auf mich stürzte, verpaßte ich eine Maulschelle, die ihn gegen zwei seiner Kameraden torkeln und sie mit sich zu Boden reißen ließ. Dem zweiten, der mich mit dem Schwert angriff, entrang ich die Waffe, schlug sie ihm kurzerhand auf den Schädel und parierte den Schwerthieb des dritten mit der so erbeuteten Klinge. Aber damit war die Schlacht auch beinahe schon wieder zu Ende.
Ich hatte zwar – neben einer Anzahl anderer nützlicher Fertigkeiten – auch das Fechten erlernt, und sogar bei einem Meister dieser Kunst. Aber es ist ein gewaltiger Unterschied, mit einem handlichen Florett herumzufuchteln, oder sich auf eine wilde Prügelei mit zentnerschweren Bi-

händern einzulassen. Ich merkte das nach dem ersten Schlag. Nach dem zweiten begannen meine Arme taub zu werden, und wie ich den dritten auffing, ohne in zwei Teile zersäbelt zu werden, begriff ich selbst nicht so ganz. Umso klarer war mir, daß ich mir auf der Stelle etwas einfallen lassen mußte, wenn mein heldenhafter Kampf nicht ein sehr abruptes und unrühmliches Ende finden sollte.

Ich parierte den nächsten Hieb nicht mehr, sondern tauchte mit einer geschmeidigen Bewegung unter der herabsausenden Klinge hindurch, durchbrach die Reihe der Templer mit einem gewagten Satz – und riß Pri an mich. Blitzschnell setzte ich das Schwert an ihre Kehle und machte eine drohende Bewegung.

»Noch einen Schritt, und sie ist tot!« rief ich.

Die Templer erstarrten. Auch DeVries, der mittlerweile halb die Treppe heruntergekommen war, verharrte mitten im Schritt und starrte mich aus großen Augen an. »Das wagen Sie nicht!« sagte er.

»Und ob!« erwiderte ich. »Ich habe nichts zu verlieren, DeVries.« Während ich diese Worte sprach, wich ich bereits rückwärts gehend zur Tür zurück, hielt DeVries und seine Schlägerbande dabei aber genau im Auge. Die Templer waren unentschlossen, was sie tun sollten, und auch hinter DeVries' Stirn jagten sich die Gedanken, wie deutlich auf seinem Gesicht abzulesen war.

»Damit kommen Sie nicht durch!« rief er.

»Es würde mir schon reichen, bis zum Wagen zu kommen«, antwortete ich. »Rufen Sie Ihre Leute zurück!«

DeVries zögerte weiter. Aber nur eine Sekunde; dann hob er die Hand und machte eine rasche, befehlende Geste. »Laßt ihn«, sagte er. »Er kommt sowieso nicht weit.« An mich gewandt fuhr er fort: »Sie haben soeben Ihr eigenes Todesurteil ausgesprochen, Sie Narr!«

Ich antwortete gar nicht, sondern wich, Pri noch immer eng an mich gepreßt, Schritt für Schritt zur Tür zurück.
Als ich auf die Treppe hinausging, huschte ein weißes Pelzbündel an mir vorbei; eine Sekunde später erscholl hinter mir ein schriller Schrei, der gleich darauf in eine Mischung aus Fauchen und entsetztem Stöhnen und Keuchen überging. Ich hatte den Templer vergessen, den ich aus der Tür geworfen hatte. Merlin nicht.
»Damit kommen Sie nicht durch!« schrie DeVries noch einmal. »Ich kriege Sie, Craven! Ich schwöre Ihnen, daß ich Sie kriege!«
Ich achtete auch diesmal nicht auf ihn, sondern eilte zum Wagen, riß die Tür auf und stieß Priscilla hinein. »Ich lasse sie frei, sobald wir in der Stadt sind!« rief ich DeVries über die Schulter hinweg zu. Er antwortete etwas, auf das ich schon gar nicht mehr hörte. Statt dessen warf ich mich hinter das Steuer des schweren Wagens und stieß gleichzeitig einen schrillen Pfiff aus. Merlin hörte auf, den unglückseligen Templer zu Schaschlik zu verarbeiten, war mit drei Sätzen bei mir und kuschelte sich auf meinem Schoß zusammen.
Ich warf die Tür zu und fuhr los. Hinter uns begann eine Alarmsirene zu heulen, und plötzlich war der Hof voller Männer. Das schmiedeeiserne Tor in der Umfriedungsmauer begann sich zu schließen, aber ich raste weiter darauf zu, ließ die gut zweihundert PS des Mercedes aufbrüllen – und sprengte das nur noch halboffene Tor kurzerhand auf.
Merlin flog durch den Anprall von meinem Schoß herunter und landete kreischend zwischen meinen Füßen, und auch Pri wurde unsanft gegen das Armaturenbrett geschleudert. Für einen Moment geriet der Wagen außer Kontrolle und drohte vom Weg abzukommen. Dann hatte

ich ihn wieder in der Gewalt und schaltete herunter, um zu beschleunigen.
»Alles in Ordnung?« fragte ich, an Pri gewandt.
Sie antwortete nicht gleich, sondern blickte mich nur böse an, während sie sich eine Haarsträhne aus der Stirn schob.
»Was Sie hier tun, ist Kidnapping!« sagte sie düster.
Ich zuckte mit den Achseln, warf einen Blick in den Rückspiegel und beobachtete voller Schadenfreude, wie drei oder vier von DeVries' Männern vergeblich versuchten, das verbogene Tor weiter zu öffnen, damit der Jeep hindurchfahren konnte, mit dem andere zu meiner Verfolgung ansetzten. »Ich finde es nur gerecht«, antwortete ich mit einiger Verspätung.
»Gerecht?« Pri ächzte.
Ich nickte. »Sicher. Er hat meine Katze entführt, dafür entführe ich jetzt seine Tochter.«
Pri sprach während der ganzen Rückfahrt kein Wort mehr mit mir.

Der Portier des Hotel Corona staunte nicht schlecht, als ich eine halbe Stunde später die Empfangshalle durchquerte – im Sturmschritt, einen unwillig maunzenden Riesenkater unter den linken Arm geklemmt und eine in einer Mischung aus Englisch, Niederländisch und einem halben Dutzend weiterer Sprachen protestierenden Pri mit der anderen Hand haltend. Aber ihre Gegenwehr hielt sich in Grenzen. Sie hätte sich losreißen können, wenn sie es wirklich gewollt hätte, und sie hätte auch auf der Fahrt hierher ein gutes halbes Dutzend Gelegenheiten gehabt, mir zu entkommen, wäre es ihr ernst damit gewesen; ganz zu schweigen von der Möglichkeit, einfach lauthals »Hilfe! Ich werde entführt!« oder etwas ähnliches zu schreien. Warum sie es nicht tat, verstand ich selbst nicht so richtig.

Ich machte mir allerdings auch nicht die Mühe, darüber nachzudenken.
Statt dessen stieß ich sie ziemlich grob in den Aufzug, bedachte den Liftboy mit einem Blick, der ihn jeden Gedanken an eine eventuelle Einmischung auf der Stelle vergessen ließ, und schlug mit der Faust auf den Knopf für die dritte Etage. Pri fuhr fort, mich mit einer Flut von Flüchen zu überschütten, die einen arabischen Derwisch vor Neid hätten erblassen lassen, trat aber dann vollkommen freiwillig aus dem Aufzug heraus, kaum daß wir angekommen waren, und leistete auch keinerlei Widerstand, als ich sie in mein Zimmer schob.
Aufatmend schloß ich die Tür hinter mir, drehte den Schlüssel im Schloß um und ließ Merlin zu Boden. Der Kater maunzte erleichtert und begann wie ein Hund das Zimmer zu beschnüffeln.
»Und jetzt?« fragte Pri herausfordernd. »Was haben Sie jetzt vor, Sie Verbrecher? Mich fesseln und knebeln und ein Lösegeld für meine Freilassung verlangen?«
Ihr Spott prallte an mir ab, zumal in genau diesem Moment das Telefon klingelte. Ich hob ab, darauf gefaßt, einen verärgerten Portier zu hören, der mir mitteilte, daß so etwas nun wirklich nicht ginge. Aber es war nicht der Portier.
»Damit kommen Sie nicht durch, Craven!« brüllte DeVries aufgebracht. »Ich kriege Sie! Ich schwöre Ihnen, daß –«
Ich hängte ein. Zehn Sekunden später schrillte das Telefon erneut, und DeVries fuhr schreiend fort:»– ich Sie bis ans Ende der Welt jagen werde, wenn es sein muß, und –«
Ich hängte abermals ein, wartete, bis das Telefon nach zehn Sekunden abermals klingelte, und knallte den Hörer so wuchtig auf die Gabel, daß der Kunststoffapparat einen Sprung bekam. Danach klingelte es nicht mehr.

Pri funkelte mich wütend an. »Das war mein Vater, nicht?« Ich nickte. »Offenbar weiß er ziemlich genau über jede Bewegung Bescheid, die ich mache«, sagte ich. »Pech für Sie.«

»Wieso für mich?« fragte Pri verwirrt.

»Weil ich Sie so lange festhalten werde, bis ich sicher bin«, antwortete ich. »Was haben Sie gedacht?«

Pri schwieg einen Moment. Als sie antwortete, klang ihre Stimme nicht mehr zornig, sondern mühsam beherrscht. Offenbar versuchte sie, eine neue Taktik einzuschlagen und an meine Vernunft zu appellieren.

»Ihnen ist doch klar, daß mein Vater die Polizei rufen könnte, Robert«, sagte sie. »Entführung ist ein schweres Verbrechen, auch in den Niederlanden.«

»Er könnte schon«, antwortete ich. »Aber ich bin sicher, daß er es nicht tut.«

»Und warum?«

»Weil er dann erklären müßte, warum er dreimal versucht hat, mich umzubringen – viermal, wenn ich den Überfall seiner Schläger gerade in der Villa mitrechne.«

Pris Gesicht war ein einziges Fragezeichen. Offensichtlich verstand sie wirklich nicht, wovon ich redete. »Mein Vater und Sie umbringen?« wiederholte sie ungläubig. Sie versuchte zu lachen. »Sie sind ja irre. Mein Vater ist vielleicht ... seltsam. Aber er ist der harmloseste Mensch, den ich kenne.«

»Dann haben Sie entweder einen verdammt kleinen Bekanntenkreis, oder Sie kennen Ihren eigenen Vater nicht sehr gut«, antwortete ich ruppig. Ich war nicht in der Laune für schonende Vorbereitungen. »Ihr Vater ist ...« Ich brach ab, machte eine wegwerfende Handbewegung und drehte mich mit einem Ruck zum Telefon um, um Dreistmeer anzurufen. Der Apparat gab keinen Muckser mehr von sich. Ich hatte ihn ein wenig zu gründlich zum Schweigen gebracht. Verärgert knallte ich den Hörer ein zweites Mal wuchtig auf die Gabel und begann unruhig im Zimmer auf und ab zu laufen. Merlin beobachtete mich eine Zeitlang verstört, machte dann eine Bewegung, die wohl das kätzische Gegenstück zu einem Achselzucken war – und sprang mit einem Satz auf Pris Schoß. Pri ächzte unter seinem Gewicht, lächelte aber dann und begann Merlin hinter den Ohren zu kraulen. Der Kater schloß genießerisch die Augen und schnurrte so laut wie ein altersschwacher Ventilator.

»Ich verstehe das alles nicht«, sagte Pri nach einer Weile. »Das alles hängt mit dieser Katze zusammen, nicht?«

Ich antwortete nicht gleich, aber das war auch nicht nötig – schließlich war Pri weder blind noch dumm.

»Warum erklären Sie es mir nicht einfach?« fragte sie, als ich auch nach einer Weile keine Anstalten machte, irgend etwas von mir zu geben. »Vielleicht finden wir gemeinsam eine Lösung. Was hat es mit dieser Katze auf sich?«

»Kater«, korrigierte ich sie, während sich das verräterische Katzenvieh auf ihrem Schoß zusammenrollte und noch lauter zu schnurren begann. »Er ist ein Kater.« Ich sah sie scharf an. »Und ja, Sie haben recht – es hat mit ihm zu tun. Aber auf eine Weise, die Sie nie verstehen würden.«

»Vielen Dank für das Kompliment«, sagte Pri beleidigt. Und für einen Moment war ich wirklich in Versuchung, ihr die ganze Geschichte zu erzählen. Aber dann entschied ich mich doch dagegen. Zum einen war sie DeVries' Tochter, die ihrem Vater gegenüber bestimmt loyaler sein würde als einem wildfremden Mann, der sie entführt hatte, und zum anderen verstand ich es ja selbst noch nicht ganz. Sicher – Merlins plötzliches Auftauchen hatte meinen vagen Verdacht fast zur Gewißheit gemacht; aber

eben nur fast. Mir fehlte noch ein endgültiger Beweis.
Ein lautstarkes Klopfen an der Tür enthob mich der Verlegenheit, antworten zu müssen. Ärgerlich fuhr ich herum, riß die Tür auf – und sah mich einem aufgelösten Hotelportier und einem reichlich verstört dreinblickenden Frans Dreistmeer gegenüber.
»Mijnheer Craven?« sagte Dreistmeer.
Ich nickte verblüfft und wollte Dreistmeer gerade fragen, seit wann wir wieder per Sie waren, aber er gab mir keine Gelegenheit dazu, sondern zückte blitzartig seinen Dienstausweis und klappte ihn mit einer routinierten Bewegung vor meinem Gesicht auf. »Ich bin Inspektor Dreistmeer«, sagte er. »Kriminalpolizei. Uns wurde gemeldet, daß es hier gewisse ... ähm ... Unregelmäßigkeiten gab.«
Endlich verstand ich. Dreistmeer wollte verhindern, daß der Portier mitbekam, daß wir uns kannten. Warum, war mir zwar nach wie vor schleierhaft, aber ich beschloß, das Spiel mitzuspielen.
»Unregelmäßigkeiten?« wiederholte ich. »Ich verstehe nicht ...«
»Es soll da eine junge Dame geben, die nicht ganz freiwillig mit Ihnen gekommen ist«, antwortete Dreistmeer. »Entspricht das der Wahrheit?« Er stellte sich auf die Zehenspitzen und versuchte über meine Schultern hinweg einen Blick in das Zimmer zu werfen. Als ich keinerlei Anstalten machte, zur Seite zu treten, runzelte er die Stirn und wandte sich wieder an den Portier. »Ich kümmere mich um die Angelegenheit«, sagte er. »Vielen Dank, daß Sie uns gerufen haben.«
Der Portier schien eine andere Reaktion erwartet zu haben, aber nachdem Dreistmeer ihn eine Weile wortlos angesehen hatte, zuckte er mit den Achseln und trollte sich, während Dreistmeer mich kurzerhand ins Zimmer schub-

ste und die Tür hinter sich zuschob.
»Was zum Teufel soll das, Robert?« fragte er ärgerlich. »Ich habe versucht, dich zu erreichen, und –« Er verstummte mitten im Wort, als er bemerkte, daß wir nicht allein waren. Verwirrt blickte er Pri an.
»Darf ich vorstellen?« fragte ich. »Priscilla DeVries – die junge Dame, um deren Wohl der Hotelportier so bemüht war.«
»Priscilla DeVries?« fragte Dreistmeer zweifelnd.
»Henk DeVries' Tochter, ganz recht«, antwortete ich. »Und ehe sie es dir selbst sagt – sie ist tatsächlich nicht ganz freiwillig hier. Um genau zu sein, ich habe sie gekidnappt.«
»Was?« machte Dreistmeer verdutzt.
»Entführt«, antwortete ich wütend. »Als Geisel genommen. Nenn es, wie du willst.«
Dreistmeer wußte nun offensichtlich gar nicht mehr, was er von der Situation halten sollte, zumal in diesem Moment auch noch Merlin von Pris Schoß heruntersprang und seine Hosenbeine zu beschnüffeln begann. Das hört sich harmlos an, kann aber auf jemanden wie Dreistmeer, der den Anblick eines dinosauriergroßen Perserkaters nicht gewöhnt war, ziemlich entnervend wirken. Ich erlöste Frans, indem ich Merlin kurzerhand auf die Arme nahm und zu kraulen begann. Merlin maunzte unwillig, biß mich in den Daumen und sprang mit einem Satz wieder auf Pris Schoß. Verräterisches, undankbares Katzenvieh, das er war.
»Stimmt das?« fragte Dreistmeer schließlich, an Pri gewandt.
Sie blickte mich scharf an, dann ihn, dann wieder mich – und dann tat sie etwas, das mich vollkommen überraschte: Sie schüttelte den Kopf.
»Unsinn«, sagte sie. »Robert und ich hatten Streit, das ist

alles. Der Portier muß da etwas falsch verstanden haben.« Sie stand auf, setzte Merlin vorsichtig zu Boden und angelte nach ihrer Handtasche. »Aber jetzt muß ich gehen. Wir sehen uns später noch, Robert. Und nicht mehr böse sein.« Und damit stellte sie sich auf die Zehenspitzen, küßte mich auf die Wange und verschwand mit schnellen Schritten aus dem Zimmer.

Ich starrte ihr mit offenem Mund nach. Ich hatte so ziemlich alles erwartet – von einem hysterischen Anfall über Tränen bis hin zu den wildesten Anschuldigungen – aber das?

Erst als Dreistmeer mich nach einer Weile am Ärmel zupfte und sich lautstark und gekünstelt räusperte, klappte ich den Mund wieder zu und wandte mich zu ihm um.

»Vielleicht würdest du mir freundlicherweise erklären, was hier los ist«, sagte er. »Ich bin zwar nur ein dummer kleiner Polizist, aber ...«

»Ich weiß es ja selbst nicht so genau«, antwortete ich hilflos. Dann gab ich mir einen Ruck. Mit aller Selbstbeherrschung, die ich noch aufbringen konnte, zwang ich mich zu einem Lächeln. »Und dieser übereifrige Portier hat wirklich geglaubt, ich hätte sie entführt?« fragte ich.

Dreistmeer nickte. Sein Blick war voll kaum verhohlenem Mißtrauen. »Ja. Er rief bei der Polizei an. Die Meldung kam über Funk durch, und da ich sowieso gerade auf dem Weg zu dir war, habe ich den Einsatz übernommen.« Er schüttelte den Kopf. »Was zum Teufel geht hier vor?«

»Das hast du doch gehört«, antwortete ich ausweichend. »Wir hatten Streit, das ist alles.«

»Aber das ist Henk DeVries' Tochter!« protestierte Dreistmeer.

»Und?« fragte ich.

Dreistmeer gab auf. Mit einem Seufzer ließ er sich in den

freigewordenen Sessel fallen – und fuhr wie von der Tarantel gestochen wieder in die Höhe, als hinter ihm ein drohendes Knurren erklang. Merlin hatte es sich auf dem Sessel bequem gemacht, und er schien anderer Meinung als Frans zu sein, was die Besitzverhältnisse des Möbels anging. Dreistmeer blickte verstört.

»Deine ... deine neue Freundin hat ihre Katze vergessen«, sagte er. »Das ist doch eine Katze, oder?«

Ich unterdrückte ein Grinsen, während Merlin Dreistmeer feindselig anblinzelte.

»Ein Kater«, antwortete ich. »Aber einer seiner Vorfahren war eine Planierraupe. Und er gehört nicht Pri, sondern mir.«

»Dir?« echote Dreistmeer verstört. »Du nimmst deine Katze mit auf Reisen?«

»Warum nicht? Andere nehmen ihren Hund mit.«

Frans kam gottlob nicht auf den Gedanken, mich zu fragen, wieso er das Tier bisher nicht in meiner Gesellschaft gesehen hatte, sondern resignierte wohl endgültig. Er setzte sich – in den Sessel, der am weitesten von dem Merlins entfernt war.

»Du warst bei DeVries?« fragte er nach einer Weile. Ich nickte, und Dreistmeer fuhr vorwurfsvoll fort: »Warum hast du nicht auf mich gewartet?«

»Das konnte ich nicht«, antwortete ich. »DeVries hat mir einen Fahrer geschickt, der mich zu ihm brachte.« Ich deutete auf die Tür. »Du hast ihn gerade hinausgehen sehen.«

Dreistmeer runzelte die Stirn, sagte aber nichts dazu. Allmählich begann mir der arme Kerl wirklich leid zu tun.

»Das ist schade«, murmelte er nach einer Weile. »Es wäre eine gute Chance gewesen, DeVries endlich kennenzulernen. Wirst du ihn wiedersehen?«

Ich schüttelte den Kopf und nickte gleich darauf.

»Aha«, sagte Dreistmeer. »Und was heißt das?«
»Daß ich nicht besonders wild darauf bin, aber es beinahe befürchte«, antwortete ich. Dreistmeer sah mich fragend an.
»Es gab eine Meinungsverschiedenheit, als ich ihn verließ«, sagte ich erklärend. »Das war auch der Grund meines Streites mit Pri.«
»Eine Meinungsverschiedenheit? Worüber?«
»Über meine Lebenserwartung«, antwortete ich trocken.
»Er ... er hat versucht, dich umzubringen?« ächzte Dreistmeer. Ich nickte. Plötzlich richtete er sich stocksteif im Sessel auf. »Dann haben wir ihn«, rief er begeistert. »Ich werde sofort einen Haftbe-«
»Du wirst gar nichts«, unterbrach ich ihn. »Mijnheer DeVries wird nämlich mindestens dreißig Zeugen auffahren, die beschwören, daß ich mit den Handgreiflichkeiten begonnen habe.« Und das war ja nicht einmal gelogen – schließlich hatte ich zuerst zugeschlagen. Daß ich keine andere Wahl gehabt hatte, würde ich schwerlich beweisen können.
»Aber ich habe trotzdem eine erfreuliche Nachricht für dich«, fuhr ich fort. »Oder wenigstens eine positive. Ob sie dich freuen wird, weiß ich nicht.«
Dreistmeer sah mich gespannt an und schwieg.
»Du hattest recht«, sagte ich. »DeVries steckt hinter diesen Einbrüchen. Und ich glaube auch zu wissen, wie er es gemacht hat.«
»Wie?« fragte Dreistmeer erregt.
Ich hob besänftigend die Hände. »Das kann ich dir nicht sagen«, sagte ich. »Jedenfalls jetzt noch nicht. Ich ... brauche noch einen letzten Beweis.«
»Und wie soll der aussehen?«
»Ich muß an einen der Tatorte«, antwortete ich. Dreist-

meer blinzelte verwirrt. »Ich muß zu einem der Orte, an denen eingebrochen wurde. In die Stahlkammer vielleicht, von der du erzählt hast. Das ist doch möglich, oder?«
»Theoretisch ja«, antwortete Dreistmeer. »Aber warum denn?«
»Das kann ich dir erst erklären, wenn wir da sind«, antwortete ich. »Ach ja, und noch etwas – habt ihr im Polizeihauptquartier ein Telefax-Gerät?«

Ein dreifaches Hurra auf die moderne Technik! Die nächste Runde des Spieles IBM gegen die Magie der Großen Alten ging – zumindest nach Punkten – an uns. Dreistmeer und ich verließen das Hotel, nachdem ich noch rasch dem total konsternierten Chef des Zimmerservice aufgetragen hatte, eine Katzentoilette samt Streu und vier Pfund allerbestes Tatar sowie einen Liter abgekochte Milch in mein Zimmer zu schaffen und sich um mein Kätzchen zu kümmern – der Blick, mit dem er mich bei meiner Rückkehr bedachte, und das frische Heftpflaster auf seinem Handrücken bewiesen eindeutig, daß er mir die kleine Untertreibung, Merlin als »Kätzchen« zu bezeichnen, herzlich übelnahm. Eine halbe Stunde später erreichten wir das Polizeihauptquartier, und nach etlichen, zum Teil nervenaufreibenden Telefonaten mit meinem Freund Jeremy Card in England hielt ich ein weißes DIN A4-Blatt in Händen, frisch gedruckt vom Telefax-Kopierer in Frans' Zimmer und mit einem scheinbar sinnlosen Durcheinander verwirrender Symbole und unverständlicher Buchstabenkombinationen übersät.
Frans, der die ganze Zeit über sehr wenig gesprochen, mich dafür aber mit einem immer stärker werdenden Ausdruck der Verwirrung angesehen hatte, versuchte über meine Schulter hinweg einen Blick auf das Blatt zu wer-

fen. Ich ließ ihn gewähren. Mit dem, was er dort las, konnte er ohnehin nichts anfangen.
Dafür wurde sein Blick noch irritierter. »Was ... ist das?« fragte er zögernd. Ich hätte es ihm sagen können – es war eine ganz bestimmte Seite aus den Pnakotischen Manuskripten, auf die ich während meiner Studien über die Magie der Großen Alten gestoßen war –, aber ich bezweifelte, daß es unserem gegenseitigen Vertrauensverhältnis in irgendeiner Form förderlich gewesen wäre, wenn ich ihm erklärt hätte, daß es sich um eine Beschwörungsformel handelte, und noch dazu um eine, von der ich nicht einmal restlos sicher war, daß sie funktionieren würde. So zuckte ich nur mit den Schultern, faltete das Blatt säuberlich in der Mitte zusammen und verstaute es in meiner Jackentasche.
»Was ist mit der Bank?« fragte ich. »Hast du mit dem Direktor gesprochen?«
Dreistmeer nickte zögernd. Er war ein paarmal hinausgegangen, während ich mit England telefonierte; ich vermutete, daß er sich mit seinen Vorgesetzten beraten und mit dem Manager der Bank telefoniert hatte. Immerhin war die Geschäftszeit längst vorbei, und wenn sich die niederländischen Bankangestellten nicht grundsätzlich von ihren englischen Berufskollegen unterschieden, dürfte es ihn einiges an Überredungskunst gekostet haben, einen außergewöhnlichen Termin zu bekommen. Aber er hatte.
»Wir müssen uns beeilen«, sagte er nach einem Blick auf die Armbanduhr. »Die Herren warten wahrscheinlich schon auf uns.«
Ich stand auf, aber Dreistmeer hielt mich noch einmal zurück. »Was zum Teufel hast du eigentlich vor?« fragte er. »Ich meine, ich ... ich muß den Leuten ja irgend etwas sagen.«

Das leuchtete mir ein, so ungern ich es zugab. Ich konnte schlecht erwarten, daß man mich einfach in den Panzerschrank einer Bank hineinmarschieren ließ, nur weil ich vorgab, irgendeine Ahnung zu haben. Ich überlegte einen Moment, ehe ich antwortete. »Stell mich einfach als einen Kollegen aus England vor«, sagte ich. »Sag Ihnen, wir hätten dort drüben ein ganz ähnliches Problem, und ich suchte nach bestimmten Spuren, die die Täter hinterlassen haben könnten.«
Frans schien nicht begeistert, aber er stimmte zu, und keine zehn Minuten später saßen wir in seinem Dienstwagen und bewegten uns durch den abendlichen Hauptverkehr auf das Stadtzentrum zu. Während der Fahrt ertappte ich mich immer wieder dabei, den Verkehr hinter uns ein wenig aufmerksamer zu beobachten, als nötig gewesen wäre. Natürlich entging Dreistmeer meine Nervosität nicht. Und fast ebenso natürlich zog er die richtigen Schlüsse daraus.
»Du hast Angst, DeVries läßt dich beschatten«, vermutete er.
Ich zögerte einen Moment, nickte aber dann. »Der Mann ist unheimlich gut informiert«, sagte ich. »Er hat in meinem Hotelzimmer angerufen, keine zehn Sekunden nachdem ich es betreten habe.«
»Erstaunlich«, sagte Dreistmeer – in einer Art, die deutlich machte, wie wenig ihn dies in Wahrheit beeindruckte. »Aber dafür gibt es eine Anzahl einleuchtender Erklärungen.«
»Eine würde mir reichen.«
Dreistmeer lachte leise. »Was hältst du zum Beispiel von der, daß er ununterbrochen angerufen hat, bis du ins Zimmer gekommen bist?« fragte er. »Oder der, daß sein Wagen mit einem Sender ausgestattet war?«

Verblüfft blickte ich ihn an. Auf das Naheliegendste war ich noch gar nicht gekommen – und wahrscheinlich ließen sich noch dreißig andere Erklärungen finden, wenn man sich nur die Mühe machte, in Ruhe nachzudenken. Ich schalt mich innerlich einen Narren und nahm mir vor, in Zukunft zuerst einmal gründlich nach natürlichen Erklärungen zu suchen, ehe ich Zauberei und Magie ins Spiel brachte.
Was nichts daran änderte, daß ich mich beobachtet fühlte. DeVries' Worte waren keine leere Drohung gewesen.
»Glaubst du, daß er dir auch diesen Roboter auf den Hals gehetzt hat?« fragte Dreistmeer plötzlich.
Ich nickte zögernd. Nach dem, was heute passiert war, hatte ich Eisenzahn schon fast vergessen, aber Frans' Worte machten mir sehr drastisch klar, daß Mijnheer DeVries nicht nur auf seine sogenannten Templer und ein wenig schwarze Magie angewiesen war. Es gab gar keinen Zweifel daran, daß der Maschinenmensch mich in seinem Auftrag angegriffen hatte – auch wenn ich darin bisher keinerlei Sinn erkennen konnte.
»Hast du die Gegend absuchen lassen, in der ich das Glasauge gefunden habe?« fragte ich. Dreistmeer nickte und schüttelte gleich darauf den Kopf.
»Ja«, sagte er. »Aber sie haben nichts gefunden – außer einer Menge Schrott. Wahrscheinlich ist das Ding beim Aufschlag auseinandergebrochen.«
»Ja«, antwortete ich zögernd. »Wahrscheinlich.« Jedenfalls hoffte ich es. Die Alternative wäre nämlich, daß ich Eisenzahn über kurz oder lang abermals gegenüberstehen würde. Und ich konnte nicht damit rechnen, immer eine Eisenbahnbrücke zur Hand zu haben, mit der ich ihn k. o. schlagen konnte ...
Vor uns tauchte die Bank auf, und Dreistmeer lenkte den

Wagen an den rechten Straßenrand, so daß wir das unangenehme Thema wechseln konnten. Wir fanden auf Anhieb einen Parkplatz, was für Amsterdamer Verhältnisse ein kleines Wunder darstellte. Die Bank hatte schon seit einer Stunde geschlossen, aber nachdem Dreistmeer zweimal an der großen Eingangstür aus Milchglas geklopft hatte, näherte sich von drinnen ein Schatten; einen Augenblick später hörte ich ein Schloß ausrasten, und ein vielleicht fünfzigjähriger Herr mit graumeliertem Haar und in einem dunklen Maßanzug machte uns auf. Er schien nicht sehr erbaut über die Störung zu sein, dem Blick nach zu urteilen, mit dem er erst Frans, dann mich maß.

Trotzdem behandelte er uns mit ausgesuchter Höflichkeit, wie ich allein an seinem Tonfall erkannte. Nachdem Frans mich verabredungsgemäß als einen Kollegen von den Inseln vorgestellt hatte, wechselte er augenblicklich zur englischen Sprache über, die er ausgezeichnet beherrschte, und gab sich als Direktor der Bank zu erkennen. Sein Name war Daniel Sanders.

Während wir durch die menschenleere Schalterhalle gingen, gesellte sich ein zweiter Mann zu uns, den der Direktor als seinen Hauptkassier vorstellte. Wir durchquerten die Halle und traten durch eine ganz Anzahl von Türen, die Sanders eine nach der anderen auf- und hinter uns wieder zuschloß. Türen und Schlösser sahen ausnahmslos sehr stabil aus, und mir entgingen auch nicht die zahlreichen Videokameras, die jeden Quadratfuß der Gänge überwachten, durch die wir uns bewegten. Allmählich begann ich Dreistmeers Ratlosigkeit besser zu verstehen. Man mußte schon unsichtbar sein und durch Wände gehen können, um ungesehen hier herein- und auch wieder herauszukommen.

Ich machte eine entsprechende, halb scherzhafte Bemerkung zu Sanders, aber der Bankdirektor schüttelte ganz ernsthaft den Kopf. »Selbst das würde Ihnen nichts nutzen, Mister Craven«, sagte er. »Unten im Tresorraum gibt es eine Kombination aus Laser- und Videoüberwachungssystemen, die alles registrieren, was größer als eine Fledermaus ist. Und im Boden sind Berührungsmelder. Sie sind so empfindlich, daß sie selbst auf einen Bleistift ansprechen würden, der aus einem halben Meter Höhe zu Boden fiele.« Er schüttelte entschieden den Kopf. »Nein. Niemand kommt hier herein.«
»Aber jemand hat es geschafft«, antwortete ich.
»Ja«, knurrte Sanders. »Und eine halbe Tonne Gold mitgenommen.«
Überrascht sah ich Dreistmeer an. Gold? Ich hatte bisher ganz automatisch angenommen, daß es die Einbrecher auf Geld oder Wertpapiere abgesehen gehabt hatten. Von Gold war nie die Rede gewesen.
Ich kam nicht dazu, Dreistmeer darüber näher zu befragen, denn wir erreichten den Tresorraum. Sanders hatte keineswegs übertrieben: Der Raum wimmelte nur so von den kleinen roten Augen der Laser-Kameras, und auf dem Boden gewahrte ich ein feinmaschiges Geflecht aus silbernen Drähten, das so dicht war, daß nicht einmal eine Katzenpfote dazwischengepaßt hätte.
Die Safetür selbst sah aus, als könnte sie der Explosion einer kleinen Atombombe standhalten, ohne mehr als ein paar Kratzer abzubekommen. Ich nickte Sanders anerkennend zu, sagte aber kein Wort mehr, sondern geduldete mich, bis er die diversen Sicherheitseinrichtungen eine nach der anderen abgeschaltet hatte.
»Wäre das nicht eine Möglichkeit?« fragte ich, nachdem er den letzten Schalter umgelegt hatte.

Sanders sah mich fragend an. »Was?«
Ich deutete auf den umfangreichen Schlüsselbund in seiner Hand. »Vorausgesetzt, jemand hätte sich Kopien all dieser Schlüssel besorgt, dann könnte er doch den ganzen Kram einfach abschalten, oder?«
Sanders lächelte. Natürlich kannte ich die Antwort auf meine Frage, bevor ich sie überhaupt gestellt hatte. Aber ich hatte Sanders richtig eingeschätzt. Es erfüllte ihn mit Stolz, über seine Sicherheitsmaschinerie reden zu können. »Kaum«, antwortete er. »Ich muß jedes außergewöhnliche Abschalten vorher bei der Alarmzentrale anmelden, wissen Sie? Hätte ich das vorhin nicht getan, dann hätte es schon Alarm gegeben, als wir diesen Raum betraten, ob nun mit oder ohne Schlüssel. Die Polizei wäre längst hier.«
Dreistmeer nickte bekräftigend. Er sah plötzlich sehr niedergeschlagen aus. »Überdies«, fügte der Hauptkassier hinzu, »gibt es drei Videokameras, die sich überhaupt nicht abschalten lassen. Die dazugehörigen Monitore stehen in der nächsten Polizeiwache.«
Gut, einen normalen Einbruch konnte man also praktisch ausschließen. Aber daran glaubte ich ja ohnehin schon lange nicht mehr.
Ohne ein weiteres Wort sah ich zu, wie Sanders nacheinander drei und der Hauptkassier zwei weitere Schlüssel in ebenso viele Schlösser steckten und anschließend – jeder für sich und so, daß weder wir noch der jeweils andere es sehen konnten – eine Zahlenkombination in ein kleines Tastenfeld eintippten, das sich neben der Tür befand.
Einen Moment lang geschah nichts, dann erklang ein helles, metallisches Klicken, und die übermannshohe Panzertür schwang wie von Geisterhand bewegt auf. Ich sah, daß die Tür nahezu einen Yard dick war. Sie mußte Tonnen wiegen. Aber alles, was ich hörte, war das leise Summen

eines Elektromotors.
Sanders machte einen einladende Handbewegung und gleichzeitig einen Schritt zur Seite, und Dreistmeer und ich betraten nacheinander die Stahlkammer. Ich war verblüfft von ihrer Größe. Sie war fast ein kleiner Saal, gut fünfzehn Schritte lang und halb so breit. Die Wände bestanden aus Türen zahlloser Schließfächer, und in der Mitte des Raumes erhob sich ein deckenhoher Gitterkäfig, der allerdings im Moment vollkommen leer war.
»Chrom-Vanadium-Stahl«, sagte Sanders, der lautlos neben mich getreten war und meinen Blick bemerkt hatte. »Sie brauchen einen Schweißbrenner und mindestens eine Stunde Zeit, um auch nur einen der Stäbe durchzuschneiden.«
Ich beugte mich vor. »Aber es ist keiner beschädigt«, sagte ich.
Sanders nickte. Er sah plötzlich aus, als litte er unter heftigen Zahnschmerzen. »Das ist es ja gerade«, sagte er. »Keine der Alarmeinrichtungen wurde ausgelöst. Die Schlösser haben nicht einen Kratzer, und die Videobänder behaupten, daß niemand hier drinnen war.«
»Hier?«
Sanders nickte. »Natürlich gibt es hier auch Kameras – was denken Sie?«
Ich sah mich suchend um, konnte aber keine entdecken. Sanders lächelte triumphierend. Allerdings nur so lange, bis ich ihn aufforderte, die Kameras abzuschalten.
»Wie bitte?« fragte er, als könne er nicht glauben, was er da gerade gehört hatte.
»Schalten Sie sie ab«, wiederholte ich. »Und ebenso alle Mikrophone und anderen Aufzeichnungsvorrichtungen, die es noch geben sollte.«
»Aber wieso denn?« fragte Sanders verwirrt.

Eine berechtigte Frage. Aber ich konnte ihm doch nicht gut sagen, daß ich bloß keine Lust hatte, mich selbst auf einem Dutzend Videobänder verewigt zu sehen, wie ich eine zweihundert Millionen Jahre alte Beschwörungsformel las.
»Tun Sie es, Mijnheer Sanders«, sagte Dreistmeer. »Bitte. Mister Craven genießt unser vollstes Vertrauen.«
Sanders schien nicht überzeugt, zuckte aber schließlich die Achseln und wandte sich an den Hauptkassierer. »Tun Sie, was er verlangt.«
»Und bleiben Sie gleich draußen«, fügte ich hinzu. »Und Sie, Mijnheer Sanders, haben vielleicht ebenfalls die Freundlichkeit, uns allein zu lassen.«
Für einen Moment war Sanders einfach sprachlos. Dann färbte sich sein Gesicht rot, und er schüttelte wütend den Kopf. »Wo denken Sie hin, Sir?« fragte er scharf. »Zuerst verlangen Sie, daß ich die Kameras ausschalte, und dann wollen Sie auch noch alleingelassen werden? Das geht zu weit.«
Ich wollte widersprechen, fing aber einen warnenden Blick von Frans auf und klappte den Mund wieder zu. Ich durfte den Bogen nicht überspannen.
»Gut«, sagte ich, nachdem der Kassierer gegangen war. »Sie können hierbleiben. Aber Sie müssen mir versprechen, zu niemandem auch nur ein Sterbenswörtchen von dem zu sagen, was Sie hier sehen und hören werden. Meine Methode ist sehr neu und eigentlich noch streng geheim.«
»Scotland Yard hat sich nur entschlossen, uns zu helfen, weil wir hoffen, gemeinsam einer internationalen Verbrecherbande auf die Spur zu kommen«, fügte Frans hinzu.
Sanders schwieg beleidigt.
Ich beachtete ihn nicht weiter, sondern zog nach einem

letzten Blick zur Tür das zusammengefaltete Blatt aus der Tasche, das Dreistmeers Telekopierer mir geliefert hatte. Obwohl ich nicht aufsah, konnte ich spüren, wie Sanders mich aus aufgerissenen Augen anstarrte, als ich im Flüsterton die unheiligen Worte vorzulesen begann, die darauf geschrieben standen.
Nur für mich, dafür aber sehr inbrünstig, betete ich, daß die Formel auch wirklich so funktionierte, wie ich hoffte. Wenn ich den Text aus den Manuskripten richtig interpretiert hatte, dann mußte ich mit Hilfe dieser Formel nicht nur feststellen können, ob es hier in den letzten Tagen ein Tor gegeben hatte, sondern auch, wie es ausgesehen, und vor allem wer es benutzt hatte, denn – wie es in den Manuskripten hieß – ein jedes Ding wirft einen Schatten, nicht nur in die Welt, sondern auch in die Zeit, und das kundige Auge vermag ihn zu erkennen.
Meines schien nicht kundig genug zu sein. Ich las den Text zweimal, erst so leise, daß sich eigentlich nur meine Lippen bewegten, dann ein wenig lauter, so daß Dreistmeer und Sanders immerhin ein leises Gebrabbel hören konnten, aber nichts geschah. Weder flackerte das Licht, noch tat sich der Boden auf. Es roch nicht einmal ein bißchen nach Schwefel. Was hatte ich erwartet?
Ich seufzte, warf Sanders einen verzeihungsheischenden Blick zu und raffte all meinen Mut zusammen. Dann las ich den Text zum dritten Mal, und diesmal mit vollem Stimmaufwand. Mir taten dabei nicht nur die Stimmbänder weh, ich war mir auch sehr unangenehm der Tatsache bewußt, daß Sanders und Frans mich für komplett übergeschnappt halten mußten, während ich Worte ausstieß, die sich anhörten, als hätte mein Kater versucht, Schreibmaschine zu schreiben.
»Iäh Cthulhu!« rief ich. »Ngäh ngäh chrrrlak! Iäh Cthulhu!«

Nichts.
Ich wartete. Zehn Sekunden. Zwanzig. Dreißig. Nichts geschah. Für einen Moment glaubte ich ein winziges Zittern zu spüren, so als ginge ein unmerklicher Ruck durch die Wirklichkeit, aber als ich mich umsah, war die Stahlkammer vollkommen unverändert.
Dafür färbte sich Sanders' Gesicht allmählich dunkelrot. Seine Augen blitzten so vor Wut, daß ich plötzlich das Bedürfnis hatte, zur Größe einer Bakterie zusammenzuschrumpfen und mich in der nächsten Bodenritze zu verkriechen.
»Was sind Sie?« fragte er aufgebracht. »So eine Art Wünschelrutengänger? Sie ... Sie ..." Er sprach nicht aus, was er wirklich von mir hielt – ich konnte es mir lebhaft vorstellen –, sondern drehte sich mit einer wütenden Bewegung zu Dreistmeer herum und fuhr ihn an: »Was denken Sie sich eigentlich dabei, Inspektor? Ich habe meine Zeit weder gestohlen, noch –«
Er sprach nicht weiter, denn in diesem Moment ... geschah etwas.
Ich konnte im allerersten Moment nicht einmal sagen, was es war, aber diesmal spürten es Dreistmeer und Sanders ebenso deutlich wie ich.
Ein Beben erschütterte die Wirklichkeit, als wäre ein gigantischer Vorschlaghammer auf die Welt herabgestürzt; die Realität erzitterte unter dem Fausthieb eines zornigen Gottes – und dann sahen wir es!
Die Schatten verdichteten sich, schienen zu wachsen, dunkler zu werden, das Licht flackerte jetzt wirklich, wurde rötlicher, und ein eisiger Hauch durchwob die Luft. Ein schreckliches zischendes, knisterndes Geräusch erklang, als würden sich ungeheure elektrische Ströme entladen. Meine Haut begann zu prickeln. Ich spürte, wie sich

jedes einzelne Haar auf meinem Kopf aufstellte.
Sanders keuchte und wollte etwas sagen, brachte aber dann nur einen halberstickten wimmernden Laut heraus und starrte aus hervorquellenden Augen auf einen Punkt an der gegenüberliegenden Wand. Und als ich seinem Blick folgte, konnte auch ich einen entsetzten Aufschrei nur mit Mühe unterdrücken.
Auf der stählernen Wand war ein Fleck aus grellem, grünem Licht entstanden. Das Knistern und Zischen wurde lauter, während der Fleck allmählich an Helligkeit zunahm und dabei beständig wuchs. Es sah aus, als fräße sich ein Schweißbrenner mit grüner Flamme einen Weg durch den massiven Stahl.
»Mein Gott!« stöhnte Sanders. »Was –«
»Still!« sagte ich. »Sie sind nicht in Gefahr. Wir sehen nur, was passiert ist!« Der Flecken grellgrüner Helligkeit wuchs weiter, bis sein Durchmesser gute zwei Yards betrug. Schatten entstanden in seinem Zentrum, zerfaserten wieder und bildeten sich neu, um gleich darauf wieder auseinanderzutreiben, wie die flüchtigen Gebilde, die der Nebel manchmal für Sekunden erschafft. Aber anders als diese wurden sie mit jedem Mal massiver. Nicht mehr lange, und sie würden wirklich Gestalt annehmen.
Mein Herz begann vor Erregung zu klopfen. Ich fühlte keine Angst, wußte ich doch, daß wir nur sahen, was vor Tagen geschehen war, wie in einem gespenstischen Film. Hier befand sich ein Tor, genau wie ich geargwöhnt hatte, aber es war ganz anders als das, das ich von meinem Haus in London her kannte. Seine Umrisse wogten und waberten beständig, und wer immer es erschaffen hatte, schien große Mühe zu haben, es zu stabilisieren.
Nach einer Weile gerannen die Schatten im Zentrum des grünen Lichtmeeres endgültig zu menschlichen Umrissen.

Fünf, sechs, schließlich ein knappes Dutzend ganz in schwarz gekleideter Gestalten traten aus dem Tor heraus, sahen sich einen Moment lang suchend um und bewegten sich dann auf den Gitterkäfig in der Mitte des Saferaumes zu.

Er war nicht mehr leer. Ich erkannte die verschwommenen Umrisse säuberlich aufgestapelter Goldbarren. Einer großen Menge von Goldbarren – eine halbe Tonne, erinnerte ich mich, nach Sanders Worten. Die Schattengestalten traten eine nach der anderen an den Käfig heran, griffen durch das enge Stahlgitter hindurch, als wäre es gar nicht vorhanden, und begannen die Goldbarren zum Tor zu tragen, wo weitere, nur schemenhaft erkennbare Männer auf sie warteten und ihnen ihre Last abnahmen. Das Ganze geschah vollkommen lautlos und sehr schnell. Trotz des ungeheuren Gewichtes der Barren arbeiteten die Männer so zügig, daß der Stapel zusehends schmolz. Nach nicht einmal zehn Minuten war der Gitterkäfig leer. Die Männer begannen einer nach dem anderen wieder im grünen Schlund des Tores zu verschwinden.

»Um Gottes willen!« stammelte Sanders. »Wir müssen sie aufhalten!«

Er wollte einen Schritt machen, aber ich hielt ihn grob am Arm zurück. »Seien Sie vernünftig!« sagte ich. »Wir sehen nur, was bereits geschehen ist! Wir können nicht eingreifen!«

Sanders erstarrte. Er hatte meine Worte gehört, und ich zweifelte eigentlich auch nicht daran, daß er sie begriffen hatte – aber mir war auch klar, daß für einen trockenen Zahlenmenschen, wie er zweifellos einer war, in diesem Moment die Welt einstürzte. Wahrscheinlich befand sich der arme Kerl am Rande eines Nervenzusammenbruches. Mit schon etwas mehr als sanfter Gewalt zerrte ich ihn

vom Gitterkäfig und dem dahinterliegenden Tor weg und drehte mich wieder um.
Die letzte der Schattengestalten war bereits verschwunden, und das Tor begann sich wieder zu schließen. Es schrumpfte zur Größe eines Wagenrades, eines Tellers, schließlich zu einem münzgroßen, lodernden Fleck grellgrüner Helligkeit.
Aber es erlosch nicht.
Beunruhigt trat ich wieder einen Schritt darauf zu und sah genauer hin. Das Tor zuckte und zitterte wie ein lebendes Ding, und ich spürte genau, daß es sich schließen wollte – aber es ging nicht. Die gleiche Macht, die dieses Loch in die Wirklichkeit gebrannt hatte, versuchte es nun wieder zu verschließen, aber es war, als hielte es eine andere, stärkere Gewalt offen.
Dann begann es ganz, ganz langsam wieder zu wachsen.
Und hinter meinem Rücken erschollen die schrecklichen Worte: *»Aieh Cthulhu! Hnhgyn ftathaf! Aiehh!«*
Entsetzt fuhr ich herum. Es war niemand anders als Frans, der diese fürchterlichen Worte ausstieß, aber wie hatte er sich verändert! Seine Augen waren verdreht, so daß nur noch das Weiße zu sehen war, und er zitterte am ganzen Körper wie unter einem Starrkrampf. In der Hand hielt er den Zettel, den ich mir aus London hatte schicken lassen. Ich hatte ihn vor lauter Überraschung fallengelassen, als das Tor erschien, und Dreistmeer hatte ihn aufgehoben und sich dadurch, daß er die Worte darauf zu lesen begonnen hatte, den finsteren Mächten, die jenem schrecklichen Text innewohnten, hilflos ausgeliefert. Ich war mit einem Satz bei ihm und versuchte ihm das Blatt zu entreißen, aber Frans, der unter einer unheimlichen Hypnose zu stehen schien, fegte mich mit einem fast beiläufigen Hieb von den Füßen und las weiter, mit schriller, monotoner

Stimme, immer und immer wieder dieselben Worte.
Und sie wirkten. Sanders kreischte voller Entsetzen auf, und ich sprang in die Höhe, wirbelte herum – und schrie ebenfalls vor Schrecken!
Das Tor hatte fast wieder seine ehemalige Größe erreicht, und aus dem Meer lodernder grüner Flammen kroch etwas hervor, ein Wesen, das nicht von unserer Welt war. Sein Körper war groß und unförmig, und ein aufgedunsener Balg, der jeder Beschreibung spottete, und es hatte eine Unzahl langer, peitschender Schlangenarme, die von Geschwüren und nässenden Wunden übersät waren. Pupillenlose, riesige Augen starrten uns voll abgrundtiefem Haß an, während sich sein Körper mit zuckenden, konvulsivischen Bewegungen aus dem Tor herauswand. Wenn es ganz in die Wirklichkeit hinübergewechselt war, würde es uns töten, das wußte ich.
Verzweifelt fuhr ich herum und stürzte mich ein zweites Mal auf Frans. Diesmal war ich auf seinen Hieb vorbereitet – ich tauchte unter seiner Faust hindurch, rammte ihm die Schulter in den Leib und versuchte ihm das schreckliche Blatt Papier zu entreißen. Aber meine Kräfte reichten auch diesmal nicht aus. Dreistmeer entschlüpfte mir mit einer schlangengleichen Bewegung, trat mir in den Leib und las unbeirrt weiter, während ich mit einem Schmerzensschrei zusammenbrach.
Gehetzt sah ich über die Schulter zurück. Das Schoggothenmonster kroch weiter aus dem Tor heraus. Wo es den Boden berührte, hinterließ es eine Spur aus ekelhaftem, glitzerndem Schleim. Seine peitschenden Arme waren jetzt kaum mehr zwei Yards von Sanders und mir entfernt, aber ein Teil seines mißgestalteten Leibes war noch immer im Tor. Es mußte unglaublich groß sein.
Ich stemmte mich hoch, sprang auf Dreistmeer zu – und

erblickte etwas wahrhaft Gräßliches.
Das Blatt in seinen Händen schien lebendig geworden zu sein! Das Papier leuchtete in weißem, perlmuttartigem Glanz, und die Buchstaben darauf bewegten sich wie kleine, eckige Würmer hin und her, formten sich unentwegt neu, so daß der Text, den er las, immer wieder anders war. Und von der Oberfläche des Papiers stieg ein Gespinst aus leuchtendem Rauch auf, ein haarfeines Gewebe Hunderter und Aberhunderter peitschender Lichtfäden, die in Dreistmeers Körper verschwanden!
Das fürchterliche Rascheln und Schleifen hinter mir kam immer näher. Ich sah zurück, erkannte, daß das Ungeheuer fast heran war und riß in schierer Verzweiflung an dem Blatt in Frans' Händen, um es zu zerfetzen. Er machte keinen Versuch, mich daran zu hindern, sondern las wie in Trance weiter, aber das Blatt zerriß auch nicht. Ebensogut hätte ich versuchen können, die massive Panzertür draußen zu zerreißen!
»Craven!« brüllte Sanders. »Tun Sie etwas! Gleich ist es da!«
Ich tat etwas, ohne auch nur eine Sekunde nachzudenken. Mit einer verzweifelten Bewegung griff ich in Dreistmeers rechte Rocktasche, in der er seine Zigaretten aufzubewahren pflegte, fand das kleine Wegwerf-Feuerzeug und riß es hervor. Meine Finger zitterten so heftig, daß ich zweimal vergeblich versuchte, die einfache Mechanik zu bedienen, aber dann glomm eine kleine, gelbblaue Gasflamme auf.
Ich hielt sie an das Papier in Frans' Händen – und das Wunder geschah!
Das Blatt fing Feuer. Sein Rand färbte sich schwarz, wellte sich – und plötzlich schoß eine grelle, knisternde Flamme empor und leckte gierig nach Frans' Fingern. Im gleichen Moment erlosch das Gewebe zuckender Lichtfäden, das

ihn seines freien Willens beraubt hatte. Frans schrie auf, und taumelte zurück, während das Blatt sachte zu Boden schwebte und dabei vollends in Flammen aufging.
Da erscholl hinter mir ein urgewaltiges, zorniges Brüllen, und ich spürte einen Schwall intensiver Hitze, der meinen Rücken wie eine glühende Pranke streifte. Ich hob schützend die Arme vor das Gesicht und drehte mich herum.
Das Ungeheuer brannte.
Sein schrecklicher Körper wurde ebenso ein Raub der Flammen wie das Blatt, das zu meinen Füßen verkohlte, und auch das Tor hinter ihm spie jetzt Feuer und Hitze. Sanders schrie etwas, das ich nicht verstand, und auch Dreistmeer begann zu kreischen, aber ihrer beider Stimmen gingen im Brüllen des sterbenden Ungeheuers unter. Es wehrte sich mit all seiner finsteren magischen Macht. Sein Körper zuckte und wand sich, seine schrecklichen Schlangenarme peitschten die Luft wie brennende Schlangen, und die Flammen schlugen hoch bis zur Decke.
Plötzlich heulte über uns ein schriller Sirenenton los – und dann schienen sich die Schleusen des Himmels zu öffnen. Ein ungeheurer Wasserschwall regnete auf uns herab, eiskaltes, mit hohem Druck herausgeschossenes Wasser, das Sanders und Frans und mich taumeln ließ und das Toben des Ungeheuers zur Raserei machte. Der Wasserschwall war so dicht, daß ich für einen Moment kaum etwas zu sehen vermochte. Trotzdem erkannte ich, daß die Flammen, die den Körper des Monsters verzehrten, eine nach der anderen erloschen. Mein Herz machte einen schmerzhaften, erschrockenen Sprung.
Aber die Bestie starb trotzdem.
Das Wasser erstickte die Flammen so schnell, wie sie aufgelodert waren, aber es vernichtete auch das Ungeheuer! Sein Leib zerfloß, als bestünde er nur aus trockenem

Schlamm, der seinen Halt verlor, kaum daß er von der Feuchtigkeit benetzt wurde. Die dünnen, zuckenden Peitschenarme der Bestie lösten sich auf, sein Körper sank in sich zusammen, wurde unförmig und zerlief zu einem schwarzen Morast, den das unablässig niederprasselnde Wasser davonspülte.

Als der tosende Sturzregen versiegte, war von der Bestie nicht mehr als ein schmieriger Fleck auf dem ehemals glänzenden Stahlboden zurückgeblieben.

»Es war nicht deine Schuld, Frans. Du warst ein willenloses Werkzeug, sobald du das Papier aufgehoben hattest«, versuchte ich Dreistmeer zu trösten. »Mach dir lieber nicht zu viele Gedanken darüber.«

Frans sah mich nicht an, sondern blickte weiter scheinbar konzentriert in die Schale mit Eiswasser, die ihm der Ober gebracht hatte, um seine verbrannten Fingerspitzen zu kühlen. Wir saßen in einem kleinen Restaurant, nicht einmal einen Block von der Bank entfernt, und es war eine Stunde vergangen, seit Sanders, Frans und ich tropfnaß aus der Stahlkammer gekommen waren. Frans war so schockiert gewesen über das, was ihm geschehen war, daß er wie versteinert war, und auch der Bankdirektor hatte kein Wort mehr geredet, nicht einmal, als ich ihm das feierliche Versprechen abnahm, zu niemandem auf der Welt auch nur ein Sterbenswörtchen von dem verlauten zu lassen, was er gesehen hatte. Aber er hatte genickt, und ich hatte gespürt, daß er das Versprechen einhalten würde – und er hatte ja wohl auch gar keine andere Wahl. Kein Mensch würde ihm glauben, was er miterlebt hatte. Er konnte es ja ganz offensichtlich selbst kaum glauben. Dem Hauptkassierer, der uns aus ungläubig aufgerissenen Augen angestarrt hatte, als wir aus der Stahlkammer herausgekommen waren, hatte ich erklärt, daß Frans sich ver-

botenerweise eine Zigarette angezündet und damit unabsichtlich die Sprinkleranlage ausgelöst hätte. Und wie Sanders der Putzkolonne gegenüber die Riesensauerei in der Stahlkammer begründen sollte – nun, das war sein Problem. Ich war sicher, daß ihm etwas einfallen würde.
Frans nahm die Finger aus dem Wasser und betrachtete sie einen Moment lang stirnrunzelnd. Die Verbrennungen waren nicht schlimm; seine Fingerspitzen waren gerötet, das war alles. Aber es mußte verdammt weh tun. Er gab sich einen Ruck, setzte sich gerade auf und sah mir fest in die Augen. »Ich verstehe kein Wort«, sagte er. »Glaubst du nicht, daß ich eine etwas genauere Erklärung verdient habe?«
»Hm«, machte ich – was meiner Meinung nach in diesem Moment die einzig passende Antwort darstellte. Mir war klar, daß ich ihn nicht mehr mit Ausflüchten und Halbwahrheiten abspeisen konnte – aber andererseits sträubte sich alles in mir dagegen, ihm die Wahrheit zu sagen. Möglicherweise würde er sie sogar glauben, nach dem soeben Erlebten. Aber die Geheimnisse der Großen Alten sind gefährlich, und sie richten mehr Schaden als Nutzen an, selbst in den Händen derer, die sie zum Guten verwenden wollen. Wie ich ja gerade sehr schlagend demonstriert hatte.
»Das ist keine sehr erschöpfende Auskunft«, meinte Frans. Er schob die Wasserschüssel von sich und machte sich über das Essen her, das ihm der Ober gebracht hatte – eine Riesenportion Geflügelleber mit einem halben Zentner Röstkartoffeln und ungefähr zehn Litern scharfer Sauce. Den Appetit hatte ihm der Schreck anscheinend nicht verdorben, wie ich bewundernd feststellte. Ich selbst hatte nur einen Salat bestellt, in dem ich lustlos herumstocherte.

»Nein«, gestand ich. »Das ist es nicht. Aber du würdest mir nicht glauben, wenn ich dir die Wahrheit erzählte.«
»Oh!« Frans grinste breit. »Laß es einfach auf einen Versuch ankommen. Nach dem kleinen Zauberkunststück, das du gerade mit meiner Hilfe aufgeführt hast, glaube ich alles. Woher kommst du? Vom Mars oder aus der siebten Galaxis?«
Pflichtschuldig erwiderte ich sein Lächeln. Er würde seinen Humor brauchen, bei dem, was ich ihm gleich erzählen würde.
»Ich ... muß ein bißchen ausholen«, antwortete ich. »Die Geschichte beginnt vor einer Woche, in London.«
»Nicht auf dem Pluto?« vergewisserte sich Dreistmeer kichernd. Ich sah ihn scharf an. Was war das? Beginnende Hysterie?
»Nein«, antwortete ich. »Nicht auf dem Pluto. Und sie hat auch nicht mit Marsmenschen zu tun, sondern ...« Ich grinste verlegen. «... mit meinem Kater.«
»Aha«, sagte Dreistmeer und mampfte weiter. Er sah aus wie ein Mann, der auf das Schlimmste vorbereitet war. Aber ich fühlte mich ebenso unwohl in meiner Haut wie er. Der Zwischenfall in der Stahlkammer hatte meine schlimmsten Befürchtungen bestätigt – aber ich wußte nicht, wie ich es ihm erklären sollte, ohne zu viel zu verraten.
»DeVries ist mehr als ein normaler Verbrecher«, begann ich vorsichtig.
»So?« sagte Frans fröhlich. »Was denn dann?«
»In gewisser Beziehung könnte man ihn mit mir vergleichen«, antwortete ich ausweichend. Und fügte hastig hinzu: »Allerdings setzt er seine besonderen Fähigkeiten anders ein als ich.«
»Besondere Fähigkeiten, so, so«, sagte Frans und ließ seine

Gabel sinken. Das spöttische Glitzern in seinen Augen erlosch. »Was bist du, Robert?« fragte er. »So eine Art Zauberer?«

Ich schüttelte den Kopf. »Das Wort Zauberer mag ich nicht«, antwortete ich ernsthaft. »Zauberer sind Leute, die in Varietés auftreten, und im Fernsehen. Ich bin ein Magier. Und ich fürchte, DeVries ist auch einer.«

Frans' Lächeln gefror zu einer Grimasse. »Ein ... Magier?« vergewisserte er sich. Ich nickte, und Frans holte zweimal hintereinander sehr tief Luft, während sein Gesicht zusehends an Farbe verlor. »Ja«, murmelte er dann. »Genau das habe ich befürchtet.«

»Du glaubst mir nicht«, stellte ich fest.

Frans nickte und schüttelte gleich darauf den Kopf. »Oh doch, sicher«, sagte er. »Ich glaube einfach alles. Sag mir Bescheid, wenn die Jungs mit den weißen Jacken kommen und uns abholen.«

Eine Zeitlang schwiegen wir beide. Ich konnte Dreistmeers Reaktion nur zu gut verstehen. Im Innersten wußte er längst, daß ich die Wahrheit gesagt hatte. Er brauchte einfach Zeit, um mit dem Gehörten – und Erlebten! – fertig zu werden. »Du mußt mir jetzt nicht glauben«, sagte ich. »Hör mir einfach zu – okay?«

Frans nickte. Er sah mich auf eine Art an, die sehr deutlich machte, daß er mich gerne für verrückt gehalten hätte, es aber einfach nicht konnte.

»Ich bin jetzt hundertprozentig davon überzeugt, daß DeVries hinter dieser Einbruchsserie steckt«, begann ich sehr leise, damit keiner der anderen Gäste meine Worte verstand. Wir hatten ohnehin schon mehr Aufsehen erregt, als gut war – es geschah sicher nicht täglich, daß zwei Männer in klatschnassen Anzügen in das Restaurant kamen und ein Essen bestellten. »Und ich hatte bereits einen

Verdacht, wie er es angestellt haben mochte, als du mir heute mittag davon erzählt hast. Aber der Kater war der Beweis.«

»Aha«, sagte Frans. »Das ist einleuchtend.«

Ich lächelte flüchtig und wurde sofort wieder ernst. »DeVries beherrscht offensichtlich die Magie der Tore«, fuhr ich fort. »Ich werde dir jetzt nicht erklären, was das ist – um ehrlich zu sein, weiß ich es selbst nicht genau –, aber es stellt, einfach ausgedrückt, einen Weg dar, nach Belieben von einem Punkt zum anderen zu gelangen. Unabhängig davon, wie weit die zu überwindende Strecke ist und welche Hindernisse dazwischenliegen. Eine Art Weg –«

»Durch eine andere Dimension?« schlug Frans vor.

»So könnte man es nennen«, sagte ich. Ich hatte keine Ahnung, ob das stimmte, aber es war ein nützlicher Begriff, der mir umständliche Erklärungen ersparen würde. »Diese Tore wurden von Wesen erschaffen, die lange vor der menschlichen Rasse auf dieser Welt lebten. Bis vor ein paar Tagen hielt ich sie für zerstört, aber das war ein Irrtum. Offensichtlich hat DeVries einen Weg gefunden, zumindest eines der Tore wieder zu öffnen.«

»Dieser ...« Frans suchte einen Moment nach Worten. »... Lichttunnel, der in der Stahlkammer endete?«

»Ja. DeVries hat schon einmal versucht, mich umzubringen, vor einer Woche, in London. Er schickte mir eine Abordnung tollwutverseuchter Ratten ins Haus – mit Hilfe des Tores.«

»Und dein Kater hat sie gefressen?« fragte Dreistmeer grinsend.

Ich lächelte erneut. Frans' Heiterkeit war kein wirklicher Humor, das wußte ich. Es war ein verzweifelter Versuch, nicht den Verstand zu verlieren, bei dem, was ich ihm erzählte. »Das nicht«, antwortete ich. »Aber er sprang in das

Tor, kurz bevor es mir gelang, es zu schließen. Und heute nachmittag habe ich ihn wiedergefunden – in DeVries' Tempel.«

»So hat er es also gemacht«, murmelte Frans. Seine Augen wurden ein wenig größer, als ihm die Konsequenz aus diesem Gedanken klar wurde. »Dann ist dieser Mann unschlagbar«, flüsterte er. »Wie soll man jemanden aufhalten, der nach Belieben an jedem Ort der Welt auftauchen und wieder verschwinden kann? Und wie soll ich das dem Staatsanwalt verständlich machen?«

Zumindest in diesem Punkt machte ich mir keine Sorgen. Der Kampf gegen DeVries war keiner, den wir mit juristischen Mitteln gewinnen konnten. Das sagte ich ihm auch, und Dreistmeer nickte betrübt. »Und was ist mit dir?« fragte er. »Bist du in der Lage, ihn aufzuhalten?«

»Kaum«, gestand ich nach kurzem Überlegen. »Nach allem, was ich bisher gesehen habe, bin ich ziemlich sicher, daß DeVries mir haushoch überlegen ist. Ich habe nur Glück gehabt, bisher.«

Dreistmeer antwortete nichts darauf, sondern griff, plötzlich sehr nervös, in seine Jackentasche und zog seine Zigaretten heraus. Die Packung war völlig durchnäßt. Frans betrachtete sie einen Moment lang traurig, knüllte sie dann zusammen und winkte dem Ober, ihm eine neue Schachtel Zigaretten zu bringen.

»Vorhin hast du behauptet, du wärst ein Magier wie er«, sagte er.

»Das bin ich auch. Aber DeVries hat sein Leben lang die magische Kunst erforscht, während ich erst seit ein paar Monaten herumexperimentiere. Du hast gesehen, was passiert ist. Sie haben sich deiner bedient, und ich habe es nicht verhindern können.

Frans nickte betrübt. »Dieses ... Ungeheuer«, sagte er zö-

gernd. »Was war das?«
Ich blickte unangenehm berührt zur Seite, denn Dreistmeer sprach das an, was mir in der ganzen Sache am meisten Sorgen bereitete. Den Verdacht hatte ich bereits in London gehabt, bloß hatte ich es die längste Zeit nicht wahrhaben wollen. Aber jetzt hatte es wohl keinen Sinn mehr, die Wahrheit wegzuleugnen.
»Eine Kreatur der Großen Alten«, sagte ich schweren Herzens. »Der Wesen, die das System der Tore erschaffen haben.«
»Sagtest du nicht gerade, sie wären ausgestorben, noch ehe der Mensch entstand?« fragte Frans.
Ich nickte. »Ich fürchte, DeVries hat einen schrecklichen Fehler begangen«, antwortete ich. »Ich glaube, er hat nicht einfach nur ein Tor erschaffen, sondern den Großen Alten auch den Weg in die Gegenwart geöffnet.«

Frans bestand darauf, mich bis vor die Tür meines Hotelzimmers zu begleiten. Und ich muß gestehen, daß ich nicht sehr heftig gegen seine Fürsorge protestierte. Mir war bei dem Gedanken, allein in einem Hotelzimmer zu übernachten, das DeVries kannte, nicht besonders wohl, aber ich war dann doch zu stolz, Frans darum zu bitten, mir ein anderes Quartier zu verschaffen, oder auch bei ihm zu übernachten, was ich zweifellos gekonnt hätte. Und im Grunde wußte ich ganz genau, daß Weglaufen keinen Sinn haben würde. Ich konnte die Konfrontation mit DeVries vielleicht noch ein wenig hinauszögern, aber das war wohl alles. Vermeiden ließ sie sich nicht, dessen war ich mir bewußt.
Und ich hatte ja auch gar keine andere Wahl. Wenn mein Verdacht zutraf, dann mußte ich mich DeVries stellen – schon, um ihn daran zu hindern, das Tor weiter zu benut-

zen und damit ein Unheil heraufzubeschwören, von dem er wahrscheinlich keine Vorstellung hatte. Trotz allem bezweifelte ich, daß DeVries wirklich wußte, was er tat. Der Mann war vielleicht ein skrupelloser Verbrecher, aber kaum ein Selbstmörder. Sein Traum von der Weltherrschaft wäre recht schnell ausgeträumt, wenn es nichts mehr gab, worüber er herrschen konnte.

Ich verabschiedete mich von Frans mit dem Versprechen, ihn gleich am nächsten Morgen im Polizeihauptquartier aufzusuchen, wo wir die nächsten Schritte gegen DeVries besprechen wollten, betrat mein Hotelzimmer und schaltete das Licht ein.

Ich war nicht allein.

Ich spürte die Anwesenheit eines anderen Menschen, einen Sekundenbruchteil, bevor die Neonleuchten unter der Decke flackernd zum Leben erwachten und das Zimmer in fast schattenlose Helligkeit tauchten, und ganz instinktiv hob ich die Arme abwehrbereit vor die Brust, die Hände wie ein Boxer zu Fäusten geballt und die Beine leicht gespreizt, um festen Stand zu haben.

Die nächsten fünf Sekunden verwandte ich darauf, mir ziemlich idiotisch vorzukommen.

Ich brachte kein Wort hervor, und schließlich war es Pri, die das allmählich peinlich werdende Schweigen brach, indem sie leise und sehr spöttisch lachte und dabei die rechte Hand hob, mit der sie bisher Merlin gekrault hatte, der sich auf ihrem Schoß zu einem weißen Pelzball zusammengerollt hatte. »Betreten Sie ihr Hotelzimmer immer so, Robert?« fragte sie.

Ich blickte einen Moment lang verwirrt auf meine immer noch geballten Fäuste hinunter, rettete mich dann in ein verlegenes Lächeln und ließ endlich die Arme sinken. »Eigentlich nicht«, antwortete ich verstört. »Wie kommen

Sie hierher?«
»Mit dem Wagen, wie denn sonst?« erklärte Pri schnippisch. Und fügte hinzu: »Besser gesagt, mit dem, was Sie davon übriggelassen haben.« Behutsam hob sie Merlin von ihrem Schoß hinunter, stand auf und kam einen Schritt auf mich zu, blieb aber gleich darauf wieder stehen. Ihre hübschen Brauen zogen sich fragend zusammen, als sie meinen desolaten Zustand bemerkte.
»Was ist passiert?« fragte sie. »Haben Sie vergessen, sich auszuziehen, oder baden Sie immer in Ihren Kleidern?«
»Von Zeit zu Zeit«, erwiderte ich grob. »Das spart die Reinigung, wissen Sie? Was suchen Sie hier?«
Pri preßte beleidigt die Lippen zusammen, und ich wurde mir der Tatsache bewußt, daß ich einen wesentlich rüderen Ton angeschlagen hatte, als ich eigentlich wollte.
»Ich ... bin eigentlich gekommen, um mich bei Ihnen zu entschuldigen, Robert«, sagte Pri. »Aber ich kann natürlich wieder gehen, wenn ich Sie störe.« Mit einer so gekränkten Geste, wie sie nur die weibliche Hälfte der menschlichen Spezies zustande bringt, klaubte sie ihre Handtasche vom Tisch auf und wollte an mir vorbei zur Tür eilen, aber ich hielt sie rasch am Arm zurück. Und wieder – genau wie heute nachmittag, als ich sie unten in der Halle berührt hatte – durchfuhr mich ein rascher, sonderbarer Schauer; ein Gefühl, wie ich es nie zuvor im Leben gespürt hatte und das mich fast erschreckte, gleichzeitig aber auch auf eine schwer in Worte zu fassende Art angenehm war. Und Pri schien es ebenso zu ergehen, denn sie erstarrte für eine halbe Sekunde und sah mich irritiert an.
Dann machte sie sich los und wollte weitergehen, aber ich hielt sie abermals zurück, diesmal an der Schulter.
»Bitte warte«, sagte ich. »Entschuldige. »Ich ... habe es nicht so gemeint. Ich hatte einen schweren Tag, weißt du?«

Ich hatte kaum damit gerechnet – aber plötzlich lächelte sie wieder. Wie ernst sie ihre Drohung, auf der Stelle zu gehen, gemeint hatte, demonstrierte sie mir, indem sie ihre Handtasche auf den Tisch zurückwarf, sich wieder in den Sessel fallen ließ und mit den Fingern schnippte. Merlin sprang mit einem Satz auf ihren Schoß und kuschelte sich erneut zusammen. Einen Moment lang sah ich sie noch unschlüssig an, dann lächelte ich verlegen, nahm auf dem Sessel ihr gegenüber Platz und sah sie fragend an.
»Wieso entschuldigen?« knüpfte ich an ihre unterbrochene Rede an.
»Ich war ungerecht zu dir«, antwortete sie. »Ungerecht?«
Pri nickte. »Ich ... hielt dich für einen Verbrecher, oder zumindest für einen Grobian.«
»Nun ja« – nachdem sie einmal auf mein unausgesprochenes Angebot eingegangen war, blieb auch ich beim vertrauten Du – »du hattest allen Grund dazu. Dein Vater hat mich eingeladen, und zum Dank verprügle ich seine halbe Anhängerschaft, entführe seine Tochter und fahre seinen Wagen zuschanden. Jedenfalls muß es für dich so ausgesehen haben.« Ich zögerte einen Moment. »Wieso hast du gelogen, als Frans hier war?«
»Frans?«
»Inspektor Dreistmeer«, sagte ich. »Du hättest mich auf der Stelle verhaften lassen können. Ehrlich gesagt hatte ich fest damit gerechnet.«
Pri schwieg einen Moment, dann zuckte sie die Achseln. »Ich weiß es selbst nicht«, antwortete sie. »Aber ich bin froh, daß ich es nicht getan habe.« Sie sah mich aus großen Augen an, in denen fast so etwas wie Angst zu lesen war. »Ich habe noch einmal über alles nachgedacht, auf dem Weg nach Hause und auch später. Was hast du damit gemeint, er hätte deine Katze entführt?«

»Merlin«, antwortete ich. »Er gehört mir. Ich habe ihn wiedererkannt, als dieser ... Templer ihn auf dem Arm hatte. Einen Kater wie Merlin verwechselt man nicht.«
Pri lächelte und kraulte Merlin ein wenig heftiger. Allerdings nur für einen Moment, denn der Kater schloß genießerisch die Augen und brachte sein Wohlbefinden durch rhythmisches Ein- und Ausziehen der Krallen zum Ausdruck. Pri fuhr schmerzhaft zusammen, gab ihm einen leisen Klaps hinter die Ohren, und Merlin maunzte verzeihungheischend und stellte seine strumpfhosenverschleißenden Liebesbezeugungen ein. Ich staunte. Normalerweise gibt es kein sichereres Mittel, sich ein paar Schrammen einzuhandeln, als Merlin einen Schlag zu versetzen. Der Kater mußte sie wirklich tief in sein Herz geschlossen haben.
»Willst du die Wahrheit wirklich hören?« fragte ich. Pri nickte, und ich fügte hinzu: »Sie wird dir nicht gefallen.«
»Das macht nichts«, antwortete sie. »Was mein Vater mir erzählt hat, hat mir auch nicht gefallen.«
»Und was hat er erzählt?«
»Nichts«, sagte Pri ausweichend.
Ich zuckte die Schultern, setzte mich ein wenig bequemer hin und spürte mit einemmal wieder, daß ich noch immer naß bis auf die Unterwäsche war. Vorhin im Restaurant war es mir nur lästig gewesen. Jetzt war es mir geradezu peinlich.
»Dein Vater hat versucht, mich umzubringen«, sagte ich. »Vor ein paar Tagen, in London. Ich wußte nicht, daß er es war, aber Merlin ist dabei ...« Ich zögerte, suchte einen Moment nach Worten. »Sagen wir: abhanden gekommen. Und heute nachmittag habe ich ihn in der Villa deines Vaters wiedergefunden.«
Pri sah mich sehr scharf an, aber in ihrem Blick lag keine

Feindseligkeit. »Und das ist alles?« fragte sie.
»Nein.« Ich schüttelte den Kopf. »Das ist nicht alles. Aber es ist alles, was ich dir im Moment erzählen kann – oder will.«
»Will?«
»Ja, will«, sagte ich so heftig, daß Pri kein zweites Mal nachfragte. Dafür hatte ich plötzlich das absurde Bedürfnis, mich bei ihr für meinen groben Ton entschuldigen zu müssen. Ich hatte noch nie einen Menschen getroffen, der mich so verwirrte wie Pri.
»Es ist besser für dich«, sagte ich. »Du weißt schon jetzt zu viel über all das. Du könntest in Gefahr geraten.«
Pri lächelte spöttisch. »Er ist mein Vater«, erinnerte sie mich.
»Ich spreche nicht von DeVries – deinem Vater«, korrigierte ich mich. »Es geht schon lange nicht mehr um ihn. Dein Vater hat Mächte auf den Plan gerufen, deren er nicht mehr Herr werden wird. Ich fürchte nur, er weiß es selbst nicht.«
Jeder andere hätte mich wahrscheinlich ob dieser theatralischen Worte ausgelacht. Pri nicht. Sie sah mich nur sehr ernst und plötzlich sehr erschrocken an und schwieg für lange, endlose Sekunden.
»Du meinst das ernst«, sagte sie dann.
»Todernst, Pri«, antwortete ich. »Im wahrsten Sinne des Wortes. Und ... es wäre besser für dich, wenn du nicht hier wärst.«
»Soll ich gehen?« fragte Pri.
Ich schüttelte so heftig den Kopf, daß sich ein Lächeln auf Priscillas Gesicht stahl. »So war das nicht gemeint«, antwortete ich hastig. »Aber dein Vater –«
»Wird dir nichts tun, solange ich in deiner Nähe bin«, unterbrach sie mich. Ich sah sie fragend an. »Ich habe mit Va-

ter gesprochen«, fuhr sie fort. »Heute nachmittag, nachdem ich zurückgekommen war. Er... er schäumte vor Wut. Ich glaube, wenn er dich in diesem Moment in die Finger gekriegt hätte, hätte er dich wirklich getötet.«
Ich sagte nichts dazu, doch mein Schweigen schien Antwort genug zu sein. Vielleicht hatte Pri gehofft, daß ich ihr widersprechen würde, aber diesen Gefallen konnte ich ihr beim besten Willen nicht tun. »Du mußt meinen Vater verstehen«, fuhr sie fort.
»Ach, muß ich das?«
»Er ist nicht schlecht«, behauptete sie. »Er ist... sonderbar. Viele halten ihn für verrückt, aber das ist er nicht. Und auch nicht gefährlich.«
»Du kennst deinen Vater nicht besonders gut, wie?« fragte ich. Pri starrte mich stumm und vorwurfsvoll an.
»Ich war... lange Zeit in Amerika, das stimmt«, sagte sie schließlich. »Die letzten zwölf Jahre, um genau zu sein. Mein Vater hat mich dort drüben auf eine Privatschule geschickt. Aber trotzdem weiß ich genug über ihn.«
»So?«
»Ja, so!« antwortete Pri aufgebracht. »Ich weiß, daß viele ihn für einen Scharlatan halten, und ich weiß auch, was man sich über den Tempel erzählt. Aber es ist alles ganz anders.« Sie wurde immer erregter. »Ich.. ich habe dasselbe gedacht, als ich das erste Mal gesehen habe, was er tut«, fuhr sie fort. »Ich dachte, er würde diese Leute ausbeuten. Ihnen falsche Versprechungen machen oder sich an ihnen bereichern.«
»Und das tut er nicht?«
»Nein!« widersprach Pri heftig. »Geh hinaus und frage sie. Frage jeden seiner Anhänger, ob er auch nur einen Gulden von ihnen genommen hat oder sie zu irgend etwas zwingt, was sie nicht wollen! Im Gegenteil – er gibt ihnen

Geld, wenn sie es brauchen. Vielen, die vorher im Gefängnis waren oder auf der Straße gelegen haben, hat er eine neue Heimat gegeben.«

»Oh ja, dein Vater ist ein richtiger Wohltäter«, sagte ich kopfschüttelnd. »Das habe ich gemerkt, als er versuchte, mich zu töten.«

»Das glaube ich nicht«, widersprach Pri. »Ich meine, ich ... ich glaube nicht, daß es Absicht war. Ich weiß nicht, was passiert ist, aber es gibt bestimmt eine logische Erklärung.« Ihre Stimme klang zornig, aber gleichzeitig auch beinahe flehend.

Ich überlegte, ob ich ihr von Eisenzahn erzählen sollte, oder von meinem Gespräch mit ihrem so seelensguten Vater, entschied mich aber dann dagegen. Sie hätte mir nicht geglaubt, ganz einfach, weil sie es nicht glauben wollte.

»Warum sprichst du nicht mit ihm?« fragte sie, als ich nicht antwortete.

»Weil ich dieses Gespräch vermutlich nicht überleben würde«, antwortete ich leise. Pris Gesichtsausdruck verfinsterte sich, aber der erwartete Zornausbruch blieb aus. Sie wirkte nur noch ein bißchen trauriger als vorhin. Als sie diesmal aufstand und nach ihrer Handtasche griff, versuchte ich nicht noch einmal, sie zurückzuhalten.

Mijnheer DeVries versuchte in dieser Nacht nicht noch einmal, mich umzubringen – was nicht heißen soll, daß er untätig blieb. Sein Gegenschlag war jedoch von einer Art, mit der ich am allerwenigsten gerechnet hatte, die sich aber als erstaunlich effektiv herausstellte. Freilich ahnte ich davon noch nichts, als ich am nächsten Morgen gegen zehn vor dem Polizeihauptquartier aus dem Taxi stieg und mich beim Portier anmeldete. Ganz im Gegenteil – ich war vielleicht nicht unbedingt das, was man unter strahlender

Laune versteht, aber doch guter Dinge, denn mir war während des Frühstücks eine Idee gekommen, wie wir DeVries vielleicht doch aus seiner Festung herauslocken konnten. Schuld daran waren zwei Personen, die wohl beide nicht ahnten, daß sie mich unter Umständen mit der Nase auf die Lösung gestoßen hatten – der Bankdirektor Sanders mit seiner Bemerkung über die halbe Tonne Gold, die verschwunden war, und Pri mit ihrer Behauptung, DeVries gäbe seinen Anhängern Geld, statt es von ihnen zu nehmen.

Ich mußte erstaunlich lange warten, bis die Aufzugtüren aufglitten und ein uniformierter Polizeibeamter kam, um mich in Frans' Büro zu bringen, und zu meiner Enttäuschung wurde ich auch nicht von ihm erwartet, sondern von einem mir völlig unbekannten Beamten und einem älteren Herren mit graumelierten Schläfen, der so griesgrämig dreinblickte, daß er eigentlich nur ein Rechtsanwalt sein konnte – eine Vermutung, die sich bald als zutreffend herausstellen sollte. Und der mir unbekannte Beamte war kein Geringerer als der Polizeipräsident von Amsterdam.

Ich erspare mir die unangenehmen Details des nun folgenden Gespräches, das nahezu eine halbe Stunde in Anspruch nahm. Es begann damit, daß ich mich ausweisen mußte und der Polizeipräsident meinen Paß weggab, damit er einer peinlich genauen Prüfung unterzogen wurde, und es endete mit der Übergabe eines höchst offiziell aussehenden Schreibens, das mir der Anwalt mit unheilverkündender Miene in die Hand drückte.

Wie sich herausstellte, handelte es sich dabei um eine einstweilige Verfügung, in der mir untersagt wurde, Mijnheer Henk DeVries weiterhin zu belästigen sowie irgendwelche Nachforschungen anzustellen oder Vermutungen über ihn zu äußern – bei Androhung einer Geld-

buße von umgerechnet fast einer Million Pfund Sterling. Ich wußte nicht, was mir mehr die Sprache verschlug – die Höhe dieser Summe oder die Unverschämtheit von DeVries' Vorgehen. Schweigend steckte ich das Blatt ein, verabschiedete mich mit einem wortlosen Kopfnicken von DeVries' Rechtsverdreher und dem Polizeipräsidenten und verließ das Gebäude wieder. In mir fochten Wut und Hilflosigkeit einen schmerzhaften Kampf aus.
Ich hatte mit allem gerechnet – aber daß mir DeVries mit juristischen Mitteln das Handwerk zu legen versuchte, das ... ja, das war so dreist, daß es schon fast wieder bewundernswert war.
Als ich mich nach einem Taxi umsah, hörte ich meinen Namen rufen. Ich drehte mich herum und erkannte Frans, der neben dem Eingang zum Präsidium an der Wand lehnte und an einer Zigarette sog. Verwirrt ging ich auf ihn zu. Er war blaß und wirkte nervös, ja, im Grunde sah er aus, als hätte er die ganze Nacht kein Auge zugetan.
»Frans«, sagte ich. »Was ist los? Ich habe gerade –«
»Mit dem großen Boß gesprochen?« unterbrach mich Frans. Er seufzte, als ich nickte, und fuhr fort: »Das dachte ich mir. Genauer gesagt, er hat mir prophezeit, daß du auch noch dein Fett wegkriegen wirst.«
Die Art, in der er das sagte, klang verdächtig nach weiteren unangenehmen Neuigkeiten. »Was ist passiert?« fragte ich. »Haben sie dich auch zusammengestaucht?«
»Zusammengestaucht?« Frans schnippte seine Zigarette in den Rinnstein und schüttelte den Kopf. »Nein«, sagte er. »Sie haben mich rausgeworfen.«
»Sie haben was?« wiederholte ich ungläubig.
»Mich gefeuert«, wiederholte Frans. »Auf die Straße gesetzt. Suspendiert. Geschaßt – such dir ein Wort aus. Sie passen alle.«

»Aber ... aber warum denn?« murmelte ich verwirrt. »Was um alles in der Welt –« »So etwas ist hier nun einmal üblich, nach der dritten Verwarnung«, sagte Frans.
Jetzt verstand ich überhaupt nichts mehr und das sagte ich ihm auch. Frans lächelte resigniert. Dann deutete er auf ein kleines Bistro auf der anderen Straßenseite. »Ich erkläre es dir«, sagte er. »Laß uns dort hinübergehen und einen Kaffee trinken. Ich habe ja jetzt viel Zeit.«

»Ich habe dir nicht ganz die Wahrheit gesagt, Robert«, begann Frans. »Ich bearbeite den Fall DeVries nicht. Schon lange nicht mehr. Er wurde mir ... weggenommen, weil meine Vorgesetzten der Meinung waren, ich ginge nicht objektiv genug an den Fall heran.«
»Hatten sie recht?« fragte ich.
Frans zuckte mit den Schultern. »Möglicherweise«, antwortete er, dann lächelte er und gestand: »Wahrscheinlich ja. Ich weiß nicht warum, aber etwas an diesem Fall war von Anfang an ... anders. Ich kann es nicht erklären, aber ich ... ich habe einfach gespürt, wie gefährlich dieser Mann ist. Möglicherweise habe ich mich zu der einen oder anderen Bemerkung hinreißen lassen, die ich besser für mich behalten hätte. Auf jeden Fall wurde mir der Fall entzogen, schon vor Wochen.«
»Aber du hast weitergemacht, auf eigene Faust«, vermutete ich, als er nicht gleich weitersprach, sondern einen großen Schluck Kaffee trank und gedankenverloren mit der Tasse zu spielen begann.
»Ja«, sagte er. »Das habe ich. Aber ich habe mich nicht besonders geschickt dabei angestellt, fürchte ich. Meine Vorgesetzten bekamen recht schnell Wind davon, und ich handelte mir einen Verweis ein. Aber ich habe trotzdem weitergemacht. Vorsichtiger und in meiner Freizeit, aber

beharrlich. Und als dann Jeremys Anruf kam, da dachte ich, ich hätte eine Chance, DeVries doch noch das Handwerk zu legen. Meine Vorgesetzten wußten nichts davon, daß ich dich sozusagen unterstützte.«
»Und?« fragte ich.
Frans lächelte schmerzhaft. »Natürlich haben sie es gemerkt. Ich war ja mit nichts anderem mehr beschäftigt. Gestern, während du in meinem Büro auf die Kopie aus England gewartet hast, hatte ich ein weiteres Gespräch mit meinem Chef. Ich bekam den zweiten Verweis.«
Betroffen starrte ich ihn an. Frans' Worte bedeuteten nicht mehr und nicht weniger, als daß ich einen guten Teil der Schuld an seinem Hinauswurf trug. »Und heute morgen hat DeVries' Anwalt angerufen«, vermutete ich.
Frans schüttelte den Kopf. »Gestern abend«, sagte er. »Ich war noch nicht einmal ganz zu Hause, als das Telefon klingelte. DeVries hat dich wegen übler Nachrede und Hausfriedensbruch verklagt, und der Polizeipräsident hat mich mit der Sache natürlich gleich in Verbindung gebracht.« Er hob abwehrend die Hand, als ich auffahren wollte. »Ich weiß, ich weiß, aber so stehen die Dinge nun mal. Der Mann hat Einfluß hier in der Stadt. Er zahlt eine Menge Steuern.«
»Ja, und holt sie sich aus den Stahlkammern der Bank zurück«, knurrte ich.
»Was wir nicht beweisen können«, seufzte Frans. »Er hat es jedenfalls geschafft – ich werde statt auf der Straße plötzlich im Gefängnis sitzen, wenn ich mich weiter für ihn interessiere, und du wirst dich in Handschellen in einem Flugzeug nach England wiederfinden, wenn du auch nur seine Nummer im Telefonbuch nachschlägst, mein Wort darauf.«
Seine Worte schürten die dumpfe Wut noch mehr, die in

meinem Inneren kochte. Aber es war eine hilflose Wut, die vielleicht gerade deshalb umso weher tat. »Ausgerechnet jetzt«, murmelte ich. »Und vor einer Stunde dachte ich noch, wir hätten ihn.«
Frans sah mich fragend an.
»Du hast mir nicht gesagt, daß die Einbrecher nur Gold mitgenommen haben«, sagte ich.
»Wäre das wichtig gewesen?«
»Sehr«, antwortete ich. »Ich dachte, DeVries bräuchte einfach nur Geld, um seine diversen Unternehmungen zu finanzieren, aber die Sache mit dem Gold bringt alles in ein anderes Licht. Gold ist ein sehr wichtiges Material bei vielen magischen Vorgängen, weißt du?«
»Nein«, Frans schüttelte den Kopf. »Woher sollte ich? Aber sprich weiter.«
»Viel weiter weiß ich nicht«, erklärte ich wahrheitsgemäß. »Ich habe keine Ahnung, was er vorhat, aber es muß etwas Gewaltiges sein, wenn er eine halbe Tonne Gold dazu braucht. Und ich vermute fast, daß diese Menge nicht einmal ausreicht.«
»Wieso?«
»Weil er sein Vorhaben dann wahrscheinlich schon durchgeführt hätte«, antwortete ich. »Nein, ich bin sicher, er braucht noch mehr.«
Frans schwieg einen Moment. Dann nickte er. »Du wolltest ihm eine Falle stellen«, mutmaßte er.
»Ganz recht«, bestätigte ich. »Mit Gold als Köder. Ich dachte mir, du könntest das Gerücht ausstreuen, daß eine größere Ladung Gold erwartet wird, oder so etwas. Wenn ich dabei bin, wenn DeVries ein Tor öffnet, kann ich vielleicht etwas gegen ihn tun.« Ich seufzte enttäuscht. »Aber das ist ja nun leider nicht mehr möglich.«
»Leider«, sagte Frans zustimmend. »Es wäre allerdings

auch gar nicht nötig gewesen, ein falsches Gerücht zu verbreiten. Es wird tatsächlich eine größere Menge Gold erwartet.«
»Wie bitte?« machte ich verdutzt.
Frans nickte. »Die Bank wird ihre Vorräte wieder auffüllen, was dachtest du? Wahrscheinlich nicht gleich mit fünfhundert Kilo, aber ein paar Zentner dürften es schon sein.«
»Wann?« fragte ich aufgeregt. »Wo?«
Frans hob abwehrend die Hände. »Heute nachmittag«, antwortete er. »Und wo weiß ich nicht – so etwas wird nicht am schwarzen Brett angeschlagen, weißt du? Außerdem würde man mich jetzt nicht einmal mehr in die Nähe des Transportes kommen lassen, nach dem, was gestern abend passiert ist. Und dich auch nicht.«
So gerne ich es getan hätte – aber ich konnte ihm in diesem Punkt nicht widersprechen. Trotzdem gab ich nicht auf. »Es muß doch übliche Vorgehensweisen für solche Werttransporte geben«, sagte ich. »Darauf spezialisierte Unternehmen, besonders sichere Routen . . .«
Frans nickte. »Sicher. Vielleicht könnte ich sogar herauskriegen, wie und auf welchem Weg das Gold in die Bank gebracht wird. Ich hoffe wenigstens, daß ich noch ein paar Freunde unter meinen ehemaligen Kollegen habe. Aber was nutzt das? Wir könnten den Wagen beobachten und vielleicht sogar zusehen, wie das Gold in die Bank gebracht wird – aber wir haben nicht die geringste Chance, uns einzuschalten. Du hast Sanders gestern einen solchen Schreck eingejagt, daß er die Nationalgarde alarmiert, wenn er dich nur von weitem sieht.«
»Trotzdem«, beharrte ich. »Versuche es herauszubekommen, Frans. Möglicherweise reicht es schon, wenn ich in der Nähe bin. Ich habe noch ein paar Tricks auf Lager, die

auch Mijnheer DeVries überraschen dürften.«
»Abrakadabra?« fragte Frans.
»So ungefähr«, bestätigte ich ernsthaft. Was eine glatte Lüge war. Ich hatte nicht die blasseste Ahnung, was ich tun würde, selbst wenn sich in diesem Moment neben mir ein Tor aufgetan hätte und Mijnheer DeVries höchstpersönlich herausspaziert wäre. Und ich hatte weder die Zeit noch die Gelegenheit, in einem meiner Bücher nachzuschlagen. Ganz abgesehen davon, daß ich nach den Ereignissen des gestrigen Tages nicht mehr so sicher war, ob das sehr klug gewesen wäre. Aber irgend etwas mußten wir schließlich tun. Ich konnte doch nicht tatenlos zusehen, wie DeVries sein Wahnsinnswerk vollendete.
»Versuche es!« sagte ich noch einmal. »Bitte.«
Frans nickte, griff in seine Jackentasche und zog einen zerknautschten Zehn-Gulden-Schein hervor, den er auf den Tisch legte. Ich wollte protestieren, aber Frans stand auf und zog mich einfach mit sich in die Höhe. »Laß gut sein«, sagte er scherzhaft. »Ich bin ja erst seit ein paar Stunden arbeitslos.« Er machte eine Kopfbewegung zur Tür. »Ich muß ein paar Telefongespräche führen und mit ein paar Leuten reden. Am besten, du fährst zurück ins Hotel und wartest dort. Ich rufe dich an, sobald ich etwas herausbekommen habe. Und wenn du bis heute abend nichts von mir hörst«, fügte er grinsend hinzu, »wäre es nett von dir, wenn du versuchst, die Kaution für mich zu stellen.«
Ich fand das nicht besonders komisch.
Die folgenden Stunden wurden zu den längsten meines Lebens. Ich fuhr ins Hotel zurück, wie ich Frans zugesagt hatte, aber das Warten wurde mir zur Qual. Es war schon mehr als ein Gefühl – ich wußte einfach, daß DeVries etwas gegen mich unternehmen würde. Nach dem, was er

mir erzählt hatte, konnte er es sich gar nicht leisten, mich am Leben zu lassen. Möglicherweise, – etwas in mir sträubte sich mit aller Macht gegen diesen Gedanken, aber ich konnte ihn vernünftigerweise nicht ganz ausschließen – möglicherweise gehörte sogar der Besuch seiner Tochter vergangene Nacht zu seinem Plan; wenn auch vielleicht ohne daß Priscilla davon wußte.

Meine Nervosität stieg ständig. Auf meine Bitte hin war ein neues Telefon ins Zimmer geschafft worden, und ich ertappte mich immer öfter dabei, um den Apparat herumzulungern. Mehr als einmal war ich nahe daran, abzuheben und DeVries anzurufen, einfach um der Ungewißheit ein Ende zu bereiten.

Als das Telefon schließlich klingelte, hatte ich den Hörer so schnell in der Hand, daß Frans für einen Moment verblüfft schwieg. Als er dann sprach, klang seine Stimme sehr gehetzt. Er sprach schnell und abgehackt.

»Heute nachmittag«, sagte er. »Die Ladung kommt um fünf am Flughafen an. Ein Panzerwagen der Firma Sekurior bringt sie zur Bank.«

»Das ist sicher?« fragte ich.

»Bestimmt«, antwortete Frans. »Aber ich konnte die Route nicht herausbekommen. Wir werden uns dranhängen müssen.«

»Nicht wir«, widersprach ich. »Ich.« Ich hatte mir unsere Vorgehensweise genau überlegt. Jeder Profi-Bankräuber hätte wahrscheinlich einen Lachkrampf bekommen, hätte er meinen Überlegungen in den letzten Stunden folgen können, aber schließlich hatte ich bisher wenig Erfahrung in solcherlei Dingen. »Ich fahre ihnen nach«, fuhr ich fort, ehe Frans etwas erwidern konnte. »Du wartest in der Bank, nur für den Fall, daß sie mich abschütteln.«

»Man wird mich erkennen«, wandte Frans ein.

»Unsinn«, sagte ich. »Sanders hat Besseres zu tun, als sich alle seine Kunden genau anzusehen. Kleb dir meinetwegen einen falschen Bart an, oder nimm eine Sonnenbrille. Wir treffen uns in der Schalterhalle.« Ich sah auf die Armbanduhr. Es waren noch fast zwei Stunden, bis die Ladung am Flughafen eintreffen würde. Zeit genug also, in Ruhe alle nötigen Vorbereitungen zu treffen.
»Gut«, sagte Frans nach einer Weile. Ich konnte hören, wie wenig begeistert er von meinem Plan war. »Aber wir sollten einen zweiten Treffpunkt ausmachen, für den Fall, daß wir uns verfehlen. Hast du etwas zum Schreiben?«
Ich nickte, wunderte mich ein bißchen, daß er nicht weitersprach, und begriff erst dann, daß es Frans ja schwerlich sehen konnte. »Ja«, sagte ich. »Dann notier dir meine Privatadresse«, sagte Frans. »Ich wohne in einer Pension. Jeder Taxifahrer kann dich hinbringen.« Er gab mir die genaue Adresse durch, ließ sie mich wiederholen und hängte nach einer kurzen Verabschiedung ein. Keine zehn Minuten später verließ ich das Hotel und machte mich auf den Weg zum Flughafen.
Ich verzichtete darauf, ein Taxi zu nehmen. Selbst ein Kummer gewohnter Taxichauffeur wäre wahrscheinlich recht konsterniert gewesen, wenn ich ihn aufgefordert hätte, möglichst unauffällig einem Geldtransporter zu folgen, und so tat ich das Nächstliegende und mietete mir einen Wagen – einen feuerroten Porsche Carrera, der vielleicht nicht besonders unauffällig, dafür aber schnell war und außerdem ein Fahrzeug, das ich kannte, denn er unterschied sich nur in der Farbe von meinem eigenen Wagen, der in London zurückgeblieben war.
Ich erreichte den Flughafen Schiphol zwanzig Minuten vor fünf, und ausnahmsweise war das Glück diesmal auf meiner Seite. Ich mußte nur wenige Augenblicke warten, bis

der kastenförmige Geldtransporter im Rückspiegel des Porsche auftauchte und langsam an mir vorbeifuhr, gefolgt von drei unauffälligen, mit jeweils zwei Männern besetzten PKWs – offensichtlich der Eskorte, die für solche Werttransporte wohl obligatorisch war. Außerdem rollten vier BMW-Motorräder in geringem Abstand an meinem Porsche vorüber, deren Fahrer zwar ebenfalls Zivilkleidung trugen, trotzdem aber unschwer als Polizisten zu erkennen waren.
Der Anblick hätte mich beruhigen müssen, aber er tat es nicht. Ein normaler Überfall auf diesen Werttransporter wäre wahrscheinlich vollkommen aussichtslos gewesen, aber DeVries verfügte über Mittel und Möglichkeiten, für die jeder hauptberufliche Bankräuber seinen rechten Arm gegeben häte.
Ich folgte der kleinen Kolonne unauffällig und beobachtete, wie sie durch einen Nebeneingang auf das Flughafengelände rollte. Es verging eine halbe Stunde, dann tauchte der kleine Konvoi wieder auf und fuhr auf die Autobahn Richtung Stadtmitte.
Ich folgte ihm. Sie fuhren in gemäßigtem Tempo, und ich wurde mir der Tatsache bewußt, daß ich in meinem roten Porsche auffallen mußte, wie ich da mit kaum achtzig Stundenkilometern hinter ihnen herzuckelte, und es dauerte auch nicht lange, bis einer der Motorradfahrer immer wieder in den Rückspiegel zu blicken begann und schließlich zurückfiel, bis er direkt vor mir herfuhr. Ich tat so, als merke ich nichts, gab plötzlich Gas und setzte mich neben die BMW. Der Fahrer wandte den Kopf und blickte mich durch das Visier seines Helmes durchdringend an. Ich spielte das Spiel mit, indem ich mich ein wenig auf dem Sitz aufrichtete, die schwere Maschine eingehend betrachtete und dem Fahrer schließlich bewundernd zunickte.

Sein Gesicht blieb unbewegt, aber ich konnte sehen, wie sich seine Lippen hinter dem Visier bewegten; wahrscheinlich sprach er in ein Funkgerät, das in den Helm eingebaut war. Den Plan einer unauffälligen Verfolgung konnte ich also bereits fallenlassen.
Aber vielleicht hatte ich noch eine Chance. Ich grinste dem Mann zu, trat die Kupplung des Porsche durch und gab ein paarmal heftig Gas, wodurch der Motor des Sportwagens zornig aufbrüllte. Gleichzeitig machte ich eine Handbewegung, als wollte ich ihn zu einem kleinen Rennen auffordern. Der BMW-Fahrer starrte mich finster an und fuhr ein ganz kleines bißchen schneller. Ich ließ den Porsche einen Satz machen, um mit ihm gleichzuziehen, und machte ein hoffnungsvolles Gesicht. Um das Maß voll zu machen, zog ich meine Brieftasche hervor und wedelte mit einem Hundert-Gulden-Schein.
Es klappte. Der Polizist reagierte vielleicht nicht vorschriftsmäßig, aber menschlich äußerst verständlich. Mit einem Satz katapultierte er seine Maschine auf die linke Spur hinaus, bremste wieder leicht ab, so daß er direkt neben der Fahrertür des Porsche entlangrollte – und zeigte mir einen Vogel.
Ich grinste noch breiter, förderte einen zweiten Hunderter zutage und grinste herausfordernd zu ihm hinüber, während ich den Motor des Porsche hübsch ordentlich aufbrüllen ließ. Der Mann auf der BMW schüttelte den Kopf, griff plötzlich neben sich – und zeigte mir die gefürchtete rotweiße Kelle.
Ich trat so heftig auf die Bremse, daß ich unsanft in die Gurte geworfen wurde, und der Abstand zu der BMW vergrößerte sich jäh. Angesichts seiner wichtigeren Aufgabe verzichtete der Beamte darauf, mich anzuhalten, womit ich gerechnet hatte. Aber zumindest würde sich jetzt kei-

ner der Beamten dort vorne mehr über den feuerroten Porsche wundern, der es nicht wagte, sie zu überholen ...
Aber damit endete dann auch der kurzweilige Teil der Verfolgungsjagd. Wir näherten uns der Stadt, und der Verkehr nahm zu, so daß es immer schwerer wurde, die kleine Kolonne im Auge zu behalten, und –
Schwärze.
Es war nur ein Augenblick, vielleicht der zehnte Teil einer Sekunde, aber für diesen winzigen Moment hatte ich das Gefühl, eine Woge aus kompaktem schwarzen Nichts über die Autobahn gleiten zu sehen. Es war wie ein Blackout – als wäre für den Bruchteil einer Sekunde alles Licht der Welt abgeschaltet worden. Aber es verging so schnell, wie es gekommen war.
Verwirrt schüttelte ich den Kopf, fuhr mir mit der linken Hand über die Augen und sah mich alarmiert um. Ich war nicht sicher, ob ich diese sonderbar beunruhigende Finsternis wirklich gesehen hatte oder ob mir nur meine Nerven einen Streich spielten. Alles rings um mich schien normal, und doch – *Finsternis, wie eine schwarze Wand, die die Welt verschluckte. Darin ein waberndes, böses grünes Licht ...*
Wieder dauerte es nur den Bruchteil einer Sekunde, aber diesmal war ich sicher, mich nicht getäuscht zu haben. Das grüne Pulsieren und Leuchten war unverkennbar. DeVries! dachte ich erschrocken. Ich hatte recht gehabt. Er ließ sich die Gelegenheit, sich auch dieses Goldtransports zu bemächtigen, nicht entgehen – und ich glaubte plötzlich sogar zu wissen, wie er es bewerkstelligen würde. Ich ließ alle Vorsicht fahren, schaltete herunter und beschleunigte mit allem, was der Porsche leisten konnte – und das war eine Menge! Hinter mir erscholl ein wütendes Hupkonzert, als ich den Porsche rücksichtslos auf die

linke Spur hinausriß und weiter beschleunigte. Ein deutscher Kleinwagen scherte in panischem Schrecken nach rechts aus und kollidierte mit der Leitplanke, an der er funkensprühend entlangrutschte, aber ich achtete gar nicht darauf, sondern gab noch mehr Gas und schoß auf die Kolonne mit dem Goldtransporter zu. Meine linke Hand lag auf der Hupe und drückte sie hinunter.
Wieder legte sich ein Vorhang aus wogender Finsternis über die Autobahn, kaum eine Meile vor der Kolonne, und diesmal verschwand er nicht, sondern blieb! Das pulsierende grüne Licht loderte ...
Ich überdrehte den Motor des Porsche rücksichtslos, um dem Konvoi näher zu kommen. Die Überholspur vor mir war leer, alle anderen Fahrzeuge waren vor dem heranrasenden roten Ungeheuer geflohen, und trotzdem wußte ich, daß ich zu spät kommen würde. Der Goldtransporter fuhr ungerührt weiter, es war, als sähen die Männer darin die schwarze Wand nicht, die die Autobahn vor uns verschlungen hatte!
Und zu allem Überfluß war nun auch die Begleitmannschaft auf mich aufmerksam geworden. Ich sah, wie ein Wagen der Eskorte auf die Überholspur schwenkte und langsam abzubremsen begann. Und während der Transporter selbst noch beschleunigte, brachen auch zwei der Motorräder aus der Kolonne aus und fielen zurück.
Dann verschwand der Transporter.
Er raste in die schwarze Wand hinein. Für den Bruchteil einer Sekunde leuchteten seine Umrisse auf, als wären sie mit grüner Phosphorfarbe nachgezeichnet, und dann war er so spurlos verschwunden, als hätte es ihn nie gegeben. Knapp hinter ihm erreichten die zwei verbliebenen Wagen und zwei der Motorräder die unsichtbare Barriere und lösten sich ebenfalls in Nichts auf.

Und ich mußte mit aller Macht auf die Bremse treten, um nicht auf den letzten Polizeiwagen aufzufahren, der mich rücksichtslos zum Halten zwang. Rechts und links meines Porsche erschienen die beiden BMW, deren Fahrer jetzt keine Polizeikellen mehr schwenkten, sondern drohend mit ihren Waffen auf mich zielten.
Und dann war der Wagen vor mir plötzlich nicht mehr da.
Die Autobahn auch nicht.
Ich sah noch, wie die Umrisse der beiden Motorräder und ihrer Fahrer grün aufglühten, dann raste auch ich in die schwarze Wand aus Nichts hinein, und die Realität erlosch.

Es war eine Welt unter einer schwarzen Sonne. Es gab kein Licht, sondern nur eine ungesunde, difuse Helligkeit, die aus dem Nirgendwo kam und sich matt auf den schwarzen Wellen des erstarrten teerigen Sumpfes spiegelte, der die Oberfläche dieser absurden Welt bedeckte. Hier und da war der gewellte Boden durchbrochen, schwarze Strünke reckten sich in die Höhe wie verbranntes Buschwerk, das aber lebte und sich wie in einem unfühlbaren Wind wiegte und wand, peitschende Bündel grauschwarzer narbiger Tentakel, die einen stummen Gruß über die Abgründe der Zeit hinüberschickten.
Da war das Mädchen. Sie war schlank und schmalschultrig und hatte dunkles Haar und große, traurige Augen. Ihre Haut wirkte in dieser lichtlosen Umgebung noch blasser, und ihr Mund war zu einem stummen Schrei geöffnet, ohne daß auch nur der mindeste Laut über ihre Lippen kam.
Sie rannte. Sie lief wie von Sinnen und kam doch nicht von der Stelle. Als sollte sie wie in einem grausamen Spiel in ihrer Qual auch noch verspottet werden, bewegte sich

der Boden im gleichen Maße zurück, in dem sie lief. Träge stiegen gewaltige Blasen aus dem nur scheinbar festen Schwarz der Erde und zerplatzten, und immer wieder stießen Büschel vibrierender haariger Tentakel nach dem Mädchen, griffen nach ihr und zuckten im letzten Moment zurück, als scheuten sie aus irgendeinem Grund davor zurück, sie zu berühren. Am Himmel erschien ein absurdes aufgedunsenes Gebilde, das unmöglich eine Sonne sein konnte und ein bleiches, krankmachendes Schlangenlicht verströmte.

Das Mädchen blieb stehen. Wieder zuckte der Boden wie ein lebendes Wesen und erbrach Tentakel aus lebendem, blasigem Schleim, aber diesmal zeigte sie keine Furcht, sondern blickte sich mit einer sonderbaren, fast unschuldigen Neugier um. Dicht hinter ihr brach der Boden auf, und aus dem Riß, der pulsierte und schwarze Flüssigkeit absonderte wie eine schreckliche Wunde, stieg ein unförmiger Klumpen schwarzschillernder Materie, wand und bog und verzerrte sich und wuchs zu einem Wesen, das in seiner Gestalt an eine Ziege erinnerte und gleichzeitig auf furchtbare, erschreckende Weise anders war als alles, das unsere Welt je hervorgebracht hat.

Das Mädchen betrachtete das Tier einen Moment lang interessiert und drehte sich weiter herum. Schließlich blieb ihr Blick an mir haften, und im selben Augenblick erkannte ich sie.

Dann begann sie zu reden.

»Flieh, Robert!« sagte sie. Ihre Stimme klang angenehm und dunkel, genau so, wie ich mir die Stimme eines Mädchens ihres Aussehens vorgestellt hatte, und es dauerte einen Moment, bis ich begriff, daß dies genau der Grund für ihr Timbre war: Nichts an diesem bizarren Wachtraum war real. Es war eine Art Vision, in der meine eigenen

Ängste und Wunschträume zu einer schrecklichen Mischung verschmolzen waren und mich peinigten.
»Flieh!« sagte sie noch einmal und mit großem Ernst. »Flieh, Robert! Ich kann dich nicht mehr schützen! Was geschehen muß, wird geschehen, und es liegt nicht in deiner Macht, irgend etwas am vorbestimmten Lauf der Dinge zu ändern, Sohn des Hexers.«
Ich wollte eine Frage stellen, aber ich konnte es nicht, denn ich war – obgleich Hauptperson dieser alptraumhaften Szene nur ein Zuschauer, der hören und sehen konnte, mehr nicht. Trotzdem schien das Mädchen zu spüren, was in mir vorging, denn plötzlich lächelte es mitleidig.
»Geh!« sagte sie noch einmal. »Geh und sei Mensch und kümmere dich um die Dinge der Menschen, und dir wird kein Leid geschehen.«
Damit wandte sie sich um und ging. Der Boden zuckte und warf Wellen, wo ihre Füße den teerigen, schwarzen Sumpf berührten, und immer wieder stiegen große ölige Blasen empor, zerplatzten oder gebaren gräßliche finstere Gebilde, deren bloßer Anblick in den Augen schmerzte. Dann begann die Dünenlandschaft zu verblassen, die kranke Sonne am Himmel erlosch, und –

– und ich fand mich, stöhnend, mit blutüberströmtem Gesicht und in den überdehnten Gurten des Porsche hängend, in der Wirklichkeit wieder. Ein quälendes, an- und abschwellendes Jaulen und Wimmern peinigte mich, es stank nach heißem Metall und ausgelaufenem Benzin, und aufgeregte Stimmen riefen durcheinander.
Mühsam öffnete ich die Augen, sah ein gewaltiges graues Spinnennetz vor mir und begriff erst nach ein paar Sekunden, daß es nichts anderes war als die Windschutzscheibe

des Porsche. Ich hob den Kopf, erstarrte wieder zur Reglosigkeit, als die unvorsichtige Bewegung den hämmernden Schmerz in meinem Schädel neu aufflammen ließ, und versuchte es nach einer Weile noch einmal und sehr viel behutsamer.

Diesmal ging es. Vorsichtig tastete ich nach dem Verschluß des Sicherheitsgurtes, drückte ihn mit tauben Fingern nieder und wäre fast aus dem Sitz gefallen, denn ich bemerkte erst jetzt, daß der Wagen schräg wie ein gestrandetes Schiff über einer Böschung hing und sich im übrigen in keinem wesentlich besseren Zustand befand als die Windschutzscheibe. Was ich durch das Muster aus Sprüngen und Rissen hindurch erkennen konnte, war ein zusammengestauchtes, verdrehtes Knäuel aus Blech, das kaum mehr Ähnlichkeit mit dem 30 000-Pfund-Fahrzeug aufwies, das ich gemietet hatte. Was war geschehen? Ich erinnerte mich nicht, in einen Unfall verwickelt worden zu sein.

Mit zitternden Händen tastete ich nach dem Türgriff, half mit der Schulter nach, die verzogene Tür zu öffnen – und fiel nun wirklich aus dem Wagen, allerdings nicht sehr tief.

Hinter mir erscholl ein erschrockener Ruf, und als ich mich hochstemmen wollte, griffen hilfreiche Hände nach mir und zogen mich in die Höhe. »Alles in Ordnung?« fragte eine besorgte Stimme.

Ich nickte ganz automatisch, blickte hoch und sah in das Gesicht eines grauhaarigen Mannes, der die schwarze Uniform der Amsterdamer Feuerwehr trug.

Er war nicht der einzige Uniformierte. Die Autobahn war voll kreuz und quer abgestellter Einsatzfahrzeuge; Polizisten, Feuerwehrmänner und Sanitäter liefen hektisch hin und her. Ein Dutzend rotierender Blau- und Rotlichter warfen zuckende Lichtreflexe auf den Asphalt, und der

Nachthimmel strahlte wider im Licht der vielen Handscheinwerfer.
Nachthimmel?
Ich fuhr so erschrocken hoch, daß auf dem Gesicht des Feuerwehrmannes sofort wieder ein Ausdruck der Sorge erschien, und starrte nach oben.
Es war Nacht. Nacht!
Aber es war doch gerade erst kurz nach fünf Uhr gewesen, als ich die Verfolgung des Transportkonvois aufgenommen hatte, und die Fahrt hatte allerhöchstens zwanzig Minuten gedauert! Verstört sah ich auf meine Armbanduhr, ließ die Hand wieder sinken und blickte zu dem Feuerwehrmann auf.
»Wie spät ist es?« fragte ich.
»Kurz nach zehn«, antwortete er. »Wieso?«
Kurz nach zehn! Großer Gott, das hieß, daß ... daß mir fast fünf Stunden abhanden gekommen waren! Ich erinnerte mich an die Vision, in der ich Pri zu sehen geglaubt hatte, eine völlig veränderte Priscilla allerdings, die Worte sprach, von denen ich nur die Hälfte verstand, und die sich in einer Welt bewegte, die die Grenzen des Wahnsinns sprengte.
Verwirrt machte ich mich von dem Feuerwehrmann los, der mich noch immer stützte, und sah mich erstmals genauer um. Wie hatte sich meine Umgebung geändert!
Die Autobahn glich einem Schrottplatz. Der Porsche, der die Leitplanke durchbrochen hatte, war nicht das einzige Autowrack. Bei weitem nicht.
Entsetzt drehte ich mich einmal um meine Achse und nahm das fürchterliche Bild in mir auf. Ich befand mich inmitten einer Massenkarambolage, in die schätzungsweise dreißig Fahrzeuge verwickelt waren, wenn nicht mehr. Und dem unablässigen Kommen und Gehen neuer Kran-

ken- und Feuerwehrwagen nach zu schließen, hatte ich noch Glück gehabt, mit einer leichten Platzwunde an der Stirn davonzukommen.
»Was ist passiert?« murmelte ich bestürzt.
Der Feuerwehrmann antwortete nicht, aber er tat etwas, was von seinem Standpunkt aus wahrscheinlich ganz richtig war: Er ergriff mich bei der Hand und führte mich wie ein willenloses Kind zu einem der wartenden Krankenwagen. Ich wehrte mich nicht dagegen, sondern nutzte die Gelegenheit, meine Umgebung noch einmal in Augenschein zu nehmen. Nicht weit von mir entfernt lag ein umgestürztes Motorrad. Obwohl das Vorderrad und die Verkleidung nur noch aus verbogenem Schrott und Plastiksplittern bestanden, erkannte ich die Maschine sofort: Es war eine BMW. Das Blut begann mir in den Schläfen zu hämmern.
Wir erreichten den Krankenwagen, und der Feuerwehrmann übergab mich der Obhut eines noch sehr jungen Mannes in weißem Kittel, der eine riesengroße Hornbrille trug. Der Sanitäter stellte mir ein paar Fragen, auf die ich kaum antwortete, leuchtete mit einer kleinen Stablampe in meine Augen und schüttelte schließlich den Kopf.
»Sieht aus, als hätten Sie noch einmal Glück gehabt«, sagte er. »Trotzdem – Sie bleiben hier, bis die Schwerverletzten versorgt sind, und dann schaue ich Sie mir noch einmal genauer an.« Er hob die Hand und winkte jemandem zu, der hinter mir stand. Als ich mich herumdrehte, sah ich mich einem uniformierten Polizeibeamten gegenüber, der sich höflich nach meinem Befinden erkundigte und dann meine Papiere zu sehen verlangte. Ich gab sie ihm und wartete geduldig, bis er sich alle notwendigen Angaben notiert hatte.
»Was ist passiert?« fragte ich, nachdem er mir meine Brief-

tasche zurückgegeben hatte.
Der Polizist blinzelte überrascht, dann huschte ein Ausdruck von Erkennen über sein Gesicht. Wahrscheinlich dachte er, daß ich unter einer Gedächtnisstörung litt, wie es nach Gehirnerschütterungen häufig der Fall ist. Ich ließ ihn in dem Glauben. Vielleicht hatte er ja sogar recht. »Sie erinnern sich nicht, Mijnheer... äh... Mister Craven?«
Ich schüttelte den Kopf. »Wo steht Ihr Wagen?« fragte er.
Ich deutete mit einer Geste auf das rote Schrottpaket, das einmal ein Porsche gewesen war. Der Polizist zog überrascht die Brauen zusammen. »Erstaunlich«, sagte er, »daß Sie da so unverletzt herausgekommen sind. Schade nur um den schönen Wagen«, fügte er bedauernd hinzu.
Ich machte eine wegwerfende Handbwegung. »Er war nur gemietet«, antwortete ich. »Und die Gesellschaft ist versichert. Was ist passiert? Es ging alles so schnell..."
Der Beamte nickte mitfühlend. »Das weiß anscheinend niemand so genau«, antwortete er. »Ein paar Leute behaupten, plötzlich wäre Nebel aufgekommen...« Er zuckte mit den Schultern. »Unwahrscheinlich, aber möglich. Wir kriegen es schon raus. Sie bleiben hier, Sir? Ich habe noch zu tun.«
Ich deutete mit einem wehleidigen Lächeln auf meinen Wagen. »Ich glaube nicht, daß ich Ihnen wegfahre, Wachtmeister«, antwortete ich. Der Beamte atmete deutlich erleichtert auf. Offensichtlich hatte er sonst mit weit hysterischeren Unfallopfern zu tun und war froh, bei mir an einen scheinbar gelassenen Zeitgenossen geraten zu sein. Ich winkte ihm freundlich nach, blieb aber nur so lange stehen, bis er außer Sichtweite war, dann bewegte ich mich weiter nach vorne, dem Zentrum der Karambolage zu.
Es war ein Massenauffahrunfall wie aus dem Lehrbuch: Gleich Dutzende von Wagen waren ineinander verkeilt,

hier und da leuchtete die blaue Flamme eines Schweißbrenners, und weiter vorne hörte ich immer noch die aufgeregten Rufe der Sanitäter, die sich um die Verletzten kümmerten. Später sollte ich erfahren, daß es wie durch ein Wunder keine Toten gegeben hatte, wohl aber eine Menge Schwer- und Leichtverletzter, und einen Sachschaden, der in die Millionen ging. Es wurde schlimmer, je mehr ich mich dem Zentrum des Unfalles näherte. Und ich begriff immer weniger. Zwischen dem Moment, in dem ich in die schwarze Wand hineinraste, und dem Augenblick, in dem ich hinter dem Steuer des Porsche aus der Bewußtlosigkeit erwachte, fehlten mir fünf Stunden. Was war in diesem Zeitraum geschehen? Wie war es zu diesem schrecklichen Massenunfall gekommen?
Schließlich sprach ich einen Mann an, der seiner derangierten Kleidung und der bleichen Farbe seines Gesichtes nach zu schließen ebenso zu den unverletzten Unfallopfern zu gehören schien wie ich. Er lehnte vornübergebeugt an der Leitplanke und fuhr erschrocken zusammen, als ich ihn an der Schulter berührte.
»Was ist passiert?« fragte ich einfach.
Die Augen des Mannes wurden groß. Seine Lippen begannen zu zittern, aber es dauerte Sekunden, bis er einen Ton herausbrachte. »Plötzlich waren sie da!« keuchte er. »Einfach so! Ich... Ich hab's genau gesehen! Eben war die Straße noch leer, und dann... dann waren sie da, mitten in ihm drin! Verstehen Sie? Plötzlich waren sie mitten in ihm drin!«
Nein – ich verstand nicht. Aber ich begann zu ahnen, daß hier mehr passiert war als ein normaler Auffahrunfall. Ich wartete, bis sich der Mann wieder halbwegs beruhigt hatte, dann wandte ich mich um und ging mit schnellen Schritten weiter nach vorne. Erstaunlicherweise versuchte

niemand, mich aufzuhalten, obwohl die Straße voll Polizei und Hilfspersonal war.
Das ungute Gefühl in mir wurde stärker, als ich die Überreste eines zweiten Motorrades fand, das halb über die Leitplanke hing. Mit klopfendem Herzen ging ich näher. Die Maschine war nicht einfach nur zertrümmert. Es war viel schlimmer. Ich schauderte, als ich mir das Motorradwrack im zuckenden Widerschein der Blaulichter eingehender ansah.
Die BMW sah aus, als hätte sie zwanzig Jahre lang in einem Säurebecken gelegen. Reifen und Sattel waren grau und porös geworden, der vorhin noch strahlend weiße Kunststoff war zerschrammt und blind und überall gesprungen, die Metallteile der Maschine waren so verrostet, daß sie zerbröckelten, als ich sie berührte. Und das Motorradwrack war über und über mit klebrig-schwarzem, übelriechendem Schlamm bedeckt. Dem gleichen Morast, den ich in meiner Vision gesehen hatte ...
Von plötzlicher Angst erfüllt, stand ich auf und ging weiter. Eine schreckliche Ahnung schnürte mir die Kehle zu. Und dann sah ich, was der Mann gemeint hatte. Ein eisiger Schauer ergriff mich, als ich seine Worte im nachhinein verstand.
Die Spitze der Kolonne bildete ein riesiger, achtachsiger Truck, der wie ein gekentertes Schiff halb auf die Seite gekippt war – und der Geldtransporter und zwei der Begleitfahrzeuge.
Ich meine damit nicht, daß die Wagen ineinandergefahren waren wie die dahinter. Es war ganz genau so, wie der Mann gesagt hatte: Der Geldtransporter und die beiden Wagen der Eskorte staken mitten in dem des Trucks, als wären sie ein einziges, makaberes Fahrzeug.
Schockiert und starr vor Schrecken blieb ich stehen und

starrte das unfaßbare Bild an. Hätte ich es nicht mit eigenen Augen gesehen, ich hätte es nicht für möglich gehalten: Die vier Fahrzeuge waren zu einer gräßlichen, zertrümmerten Einheit verschmolzen. Ich begriff, was geschehen sein mußte, auch wenn es kaum glaubhaft schien: Die unsichtbare Macht, die den Konvoi und auch meinen Wagen verschlungen hatte, hatte uns ebenso plötzlich wieder freigegeben, aber fünf Stunden später und völlig warnungslos. Ich selbst war mit dem Porsche gegen die Leitplanke gerast, aber die Männer in den drei Wagen dort vorne hatten weniger Glück gehabt: Sie waren an einer Stelle in die wirkliche Welt zurückgestürzt, an der sich in genau diesem Moment der Truck befunden hatte. Das Ergebnis sah ich vor mir.

Stöhnend schloß ich die Augen und versuchte verzweifelt, nicht an die Männer zu denken, die sich in den Wagen befunden hatten.

Und als wäre dies alles noch nicht schlimm genug, machte sich in diesem Moment eine Anzahl Feuerwehrmänner mit Äxten und Schneidbrennern daran, die Ladeklappe des Panzerwagens aufzubrechen, die fast in Mannshöhe aus dem LKW herausragte.

Obwohl sich alles in mir dagegen sträubte, blieb ich wie gebannt stehen und sah zu, was weiter geschah.

Der Panzerwagen machte seinem Namen alle Ehre: Selbst unter Einsatz aller Kräfte und Mittel brauchten die Männer gute zwanzig Minuten, um die zollstarken Panzertüren aufzubrechen.

Mein Herz schien vor Angst aus dem Takt zu kommen, als die Heckklappe des Wagens endlich aufschwang und einer der Männer einen starken Handscheinwerfer in sein Inneres richtete.

Aber ich sah nichts von all den Schrecken, die ich erwartet

hatte. Der Wagen war leer, von seiner Ladung war keine Spur zu entdecken. Nur ein wenig schwarzer Morast tropfte heraus und bildete häßliche Flecken auf dem Asphalt der Autobahn.

Ich blieb nicht an der Unfallstelle, wie ich dem Polizeibeamten versprochen hatte, sondern kehrte ins Hotel zurück. Es fiel mir nicht schwer, einen freundlichen Autofahrer zu finden, der mich in die Stadt fuhr – die Autobahn war voll Neugieriger, und meine Bereitschaft, das wenige zu erzählen, woran ich mich erinnern konnte (und was ich zu erzählen bereit war), bescherte mir eine Freifahrt zum Hotel. Ich stürmte an dem völlig überraschten Portier vorüber, lief in mein Zimmer hinauf und versuchte Frans anzurufen. Er meldete sich nicht. Ich ließ das Telefon klingeln, bis das Amt die Leitung unterbrach, stand auf und ging ins Bad, um eine heiße Dusche zu nehmen. In meinem Kopf wirbelten noch immer die Gedanken durcheinander. Ich glaubte zu begreifen, was geschehen war – aber vieles blieb mir unklar. DeVries hatte es irgendwie geschafft, den ganzen Konvoi aus der normalen Welt herauszuholen und an einen Ort zu bringen, an dem er sich in aller Ruhe des Goldes bemächtigen konnte, und ich selbst war mitgerissen worden, vielleicht, weil ich einfach zu nahe daran gewesen war.
Aber etwas war bei mir anders gewesen. Mein gemieteter Porsche war zwar durch den Unfall zerstört worden, aber er war weder schlammbesudelt noch auf gespenstische Weise um Jahrzehnte gealtert wie das Polizeimotorrad und auch der Panzerwagen. Hatte es mit der Vision zu tun, die ich gehabt hatte? Und wenn ja, welche Rolle spielte Priscilla dabei? Und wozu brauchte DeVries all dieses Gold? Fragen über Fragen, aber keine Antworten.

Als ich dabei war, mich abzutrocknen, schrillte das Telefon. Ich ließ das Handtuch fallen, fuhr herum, stürmte aus dem Bad und stolperte über den Kater, der mit einem erschrockenen Kreischen davonschoß. Hastig rappelte ich mich wieder hoch und riß den Hörer von der Gabel. »Frans?« rief ich. »Du mußt –«
»Ich bin es«, unterbrach mich eine weibliche Stimme. »Priscilla.«
Eine Sekunde lang starrte ich den Telefonhörer in meiner Hand verblüfft an »Pri –?«
»Hast du jemand anderes erwartet?« fragte Pri. Ihre Stimme klang sonderbar. Eine schwer zu beschreibende Erregung ließ sie zittern.
»Nein, nein«, stammelte ich. »Oder doch, aber das macht nichts. Was gibt es?«
Pri zögerte einen Moment. »Ich wollte dich ... einfach nur sprechen«, sagte sie. Sie war keine sehr gute Lügnerin. Selbst ohne meine magische Fähigkeit, Lüge von Wahrheit zu unterscheiden, hätte ich gemerkt, daß dies nicht der einzige Grund für ihren Anruf war. Aber ich schwieg, und nach einigen Sekunden fuhr sie von selbst fort: »Nein, das stimmt nicht, Robert. Ich ... oh verdammt, ich weiß einfach nicht, wie ich anfangen soll.«
»Was ist passiert?« fragte ich. »Du klingst verängstigt. Hattest du Streit mit deinem Vater?«
»Nein«, antwortete sie eine Spur zu hastig. »Oder doch, ja, aber deshalb rufe ich nicht an. Ich ... ich habe schon geschlafen, und ich hatte einen Traum. Ich weiß, es klingt albern, aber ...«
Für mich hörte es sich ganz und gar nicht albern an, sondern eher erschreckend. Hinter meiner Stirn begann eine ganze Batterie von Alarmsirenen zu heulen. »Was für ein Traum?« fragte ich.

»Es war ... schrecklich«, sagte Pri stockend. »Ich ... ich hatte solche Angst. Angst um dich, Robert. Du bist in Gefahr.«
»Gefahr?« Ich versuchte aufmunternd zu klingen, scherzhaft, aber es mißlang mir kläglich. Mein Gaumen war plötzlich so trocken, daß ich kaum reden konnte. »Ich weiß nicht, wie ich es beschreiben soll«, fuhr Pri fort. »Es war ... alles war schwarz, und da war ... ein Ungeheuer. Und ich spürte, daß du in entsetzlicher Gefahr bist, Robert. Und ... und es hörte nicht auf. Ich meine, ich ... ich bin aufgewacht, aber ich habe immer noch Angst um dich.«
Das Herz klopfte mir bis zum Hals. Meine Vision und Pris Traum ... Plötzlich fiel es mir wie Schuppen von den Augen. Nein, Priscilla war kein gewöhnliches Mädchen, und gerade ich hätte das schon längst erkennen müssen.
»Ich muß mit dir sprechen, Pri«, sagte ich. »Am besten gleich morgen in der Früh. Kannst du herkommen? – Um ein Uhr im Restaurant des Hauptbahnhofes. Schaffst du das?«
»Natürlich«, antwortete Pri verwirrt. »Aber warum –«
»Bitte, Pri, frag jetzt nichts«, unterbrach ich sie. »Ich kann es dir nicht am Telefon erklären, aber was du erlebt hast, das war mehr als ein Alptraum.«
»Dann bist du wirklich in Gefahr?« keuchte sie.
»Ich fürchte, nicht nur ich, sondern wir beide«, antwortete ich, so ernst ich nur konnte. »Komm morgen zu mir, und bitte sag niemandem etwas davon. Auch nicht deinem Vater. Versprochen?«
»Versprochen«, anwortete Pri, und ich hängte ein, ehe sie auch nur ein weiteres Wort sagen konnte. Allmählich begann alles einen Sinn zu ergeben. Die einzelnen Teile des Puzzles fügten sich zu einem Bild zusammen, das ich zwar erst in Umrissen erkennen konnte, das aber immer deutli-

cher wurde.
Hastig zog ich mich an und wählte noch einmal Frans' Nummer, und diesmal meldete er sich gleich nach dem ersten Klingeln. Ich erzählte ihm in Stichworten, was geschehen war, und bat ihn, in seiner Pension auf mich zu warten. Dann rief ich den Portier an und trug ihm auf, mir ein Taxi zu bestellen.
Aus der Gracht schlug mir ein eisiger Hauch entgegen, als ich auf die Brücke hinaustrat, und die Dunkelheit schien intensiver zu werden, als sauge das schwarze Wasser im Kanal auch noch das letzte bißchen Licht auf, das der Mond und die Sterne spendeten. Ich schauderte und sah mich nach beiden Seiten hin um.
Aber die Straße war leer. Für einen ganz kurzen Moment glaubte ich, eine schattenhafte Gestalt zu erkennen, ein Klirren zu hören, ein Geräusch wie Stahl, der über harten Stein scharrt. Aber als ich genauer hinsah, war der Schatten verschwunden, und das metallische Klirren wurde zum ärgerlichen Fauchen einer Katze, die ich auf ihrem nächtlichen Streifzug gestört hatte.
Ich nannte mich in Gedanken einen Feigling, schlug den Jackenkragen hoch, denn die Luft war hier, so nahe am Wasser, empfindlich kalt, und ging schnell weiter. Der Taxifahrer hatte behauptet, daß es nur einen knappen Häuserblock weit sei, er mich aber wegen des Gewirrs aus Grachten und kleinen Kanälen hier in der Altstadt nicht ganz hinbringen könne. Trotzdem blieb ich unter der nächsten Straßenlaterne noch einmal stehen, kramte den zerknitterten Zettel aus der Tasche, auf dem ich Frans' Adresse notiert hatte, und verglich ihn mit dem zerschrammten Straßenschild an der nächsten Ecke. Gut, die Adresse schien zu stimmen. Ich verstaute den Zettel wieder in meiner Jacke und ging fröstelnd weiter. Als ich die

Pension betrat, hatte ich den Schatten bereits wieder vergessen.
Das Haus war dunkel. Der Flur roch durchdringend nach kaltem Zigarettenrauch und Kohl, und irgendwo in den oberen Stockwerken plärrte ein Kind. Unschlüssig blieb ich stehen, sah mich um und klopfte schließlich an eine Tür, über der ein Schild mit der Aufschrift *Concierge* angebracht war. Im stillen wunderte ich mich, wieso Frans in einem solchen Etablissement wohnte.
Ich mußte viermal klopfen – und jedesmal etwas lauter –, ehe schließlich hinter der Tür schlurfende Schritte laut wurden. Eine Kette klirrte, dann wurde die Tür einen Spaltbreit geöffnet, und ein verschlafenes Auge blinzelte zu mir heraus. Eine rauhe Stimme murmelte etwas auf holländisch, das nicht gerade sehr freundlich klang.
»Entschuldigen Sie die späte Störung, Mijnheer«, sagte ich und lächelte so freundlich, wie ich nur konnte. »Ich suche ...«
»Madame«, unterbrach mich die Stimme. Die Tür wurde mit einem Ruck ganz geöffnet, und eine Zwei-Zentner-Matrone schob mir ihren gewaltigen Busen entgegen. Das Gesicht unter dem mit Lockenwicklern gespickten Haarnetz sah aus wie ein zerschlissener Scheuerlappen. Aber irgendwie paßte es zu dieser Pension. »Madame Duisteren, um genau zu sein«, fuhr sie fort. »Und Sie müssen Mister Craven sein, wenn ich mich nicht irre.«
»Das ... stimmt«, sagte ich verblüfft. »Woher wissen Sie –?«
»Ich bin nicht dumm, junger Mann«, sagte Madame Scheuerlappen herablassend. »Mijnheer Dreistmeer hat mir gesagt, daß Sie vielleicht kommen würden.« Der verschlafene Ausdruck wich jetzt rasch aus ihrem Gesicht, und als sie weitersprach, wurden ihre Worte von einem Augenauf-

schlag begleitet, der mich vielleicht auf dumme Gedanken gebracht hätte, wäre sie ungefähr hundert Jahre jünger und einen guten Zentner leichter gewesen; doch so, wie die Dinge lagen, machte er mich bloß nervös. »Ein gutaussehender junger Engländer mit einer weißen Strähne im Haar«, fuhr sie fort. »Sie sollen hier auf ihn warten.«
»Er ist ... nicht da?« fragte ich stockend.
»Wäre er es, müßten Sie kaum warten, nicht wahr?« antwortete Madame Scheuerlappen. »Er sagte auch, daß ich Ihnen etwas zu Essen anbieten soll, wenn Sie kommen«, fügte sie wichtigtuerisch hinzu. »Es ist zwar schon reichlich spät, aber für gute Gäste wie Mijnheer Dreistmeer mache ich schon mal eine Ausnahme.«
»Das ist sehr freundlich«, antwortete ich hastig, »aber es wäre mir im Moment wichtiger, Mijnheer Dreistmeer zu sprechen. Wir waren fest verabredet, wissen Sie? Er ... er hat nicht gesagt, wo er hingegangen ist?«
»Nein«, antwortete Madame Scheuerlappen bedauernd. Ihr Augenaufschlag wurde noch verführerischer. »Warum kommen Sie nicht herein, und wir warten gemeinsam auf ihn? Ich mache Ihnen einen starken Kaffee.«
»Später«, sagte ich eilig, während sie bereits Anstalten machte, mich kurzerhand zu sich hereinzuzerren. »Ein Kaffee wäre göttlich, aber es ist im Moment sehr wichtig, daß ich mit Frans spreche. Er hat wirklich nichts für mich hinterlassen?«
Einen Moment lang blickte mich Madame Duisteren fast vorwurfsvoll an, dann seufzte sie, fuhr sich mit einem fettigen Daumen über den Nasenrücken und schüttelte abermals den Kopf. Ich hatte mit einemmal das sichere Gefühl, daß sie mir auch nicht gesagt hätte, wo Frans steckte, wenn sie es gewußt hätte.
»Nein«, sagte sie noch einmal. »Er geht oft spät abends

noch weg, wissen Sie? Das bringt sein Beruf so mit sich. Sie haben die Wahl, junger Mann, draußen zu warten, bis er wieder kommt, oder mein Angebot doch noch anzunehmen. Es macht mir wirklich nichts aus, Ihnen einen Kaffee zu kochen. Sie sehen aus, als könnten sie ihn gebrauchen.«

Einen Moment lang war ich versucht, ihr Angebot anzunehmen. Aber dann blickte ich wieder in Madame Scheuerlappens treue Schweinsäuglein, und der Ausdruck, den ich darin las, überzeugte mich davon, daß sie weit mehr im Sinn hatte als Kaffeetrinken. Vielleicht war ein wenig frische Luft doch nicht zu verachten.

»Später«, sagte ich noch einmal. »Im Moment –«

Weiter kam ich nicht, denn in diesem Augenblick wurde die Tür in meinem Rücken mit einem einzigen, gewaltigen Hieb eingeschlagen, und ein verzerrter menschlicher Schatten erschien in der Öffnung.

Ich sah noch, wie Madame Duisteren vor Schreck den Mund aufriß, ohne einen Ton herauszubringen, während ich auf dem Absatz herumwirbelte.

Im gleichen Moment fegte der Eindringling die Reste der zerbrochenen Tür vollends beiseite, und ich erkannte sein Gesicht.

Oder das, was davon übrig war.

Die linke Hälfte seines Kopfes war nahezu unversehrt, während die andere regelrecht zermalmt worden war. Das braune Material, das menschlicher Haut so täuschend ähnelte, war zerrissen und hing in Fetzen hinunter. Der eiserne Knochen darunter war zerbrochen und eingedrückt, und aus dem zerfransten Loch, in dem einmal die Nachbildung eines menschlichen Auges gesessen hatte, ragten die abgerissenen Enden dünner, silberner Drähte.

Eine endlose Sekunde lang starrten wir uns nur an, ich mit einer Mischung aus schierem Unglauben und aufkommendem Entsetzen, Eisenzahn mit ungebwegtem Gesicht. Sein einzelnes, noch verbliebenes Auge schien vor Haß zu brennen, und seine Hände vollführten unentwegt kleine, zupackende Bewegungen, die von einem ganz leisen Summen begleitet wurden.

Schließlich war es Madame Duisteren, die mit einem Schrei die lähmende Stille brach. Eisenzahn und ich erwachten gleichzeitig aus unserer Erstarrung. Aber ich war um eine Zehntelsekunde schneller. Eisenzahns Kopf ruckte mit einer harten Bewegung herum. Sein Kunstauge glühte stärker, und seine rechte Hand hob sich und grabschte in Madame Duisterens Richtung. Für einen Moment schien er unschlüssig, welchem Gegner er sich zuerst zuwenden sollte.

»Zurück!« brüllte ich. »Um Gottes willen – laufen Sie um Ihr Leben!« Ich versetzte ihr einen Stoß vor die Brust, der sie rücklinks in ihr Zimmer und ziemlich unsanft auf das gutgepolsterte Hinterteil fallen ließ, duckte mich unter Eisenzahns Klaue hindurch und führte die Drehung zu Ende. Mein Fuß kam hoch, beschrieb einen perfekten Halbkreis und traf Eisenzahns Kinn schräg von unten. Es war ein Tritt wie aus dem Lehrbuch; ganz genau so, wie ihn mir mein chinesischer Lehrer beigebracht hatte.

Aber hier zeigte er keine Wirkung. Statt umzukippen, griff Eisenzahn mit einer fast gemächlichen Bewegung nach meinem Fuß und hielt ihn fest. Ich kämpfte mit wild rudernden Armen um mein Gleichgewicht – und fiel nach hinten, als Eisenzahn meinen Fuß unversehens wieder losließ. Sekundenlang sah ich nichts als flammende rote Punkte und graue Schlieren.

Als sich mein Blick klärte, kam Eisenzahn mit einem triumphierenden Klappern auf mich zu. Sein Stahlgebiß blitzte drohend, als er auf mich zusprang.

Mit einer verzweifelten Bewegung warf ich mich zur Seite, packte sein Bein mit beiden Händen und zerrte mit aller Kraft daran. Gleichzeitig stieß ich mit beiden Füßen nach seinem anderen Bein.

Erneut hatte ich das Gefühl, gegen einen Stahlträger getreten zu haben. Die Erschütterung pflanzte sich wie eine Welle aus vibrierendem Schmerz durch meinen Körper fort und trieb mir die Tränen in die Augen. Aber ich hatte Erfolg – Eisenzahn zitterte und stand einen Augenblick lang reglos da. Aus seinem Inneren drang ein schrilles, immer heller werdendes Heulen, dann hörte ich ein trockenes Knacken, als zerbräche ein Ast. Er kippte wie ein gefällter Baum nach hinten und zerschlug dabei die Bodenfliesen.

Doch fast im gleichen Moment rollte er sich auch schon herum und stemmte sich unbeirrt wieder in die Höhe.

Ich war eine halbe Sekunde vor ihm auf den Beinen, machte einen Schritt in Richtung Tür und brachte mich mit einem jähen Satz in Sicherheit, als seine Hand vorschnellte. Seine Kralle grub sich in die zertrümmerten Reste des Türrahmens und zermalmten ihn vollends.

Verzweifelt sah ich mich nach einem Fluchtweg um und rannte mit weit ausgreifenden Schritten auf die Treppe zu. Eisenzahn folgte mir wie ein zum Leben erwachter Alptraum.

Immer zwei, drei Stufen auf einmal nehmend, stürmte ich die Treppe hinauf, erreichte den Absatz und lief weiter, ohne mich auch nur umzusehen. Die Treppe endete auf einem düsteren, scheinbar endlos langen Korridor mit zahlreichen Türen auf beiden Seiten. Ich raste den Gang entlang und polterte die nächste Treppe hinauf. Als ich das dritte und letzte Stockwerk erreicht hatte, betrug mein Vorsprung gute zwanzig Yards. Ich lief weiter, bis ich am

Ende des Korridors angelangt war, sah unschlüssig von einer Tür zur anderen und wandte mich schließlich dem Fenster zu. Eisenzahn kam schnell näher. Das ganze Haus schien unter seinen stampfenden Schritten zu erzittern. Er hatte viel von seiner Schnelligkeit verloren. Offensichtlich war ihm die Kollision mit der Eisenbahnbrücke doch nicht so gut bekommen. Er lief torkelnd wie ein Betrunkener und zog das rechte Bein scheppernd nach. Aus seinem Inneren drang ein Geräusch, das an das Wimmern eines überlasteten Motors erinnerte. Aber er war immer noch fast so schnell wie ich.

Der Anblick zerstreute auch noch den letzten Rest von Zweifel. Ich schlug das Fenster ein, beugte mich hinaus und sah einen drei Stockwerke tiefen, nachtschwarzen Abgrund unter mir. Aber direkt neben dem Fenster führte ein verbeultes Regenrohr entlang, und die Mauer schien mir alt und rissig genug, um meinen Fingern und Zehen Halt zu bieten. Mit einer entschlossenen Bewegung schwang ich mich nach draußen, klammerte mich mit einer Hand und einem Bein an der Regenrinne fest und tastete mit der Rechten nach oben. Unter meinen Fingern spürte ich feuchten Stein und Mörtel, der unter meinem Griff zerbröckelte. Zu allem Überfluß hatte es auch noch zu regnen begonnen, nicht sehr heftig, aber doch genug, um die Wand mit einem glitschigen Schmierfilm zu überziehen.

Langsam – und fast krampfhaft darum bemüht, nicht in die Tiefe zu sehen – begann ich an dem Regenrohr nach oben zu klettern. Die Angst gab mir zusätzliche Kraft, und ich brauchte kaum eine Minute, um den überhängenden Rand des flachen Ziegeldaches zu erreichen. Hastig sah ich an meinen Beinen vorbei in die Tiefe. Das zerborstene Fenster schien unendlich weit unter mir zu liegen, und die

Straße darunter war in den Schatten der Nacht verschwunden. Von Eisenzahn war noch keine Spur zu sehen. Aber es konnte nur mehr Sekunden dauern, bis er das Fenster erreichte.
Ich sah nach oben. Die Dachkante ragte einen guten Fuß über die Mauer hinaus, so daß mir nichts anderes übrigblieb, als vorsichtig zuerst die linke, dann auch die rechte Hand von meinem Halt zu lösen, nach der durchhängenden Regentraufe zu greifen und darauf zu hoffen, daß sie mich tragen würde.
Die altersschwache Konstruktion bog sich bedrohlich ächzend unter meinem Gewicht durch. Ich angelte mit den Füßen nach der Regenrinne, glitt aber an dem feuchten Eisen ab, und der Himmel über mir kippte zur Seite. Dann lief ein spürbarer Ruck durch das rostzerfressene Metall – und mit einem langgedehnten Quietschen riß meine improvisierte Leiter vollends aus der Wand.
Mit dem Mut der Verzweiflung warf ich mich vor, bekam die Dachkante zu fassen und klammerte mich mit aller Macht daran fest. Die regenfeuchten Ziegel boten meinen Händen kaum Halt, aber ich krallte mich mit allen zehn Fingern fest. Im gleichen Moment stürzte das ganze Regenrohr unter mir polternd in die Tiefe. Drei, vier Sekunden lang hing ich mit hilflos pendelnden Beinen an der Dachkante, und ich fühlte, wie meine Finger Millimeter für Millimeter an dem feuchten Schiefer abglitten. Verzweifelt zog ich die Beine an, machte einen gewagten Klimmzug und griff blitzschnell mit der einen Hand nach. Aber gleich begann ich wieder, unaufhaltsam auf dem glitschigen Dach abzurutschen. Der Regen wurde stärker.
In heller Panik strampelte ich mit den Beinen, streifte die Schuhe ab und schrammte mit den Füßen über die Hauswand. Meine nackten Zehen stemmten sich in einen Mau-

erriß, und für einen ganz kurzen Moment konnte ich mein Körpergewicht verlagern und nach einem festeren Halt suchen.
Ich wollte mich eben mit einem letzten, kraftvollen Schwung endgültig auf das Dach retten, da erschien ein gewaltiger Schatten vor dem regenverhangenen Nachthimmel, und ein nackter Fuß, der nur zur Hälfte aus Fleisch und Haut und zur anderen aus schimmerndem Eisen bestand, senkte sich auf meine linke Hand herab und trat so wuchtig zu, daß ich mit einem Schmerzensschrei losließ und erneut abwärts rutschte. Im letzten Moment konnte ich meinen Sturz bremsen – aber nur, um abermals mit hilflos pendelnden Beinen über dem Abgrund zu hängen. Und ich spürte, wie die Kraft in meiner rechten Hand von Sekunde zu Sekunde nachließ.
Eisenzahn starrte mich kalt an. Er beugte sich vor, und obwohl ich genau wußte, daß er nichts als ein Automat und zu solcherlei Regungen gar nicht fähig war, glaubte ich für einen Moment ein schadenfrohes Glitzern in seinem verbliebenen Auge zu sehen. Vielleicht verstand er auch einfach nur nicht, wieso ich mir die Mühe gemacht hatte, an der Wand hinaufzuklettern – statt die Treppe zu nehmen wie er.
Aber ob er es nun verstand oder nicht – das letzte, was ich sah, war sein hämisches Grinsen, mit dem er mir auf die andere Hand trat. Dann kippten der Himmel und das Dach in einem grotesken Salto nach hinten weg, und ich fiel wie ein Stein in die Tiefe.

Der erste halbwegs klare Gedanke war Erstaunen. Verwunderung darüber, daß ich noch lebte. Dann Schmerz. Ein Schmerz, der nicht genau zu lokalisieren war, sondern überall in meinem Körper wühlte, so als zupfe jemand ge-

nüßlich an jedem einzelnen Nerv, den ich hatte. Dann begann sich das Dunkel zu lichten, das mein Bewußtsein umgab; ich hörte Geräusche, spürte die Kälte des Regens auf der Haut und schließlich gerann der Schmerz zu einem gräßlichen Brennen und Stechen in meinem Fußknöchel und einem kaum weniger peinigenden Pochen in meinem Rücken. Jemand schlug mir ins Gesicht, nicht sehr fest, aber beständig, und eine Stimme rief immer wieder meinen Namen. Ich öffnete die Augen.
Ich lag auf dem Rücken inmitten eines gewaltigen Trümmerhaufens aus Holz, aufgeweichter Pappe und einer widerlich weichen, grünlich gelben Masse, die durchdringend nach faulem Obst stank. Eine Hand hatte mich am Kragen gepackt und halbwegs in die Höhe gezerrt, und eine zweite Hand klatschte immer wieder abwechselnd auf meine rechte und meine linke Wange. Darüber, noch immer halb verzerrt hinter treibenden grauen Schleiern, starrte mich Frans' erschrockenes Gesicht an.
Er schlug noch drei-, viermal zu, dann schien er endgültig davon überzeugt zu sein, daß ich wieder bei Bewußtsein war, denn er hörte endlich auf, auf mich einzuprügeln, und setzte mich statt dessen wie eine willenlose Puppe aufrecht hin. Sofort sackte ich wieder zusammen, aber Frans zerrte mich abermals hoch und lehnte mich mit dem Rükken gegen den Stapel aus auseinandergeplatzten Abfallkartons, die meinen tödlichen Sturz aufgefangen hatten.
»Verstehst du mich?« fragte er.
Ich nickte, und auf seinem Gesicht machte sich ein erster Schimmer vorsichtiger Erleichterung breit. »Alles in Ordnung mit dir?« fragte er noch einmal.
»Ja«, stöhnte ich. »Aber du kannst aufhören auf mich einzuschlagen. Ich habe für heute genug Prügel bezogen.«
Frans atmete hörbar auf, ließ meine Schulter los – und griff

rasch wieder zu, als ich neuerlich zur Seite zu kippen drohte. Die Schmerzen ließen allmählich nach, aber in meinem Kopf drehte sich alles, und ich fühlte mich schwach wie ein Neugeborenes.
»Was ist passiert?« fragte er. »Wo kommst du her, und wieso nimmst du nicht die Treppe, statt aus dem Fenster zu springen?«
Ich stöhnte auf. »Bitte, Frans – mir ist nicht nach Scherzen zumute. Wo warst du überhaupt?«
Dreistmeer wurde übergangslos ernst. »Ich bin nur kurz weggegangen, um mir Zigaretten zu holen«, antwortete er. »Was war los?«
Ich dachte einen Moment angestrengt über diese Frage nach, ohne zu einer befriedigenden Antwort zu gelangen. Dann machte etwas in meinem Kopf *klick* – und ich fuhr mit einem leisen Schreckensruf hoch. Sofort wurde der Schwindel hinter meiner Stirn stärker. Ich griff haltsuchend nach Frans' Schulter, verfehlte sie und fiel mit dem Gesicht voran ein zweites Mal in den Abfallhaufen. Frans half mir mit einem nachsichtigen Lächeln auf.
»Wie lange ... liege ich schon hier?« fragte ich, kaum daß ich wieder zu Atem gekommen war.
»Nur ein paar Augenblicke«, antwortete Frans. »Ich hörte Lärm, und als ich um die Ecke bog, konnte ich sehen, wie du vom Dach gestürzt bist.« Er schüttelte den Kopf. »Ich dachte schon, ich müßte dich vom Straßenpflaster kratzen, aber du hast mehr Glück als Verstand gehabt.« Er wies mit einer neuerlichen Kopfbewegung auf den zermalmten Haufen aus aufgeweichten Pappkartons und Kisten, der meinen Sturz gebremst hatte. »Ohne das Zeug da wärst du jetzt tot«, fügte er ernsthaft hinzu.
Ich starrte ihn einen Moment lang an, versuchte mich noch einmal hochzustemmen, und kam taumelnd auf die

Füße. Sofort begannen sich der Himmel und die Straße wie wild vor meinen Augen zu drehen. Ich wäre abermals gestürzt, hätte Frans mich nicht gestützt.
»Wir müssen ... weg«, sagte ich mühsam. »Schnell, Frans. Sonst sind wir gleich beide tot.«
Seltsamerweise blieb Frans ernst. Die spöttische Bemerkung, auf die ich wartete, kam nicht. »Der Mann, der dich vom Dach geworfen hat?« fragte er.
Erstaunt sah ich auf. »Du hast ihn gesehen?«
»Nur seinen Schatten«, antwortete Frans. »Wer war er?«
»Das wirst du schneller erfahren, als dir lieb ist, wenn wir nicht augenblicklich hier verschwinden«, antwortete ich.
Instinktiv sah ich hoch. Aber das Dach war leer. Natürlich, dachte ich bedrückt. Eisenzahn war wahrscheinlich schon längst auf dem Weg herunter. Wenn er noch nicht hier war, dann nur, weil ich auf der Rückseite des Hauses abgestürzt war und das Gebäude keinen Hinterausgang hatte.
»Weg hier, Frans«, sagte ich noch einmal. »Er bringt uns beide um, wenn wir nicht verschwinden.«
»Wer?« fragte Frans. Er rührte sich nicht von der Stelle.
»Verdammt, er wird gleich hier sein! Er muß den Block umgehen, aber er –«
Zumindest in diesem Punkt täuschte ich mich. Eisenzahn mußte nicht. Er wählte den direkteren Weg.
Einen halben Meter hinter Frans schien die Wand zu explodieren. Steine und Kalk flogen in hohem Bogen auf die Straße hinaus und trieben uns zurück, dann erbebte die Wand ein zweites Mal wie unter einem gigantischen Hammerschlag, und ein fast zwei Meter hohes und halb so breites Stück der Ziegelmauer sank polternd in sich zusammen. Und in der Bresche erschien eine verkrüppelt wirkende menschliche Gestalt.
Ihr Stahlgebiß blitzte.

»Eisenzahn!« stöhnte ich.
Frans fuhr blitzartig herum, griff unter den Mantel und zog etwas Kleines, Dunkles hervor; wahrscheinlich eine Pistole.
Aber er kam nicht mehr dazu, sie abzufeuern. Eisenzahn machte eine fast nachlässige Bewegung mit der Rechten, und Frans sank stöhnend in die Knie. Die Pistole flog durch die Luft und verschwand klappernd in der Dunkelheit. Dann stürzte sich der Metallmensch auf mich.
Ich sprang zurück, rutschte auf dem regennassen Kopfsteinpflaster aus, fiel der Länge nach hin und rollte mich instinktiv zur Seite. Eisenzahns stählerner Fuß krachte dort nieder, wo eine halbe Sekunde zuvor noch mein Gesicht gewesen war, zermalmte den Stein und kam zu einem weiteren Tritt wieder hoch. Ich rollte weiter, entging auch seiner nächsten Attacke um Haaresbreite und kam torkelnd wieder auf die Füße.
Eisenzahn setzte mir lautlos nach. Seine Hände schnappten nach meinem Gesicht, verfehlten es um Millimeter und fetzten ein Stück Stoff aus meiner Jacke.
Ich taumelte zurück, stolperte und fühlte plötzlich harten Stein im Rücken. Eisenzahn kam hinkend auf mich zu. Seine Glieder bewegten sich nicht mehr richtig; die Beschädigungen, die er erlitten hatte, mußten sein Koordinationszentrum in Mitleidenschaft gezogen haben. Aber noch immer war er ein gefährlicherer Gegner als jedes menschliche Wesen. Ich duckte mich im letzten Moment zur Seite, als seine Faust vorschoß und ein kopfgroßes Loch in die Wand schlug. Der nächste Hieb würde mich töten, das wußte ich.
Doch der tödliche Schlag, auf den ich wartete, kam nicht. Ein Schatten wuchs hinter Eisenzahns Gestalt in die Höhe. Ich hörte ein Geräusch wie das Knurren eines gereizten

Bären, dann schlossen sich Frans' Arme um Eisenzahns Körper, verschränkten sich vor seiner Brust – und hoben ihn mit einem einzigen Ruck in die Höhe. Es mußte die schiere Todesangst sein, die Frans für einen Augenblick übermenschliche Kräfte verlieh.
Für die Dauer eines Atemzuges erstarrte der Maschinenmensch. Wieder erscholl aus seinem Inneren dieses schrille, mißtönende Jaulen, und plötzlich bog sich sein Arm in einer unmöglichen Bewegung nach hinten. Dreistmeer schrie auf, als sich Eisenzahns Finger in seine Stirn gruben. Blut lief über das Gesicht des jungen Polizeiinspektors. Frans brach ein zweites Mal zusammen – und ich sah etwas direkt vor meinen Füßem im Licht des Mondes blitzen.
Ohne auch nur nachzudenken, bückte ich mich nach dem Metallstück und hob es auf. Es war der verbogene Rest eines billigen Kleiderbügels aus Draht.
Verzweifelt riß ich das Ding in die Höhe – und stieß es mit aller Gewalt in den zerfetzten Krater in Eisenzahns Gesicht, wo sein Kunstauge gewesen war. Das Metallstück glitt eine halbe Handbreit tief in seinen Schädel hinein, traf auf Widerstand und bog sich durch, als ich noch einmal mit aller Macht nachstieß.
Ein heller, peitschender Laut erscholl. Blaue Funken sprühten aus dem Riß in Eisenzahns Schädel, und plötzlich lief ein hauchdünner blauweißer Blitz in einem rasenden Zickzack über die Klinge meines improvisierten Degens und verschwand in meiner Hand.
Ein gräßlicher Schmerz zuckte durch meinen Arm. Ich spürte, wie der elektrische Schlag mein Herz zu lähmen drohte, prallte zurück und versuchte, den Eisendraht loszulassen, aber es ging nicht. Ich bekam keine Luft mehr. Meine Finger klebten unverrückbar an dem rostigen

Drahtbügel fest, und aus Eisenzahns Schädel zuckten noch immer dünne, fein verästelte Blitze aus blauweißem Feuer. Ich taumelte, fiel auf die Knie und sank wie in einer grotesken Verbeugung vor dem Maschinenmenschen zu Boden. Erst dann gelang es mir endlich, meine Hand loszureißen.

Es war vorbei, ehe ich zu Boden stürzte. Ein letzter, grellblauer Blitz zuckte aus Eisenzahns Schädel, dann verstummte das schrille Wimmern, und aus seinen Ohren, dem Mund und der Nase kräuselte sich dünner, graublauer Rauch. Das mörderische Feuer in seinem unversehrt gebliebenen Auge erlosch. Langsam, wie eine stürzende Eiche, die tausend Jahre lang Wind und Sturm getrotzt hatte und sich jetzt mit aller Macht gegen das Ende wehrte, kippte Eisenzahn nach hinten, schien einen Moment lang schwerelos, wie von unsichtbaren Fäden gehalten, dazustehen – und fiel schließlich mit einem Krachen zu Boden, das noch drei Blocks weiter zu hören sein mußte. Eine grellblaue Funkenexplosion zerfetzte seinen Schädel. Kleine, orangerote Flammen züngelten aus seiner Brust und erloschen wieder.

»Bravo«, sagte eine Stimme hinter mir. »Sehr beeindruckend, wirklich.« Ein leises *Klipp-Klapp* erscholl, ein Geräusch, als klatsche jemand Beifall.

Und genau das war es auch, wie ich erkannte, als ich mich langsam herumdrehte. Mijnheer DeVries stand am Ende der Gasse, jetzt nicht mehr in ein albernes Kreuzrittergewand, sondern einen schwarzen Maßanzug gekleidet, und applaudierte mir spöttisch lächelnd.

Ich kann allerdings nicht behaupten, daß ich mich dadurch sehr geschmeichelt gefühlt hätte. Ich war im Moment viel zu sehr damit beschäftigt, mir in Gedanken auszurechnen, welche Chancen ich wohl mit meinem Kleiderbügel gegen die beiden Gestalten hätte, die rechts und links von DeVries standen und mit handlichen kleinen Maschinenpistolen auf mich zielten ...

DeVries' Wagen parkte auf der anderen Seite der Gracht, fast genau an der Stelle, an der der Taxifahrer mich abgesetzt hatte, aber außerhalb des trüben Lichtkreises, den die einsame Straßenlaterne warf. Trotzdem erkannte ich ihn natürlich wieder: Es war die schwarze Mercedes-Limousine, die auch Pri am Tage zuvor benutzt hatte. Der eingedrückte Kotflügel war repariert worden, und auch den zerbrochenen Scheinwerfer hatte man bereits ausgetauscht. Selbst der Lack glänzte wie neu.
DeVries bemerkte meinen prüfenden Blick und lächelte. »Keine Angst – ich trage Ihnen die paar Kratzer nicht nach«, sagte er. »Wie Sie sehen, habe ich den Schaden bereits behoben. Ich verstehe mich ein wenig auf technische Dinge, müssen Sie wissen.«
»Das habe ich bemerkt«, antwortete ich mit einem säuerlichen Blick über die Schulter zurück. Zwei von DeVries' Männern waren dabei, das zusammenzulesen, was von Eisenzahn übriggeblieben war; ein dritter stützte Frans, der zwar bei Bewußtsein war, aber kaum in der Lage zu sein schien, aus eigener Kraft zu gehen. Der vierte und letzte Templer folgte DeVries und mir in zwei Schritten Abstand. Ich mußte mich nicht herumdrehen, um zu wissen, daß die Maschinenpistole in seiner Hand noch immer auf meinen Rücken zielte. Aller Magie und Schwarzer Kunst zum Trotz schien DeVries nicht auf die Errungenschaften der modernen Waffentechnik verzichten zu wollen.
DeVries öffnete den Wagenschlag und machte eine auffordernde Geste. »Ich sollte Ihnen eigentlich böse sein, mein Freund«, sagte er spöttisch. »Sie haben einen meiner zu-

verlässigsten Mitarbeiter eliminiert, wissen Sie das?« Er seufzte. »Aber andererseits haben Sie mir dafür einen wirklich dramatischen Kampf geliefert. Und so schlimm ist es nun auch wieder nicht. Ich bin jederzeit in der Lage, mir weitere solcher Diener zu konstruieren.«

»So?« sagte ich böse. »Aus welchem Forschungslaboratorium haben Sie die Pläne gestohlen?«

»Aus verschiedenen«, antwortete DeVries ungerührt. »Sie würden sich wundern, wenn Sie wüßten, wie weit die Technik in dieser Beziehung schon ist. Wenn Sie jetzt so freundlich wären einzusteigen.«

Der Mann hinter mir untermauerte diese Bitte mit einem derben Stoß zwischen meine Schulterblätter, so daß ich mehr in den Wagen hineinstolperte als aus eigener Kraft einstieg. DeVries wartete, bis sein Helfershelfer zu mir hereingeklettert war und sich neben mich gesetzt hatte – wobei er mir den Lauf seiner Pistole so derb zwischen die Rippen stieß, daß ich kaum noch Luft bekam – dann nahm er auf der gegenüberliegenden Bank Platz. Ein dritter Mann stieg in den Wagen und zog die Tür hinter sich zu, dann fuhren wir los. Durch die abgedunkelten Scheiben konnte ich nicht erkennen, was draußen weiter geschah, aber ich vermutete, daß Frans und die anderen Templer mit einem zweiten Fahrzeug nachkommen würden.

Eine Weile fuhren wir schweigend dahin, dann fragte ich: »Was haben Sie jetzt vor, DeVries?«

DeVries schien ehrlich überrascht. »Können Sie sich das nicht denken?« fragte er.

»Doch. Aber ich meine nicht mit mir«, antwortete ich. »Daß Sie mich umbringen werden, ist mir klar. Ich meine Ihre anderen Pläne.«

DeVries lächelte abfällig. »Seien Sie kein Narr, Craven«, sagte er. »Wir sind hier nicht in einem Hollywood-Film,

wo der Bösewicht dem Guten in der vorletzten Szene seine Pläne aufdeckt, ehe der tapfere Held entkommen kann.« Seine Stimme troff vor Hohn. »Sie hatten Ihre Chance.«
»Sie wollen sich die Geheimnisse der Großen Alten zunutze machen, um Ihren Wahn von Macht zu verwirklichen, nicht wahr?« fuhr ich fort. DeVries antwortete nicht, aber das spöttische Glitzern in seinen Augen verwandelte sich allmählich in Zorn.
»Aber Sie täuschen sich, wenn Sie glauben, daß es reicht, ein wenig mit den Toren herumzuexperimentieren, DeVries«, fuhr ich fort. »Sie wissen wahrscheinlich nicht einmal, was Sie getan haben.«
»Oh, das weiß ich recht gut«, antwortete DeVries.
»Dann war es Absicht?« fragte ich herausfordernd.
DeVries runzelte die Stirn. »Was?«
»Daß Sie den Großen Alten den Weg in unsere Welt geöffnet haben«, sagte ich.
»Oder wußten Sie das gar nicht?«
DeVries starrte mich an. Für einen ganz kurzen Moment wirkte er ehrlich erschrocken, aber dann konnte ich regelrecht sehen, wie er den Gedanken innerlich beseite fegte.
»Unsinn«, sagte er.
»Nein, DeVries – die Wahrheit. Ich war in dem Tor, das nach London führt, und ich habe etwas darin gesehen, was Sie bestimmt nicht hineingesetzt haben. Und ich war auch in der Bank«, fügte ich hinzu, als er nicht antwortete, sondern mich nur weiter scharf ansah. »Ich war dort, nachdem Ihre Leute das Gold geholt haben, DeVries. Und ich habe gesehen, was ihnen gefolgt ist.«
DeVries schwieg noch immer, aber in den Zorn in seinem Blick mischte sich jetzt auch Unsicherheit.
»Sie sind nicht mehr als ein dummes Kind, DeVries«, fuhr

ich fort, in absichtlich provozierendem Ton. »Sie verstehen vielleicht zehnmal mehr von der Magie der Großen Alten als ich, aber das reicht nicht aus. Sie sind bloß ein Zauberlehrling, der mit dem Feuer spielt und nicht einmal merkt, daß er drauf und dran ist, die ganze Welt in Brand zu setzen.«

DeVries starrte mich weitere zehn Sekunden lang an – und lächelte plötzlich wieder. »Bravo«, sagte er spöttisch. »Das war richtig dramatisch.«

»Das war die Wahrheit!« fuhr ich auf. »Begreifen Sie denn nicht, was Sie getan haben?«

»Nein«, sagte DeVries ruhig. »Warum erzählen Sie es mir nicht?«

»Sie Narr sind dabei, den Großen Alten den Weg in unsere Welt zu zeigen!« schrie ich. »Ich weiß nicht, was Sie getan haben, um das System der Tore wieder zu aktivieren, aber die Großen Alten haben es gemerkt, begreifen Sie? Und nun sind sie dabei, aus ihrem Gefängnis auszubrechen, und Sie in Ihrer grenzenlosen Verblendung haben es ihnen ermöglicht!«

»Unsinn«, widersprach DeVries – aber es klang nicht mehr völlig überzeugt. »Ich hätte es gemerkt, wenn –«

»Ach, hätten Sie das?« unterbrach ich ihn. »Aber vielleicht haben Sie es ja sogar. Vielleicht wollen Sie es nur nicht wahrhaben.«

DeVries antwortete nicht darauf, und allein sein Schweigen war Beweis genug, daß ich mit meiner Vermutung ins Schwarze getroffen hatte.

»Hören Sie auf, DeVries!« sagte ich beschwörend. »Nehmen Sie meinetwegen Ihr bisher ergaunertes Geld und fliehen Sie damit – ich werde nicht versuchen, Sie aufzuhalten. Aber hören Sie um Himmels willen auf, mit Dingen herumzuexperimentieren, von denen Sie genausowe-

nig verstehen wie ich! Sie bringen mehr in Gefahr als nur Ihr eigenes Leben!«
DeVries schwieg, und für einen Moment, einen winzigen Moment, hatte ich fast das Gefühl, ihn wirklich erschüttert zu haben. Aber dann schüttelte er nur unwillig den Kopf und unterstrich die Bewegung mit einer zornigen, herrischen Geste. »Ach was«, sagte er. »Sie bluffen, mein Freund. Sie bluffen gut, das gestehe ich, aber das ändert nichts.«
»Ich sage die Wahrheit!« begehrte ich nochmals auf, obwohl ich längst begriffen hatte, daß es sinnlos war.
»Und wenn!« fauchte DeVries. »Seien Sie versichert, daß ich durchaus in der Lage bin, mit allen eventuellen Gefahren fertig zu werden. Und jetzt schweigen Sie bitte!«
Ich gehorchte – schon, weil der Mann neben mir DeVries' Worte mit einem weiteren derben Stoß mit der Maschinenpistole unterstrich. Für den Rest der Fahrt verfielen wir in brütendes Schweigen.
Der Regen nahm weiter zu, während wir uns DeVries' Tempel näherten, und in der Ferne hörte ich das dumpfe Grollen eines heraufziehenden Gewitters. Nach einer Weile fielen die Lichter Amsterdams hinter uns zurück. Wir fuhren ungefähr zwanzig Minuten auf der Landstraße dahin, ehe wir wieder in den mir mittlerweile bekannten Waldweg einbogen. Das Scheinwerferpaar eines zweiten Wagens folgte uns in geringem Abstand.
Wir näherten uns jetzt rasch DeVries' Tempel. Auch das schmiedeeiserne Tor, das ich am Vortage so unsanft aufgesprengt hatte, war bereits wieder instand gesetzt worden. Es stand einladend offen, begann sich aber bereits zu schließen, während der Mercedes hindurchrollte. Der uns folgende Wagen huschte gerade noch hindurch, wie ich mit einem Blick durch das Rückfenster erkannte.

»Sie sorgen sich um Ihren Freund, Mister Craven?« fragte DeVries. Ich antwortete nicht, und DeVries fügte mit einem eiskalten Lächeln hinzu: »Das müssen Sie nicht. Seien Sie versichert, daß er dieselbe Gastfreundschaft erfahren wird wie Sie.«

»Vielleicht ist es gerade das, was mir Sorgen bereitet«, murmelte ich.

DeVries verzog die Lippen zur Karikatur eines Lächelns und schwieg, und fast im gleichen Augenblick erreichten wir auch schon das Hauptgebäude. Der Wagen hielt an, und ein schwarzgekleideter Jünger DeVries' kam die Treppe heruntergelaufen und riß den Wagenschlag auf. Ich beeilte mich, DeVries' einladender Handbewegung zu folgen, ehe der Mann neben mir Gelegenheit fand, der Bitte seines Herrn und Meisters mit einem Stoß zwischen meine Rippen Nachruck zu verleihen.

Der Regen hatte sich zu einem Wolkenbruch ausgewachsen. Obwohl wir liefen, war ich bis auf die Haut durchnäßt, als ich den Tempel erreichte und in die Eingangshalle stolperte, und das Grollen des Donners klang jetzt schon sehr viel näher und kam in immer kürzeren Abständen.

»Keine besonders schöne Nacht«, sagte DeVries, der die Halle dicht hinter mir betreten hatte, »um zu sterben, nicht wahr?«

Er schien ein bißchen enttäuscht, daß ich über seinen Scherz nicht lachen konnte, denn er blickte mich einen Moment erwartungsvoll an, ehe er mit den Schultern zuckte und sich wieder zur Tür herumdrehte. Hinter den beiden Bewaffneten, die DeVries und mich begleitet hatten, kamen jetzt zwei weitere Templer herein, die eine halb bewußtlose Gestalt zwischen sich mitschleiften. Frans' Augen standen offen, aber sein Gesicht war bleich wie das eines Toten, und als er versuchte, aus eigener

Kraft zu gehen, gelang es ihm nicht.
Ich wollte einen Schritt auf ihn zumachen, aber DeVries hob rasch und warnend die Hand, und ich erstarrte wieder, um mir nicht einen neuen Rippenstoß einzuhandeln.
»DeVries, seien Sie kein Narr!« sagte ich. »Der Mann braucht einen Arzt, sehen Sie das denn nicht?«
»Einen Arzt?« DeVries lächelte kalt. »Kaum. Jedenfalls wird er bald keinen mehr brauchen.«
Ich atmete tief ein, setzte zu einer geharnischten Entgegnung an – und brachte nur einen Schmerzlaut hervor, weil die Mündung der Maschinenpistole schon wieder unsanft zwischen meinen Rippen landete. Ich starrte den Burschen neben mir finster an und wünschte ihm in Gedanken alle Übel dieser Welt an den Hals.
»Geben Sie endlich auf, Craven«, sagte DeVries kopfschüttelnd. »Sie –«
»Was ist denn hier los?«
DeVries, ich und die Hälfte seiner Prügelknaben fuhren gleichzeitig herum, als die Stimme ertönte, und für eine halbe Sekunde starrte jedermann zum oberen Ende der Treppe. Vielleicht wäre genau dies der richtige Moment gewesen, etwas zu unternehmen – etwa, mir ein Dutzend Maschinengewehrkugeln einzuhandeln –, aber ich ließ ihn ungenutzt verstreichen und starrte ebenso wie alle anderen zu Pri hinauf, die mit bleichem Gesicht und sehr schnellen Schritten die Stufen herabgelaufen kam.
»Was ist hier los?« verlangte sie noch einmal zu wissen, als sie auf mich und ihren Vater zusteuerte. »Was hast du ihm getan?«
Ich begriff erst nach ein paar Augenblicken, daß sie mit *ihm* niemand anderen als mich meinte, und auch ihr Vater schien eine Weile zu brauchen, um seine Überraschung zu überwinden, denn er bewegte sich erst, als Pri mich schon

fast erreicht hatte. Dann aber vertrat er ihr mit einem blitzschnellen Schritt den Weg und hielt sie grob am Arm zurück.
»Misch dich nicht ein!« sagte er ärgerlich. »Das hier geht nur mich und Mister Craven etwas an.«
Pri riß wütend ihren Arm los und funkelte ihren Vater an.
»Oh nein!« sagte sie.
»Ich –«
»Du sollst dich nicht einmischen«, sagte DeVries noch einmal – und diesmal so scharf, daß Pri verblüfft abbrach und ihn ungläubig anstarrte. Dann wandte sie sich vollends zu mir um und fragte:
»Was ... was bedeutet das, Robert?«
Ich fing einen warnenden Blick von DeVries auf, und diesmal nahm ich ihn ernst. DeVries hatte eine Menge zu verlieren. Er würde nicht zögern, mich gleich hier umbringen zu lassen, wenn er glaubte, daß ich seine Pläne in Gefahr brachte.
»Es gab eine kleine Meinungsverschiedenheit«, antwortete ich vorsichtig.
»Eine Meinungsverschiedenheit?« Pri ächzte, blickte einen Moment auf Frans' blutüberströmtes Gesicht und fuhr dann wieder zu ihrem Vater herum. »Du hast mir dein Wort gegeben, ihm nichts zu tun!« sagte sie.
DeVries lächelte kalt. »Manchmal zwingen einen die Umstände, ein gegebenes Wort zu brechen«, antwortete er. »Geh, Pri. Geh auf dein Zimmer. Ich befehle es dir!«
Aber Pri schien seine Worte gar nicht zu hören. Sie bewegte sich weiter auf mich zu – seltsamerweise hinderte ihr Vater sie jetzt nicht mehr daran –, blieb für die Dauer eines Atemzuges stehen und warf sich dann so heftig an meine Brust, daß ich einen halben Schritt zurückstolperte.
»Was ist passiert, Robert?« fragte sie. »Bitte, erklär mir –«

»Nichts«, unterbrach ich sie. DeVries' Blick war kalt wie Stahl, und er war starr auf mein Gesicht gerichtet. Er verzog keine Miene, aber ich begriff, daß nicht nur mein Leben auf dem Spiel stand, wenn ich ein einziges falsches Wort sagte. »Es ist nichts, Pri«, wiederholte ich. »Es war so, wie ich sagte – eine kleine Meinungsverschiedenheit, mehr nicht. Wir sind hier, um sie auszuräumen.« Ich löste Priscillas Griff und schob sie mit sanfter Gewalt auf Armeslänge von mir.

»Geh jetzt«, sagte ich. »Tu, was dein Vater sagt. Ich ... erkläre dir später alles.«

Pri sagte kein Wort, sondern sah mich bloß forschend an, und obwohl ich mir alle Mühe gab, mir nichts anmerken zu lassen, schien sie in meinem Blick zu lesen, daß es kein Später für mich geben würde. Ihr Gesicht wurde noch bleicher.

»Geh auf dein Zimmer!« sagte DeVries noch einmal. »Sofort – ehe ich dich wegbringen lasse.«

Aber Pri dachte gar nicht daran, ihrem Vater zu gehorchen. Statt dessen fuhr sie herum und funkelte ihn wütend an. »Was geschieht hier?« fragte sie. »Was hast du mit ihm vor, Vater?«

»Nichts«, antwortete DeVries. »Du hast ihn doch gehört. Wir müssen miteinander reden.«

»Du willst ihn umbringen!« behauptete Pri. »Ich ... ich wollte ihm nicht glauben, aber jetzt sehe ich es selbst. Jedes Wort, das er gesagt hat, ist wahr! Du willst ihn töten!«

»Schweig!« schrie DeVries.

»Aber sie hat doch recht«, murmelte Frans. »Warum sagen Sie ihr nicht wenigstens jetzt die Wahrheit?«

DeVries machte eine kaum sichtbare Bewegung, und der Mann hinter Frans hob seine Waffe und schlug damit zu. Frans kippte wie ein gefällter Baum nach vorne und blieb

bewußtlos auf den Fliesen liegen.
»Also doch«, sagte Pri leise. Sie blickte mit schmerzlich verzogenem Gesicht auf Frans herab, aber sie schien kaum überrascht zu sein. Wahrscheinlich hatte sie die Wahrheit längst erkannt und sie nur nicht wahrhaben wollen.
»Und wenn«, sagte DeVries hart. »Es ginge dich nichts an.«
»Es geht mich nichts an?« Pri keuchte. »Ich ... ich bin deine Tocher!«
»Nein, Pri«, sagte ich. »Das bist du nicht.«
DeVries fuhr wie von der Tarantel gestochen herum, und auch Pri blickte mich ungläubig an. Ich hätte mich ohrfeigen können für diese Worte, aber sie waren nun einmal heraus und ließen sich nicht mehr rückgängig machen. Und warum auch? Ich selbst hatte so oder so keine besonders guten Chancen, den nächsten Sonnenaufgang noch zu erleben, und wenn mein Verdacht zutraf – nun, dann konnte DeVries Pri ohnehin nichts tun.
»Das stimmt doch, oder?« fuhr ich fort, an DeVries gewandt. »Wie lange haben Sie gebraucht, um einen Menschen wie Pri zu finden? Zehn Jahre? Zwanzig? Dreißig?«
»Einen ... Menschen wie mich?« wiederholte Pri verwirrt. »Was meint er damit, Vater?«
DeVries antwortete nicht, sondern starrte mich nur weiter mit einer Mischung aus Wut und Überraschung an.
»Wie haben Sie es gemacht?« fragte ich. »Sämtliche Waisenhäuser Europas absuchen lassen? Oder haben Sie ihre Eltern kurzerhand umgebracht?«
»Schweigen Sie, Craven!« sagte DeVries, gefährlich leise. »Noch ein Wort, und ich lasse Sie erschießen.«
»Aber warum denn?« fragte ich. »Haben Sie Angst, Pri könnte erfahren, wer sie wirklich ist? *Was* sie ist?« Ich wartete vergebens auf eine Antwort DeVries', und so drehte ich mich wieder zu Pri um. »Ich habe mich die

ganze Zeit gefragt, warum er dich ausgerechnet jetzt nach Europa zurückgeholt hat, Pri«, sagte ich. »Seine Pläne sind nämlich in einer ... sagen wir, kritischen Phase. Eigentlich nicht der richtige Moment, sich um Familienangelegenheiten zu kümmern.«

»Halten Sie den Mund, Craven!« krächzte DeVries.

Ich beachtete ihn gar nicht, sondern fuhr fort: »Jetzt ist mir alles klar, Pri. Er braucht dich. Ohne dich ist er nichts. Nur ein böser alter Mann.«

»Er braucht mich? Wozu?«

»Du hast drüben in den Staaten studiert, nicht wahr?«

Pri nickte.

»Wo? In Neu-England? Laß mich raten – dein Vater hat dich nach Arkham geschickt, richtig? Du studierst an der Miskatonic-Universität in Arkham.«

Pri nickte verblüfft. »Woher weißt du das?« fragte sie. »Ich habe es dir nie erzählt!«

»Es ist das einzige, was Sinn ergibt«, antwortete ich. »Er hat dich dorthin geschickt, weil du ein –«

Ich sah DeVries' Bewegung, und ich sah sogar den Schlag noch kommen. Aber ich war nicht mehr schnell genug, um ihm auszuweichen. Etwas traf mich mit fürchterlicher Wucht an der Schläfe und ließ mich bewußtlos zusammenbrechen.

Draußen über dem Haus tobte noch immer das Gewitter, und das Prasseln des Regens und das unablässige Grollen des Donners waren die ersten Geräusche, die ich nach meinem Erwachen hörte. Es war dunkel um mich herum, kalt, und mein Kopf tat weh; der Schmerz war nicht sehr schlimm, aber doch heftig genug, um mich an den Kolbenhieb zu erinnern, der mich ins Land der Träume befördert hatte.

Ich versuchte mich aufzusetzen – und merkte erst jetzt, wie eingeschärnkt meine Bewegungsfreiheit war. Meine Hand- und Fußgelenke waren mit dünnen, sich aber äußerst stabil anfühlenden Ketten zusammengebunden, und darüber hinaus war ich überzeugt, daß ich nicht weit kommen würde, selbst wenn es mir irgendwie gelänge, mich meiner Fesseln zu entledigen. Es war zu finster, um etwas zu erkennen, aber ich spürte, daß ich in einem sehr kleinen Raum gefangen war, und die Tür war mit Sicherheit verschlossen. Wahrscheinlich hatte DeVries auch noch ein paar Wächter davor postiert, denen es ein Vergnügen sein würde, mich wieder bewußtlos zu prügeln, sollte ich einen Ausbruchsversuch wagen.
Nein – ich vertrieb jeden Gedanken an eine eventuelle Flucht, ließ mich wieder auf das ungepolsterte Lager zurücksinken, auf dem ich erwacht war, und beschäftigte mich mit dem, worin ich in letzter Zeit eine gewisse Übung erlangt hatte: mit dem Schicksal zu hadern und mir selbst leid zu tun.
Ich war ein Narr gewesen, dachte ich. Alles war plötzlich so klar, so einleuchtend und offen, daß ich mich verzweifelt fragte, warum ich nicht schon längst dahinter gekommen war. Nicht DeVries war die große Gefahr – es war nur das, als was ich ihn vorhin unten in der Halle bezeichnet hatte: ein böser alter Mann, der ein bißchen mit Schwarzer Magie und Zauberei herumexperimentierte, ohne im Grunde zu wissen, was er tat. Ich hätte die Wahrheit erkennen müssen, spätestens in dem Moment, in dem ich das Mädchen in meiner bizarren Vision gesehen hatte. Es war Priscilla. Ich hatte es gespürt, schon als ich sie das allererste Mal gesehen hatte, damals in der Halle des Hotels, und jener seltsame Schauer, der mich überlief, als ich sie berührte, hätte mir die Augen öffnen müssen. Sie war

wie ich. Wir waren uns ähnlich, vielleicht sogar ähnlicher, als selbst DeVries ahnte. Pri trug in sich die gleiche Macht wie ich, nur wußte sie selbst noch nichts davon. Sie war ein medial begabter Mensch, eine Hexe, so wie ich ein Magier war. DeVries mußte sie zu sich genommen haben, als sie noch ein kleines Kind gewesen war. Er hatte darauf geachtet, daß sie bis auf den heutigen Tag nichts von ihrer wahren Abstammung und ihrer unheimlichen Begabung erfahren hatte, aber er hatte auch gleichzeitig geschickt dafür Sorge getragen, ihre Kräfte zu schulen, um sie im richtigen Moment für seine Zwecke einzusetzen: Er ließ sie an der Miskatonic-Universität in Arkham studieren, dem vielleicht einzigen Ort auf der Welt, an dem ihre außergewöhnlichen Kräfte nicht beschnitten, sondern im Gegenteil behutsam gehegt und gepflegt wurden, freilich ohne daß sie selbst davon auch nur etwas ahnte. Es war so, wie mein alter Freund H. P. einmal zu mir gesagt hatte: Alle Magie und alles verbotene Wissen nutzten nichts ohne das mächtigste magische Werkzeug: den menschlichen Geist. Priscillas Geist.

All das hatte ich Pri bei unserem vereinbarten Treffen am nächsten Tag erzählen wollen, hatte sie warnen wollen, damit sie sich und uns nicht blind ins Unglück stürzt, aber nun war es zu spät. Ich war sicher, daß DeVries mich töten würde. Schließlich hatte er es oft genug versucht.

Ich schätzte, daß eine halbe Stunde vergangen war, ehe sich die Tür meines Gefängnisses öffnete und eine Gestalt hereinkam, die ich gegen das ungewohnte grelle Licht nur als Schattenriß erkennen konnte. Der Mann machte sich eine Weile an meinen Hand- und Fußgelenken zu schaffen, etwas klickte, und die dünnen Metallketten fielen zu Boden. Grob wurde ich auf die Füße gezerrt und aus dem Zimmer gestoßen.

Draußen wartete DeVries und zwei seiner Männer auf mich. Sie waren jetzt unbewaffnet, aber ich versuchte trotzdem nicht, mich zu wehren. Immerhin waren die Templer zu dritt, und unter ihren weitgeschnittenen schwarzen Gewändern konnten sie noch immer genug Mordinstrumente bereithalten, um mit einem aufsässigen kleinen Gefangenen fertig zu werden.
DeVries lächelte mir zu, als ich taumelnd vor ihm zum Stehen kam. »Ich hoffe, Sie haben sich gut erholt, Mister Craven", sagte er freundlich. »Sie werden all Ihre geistigen Kräfte brauchen, wissen Sie?« Er lachte glucksend und machte eine auffordernde Handbewegung. »Kommen Sie, Mister Craven. Ich möchte Ihnen etwas zeigen.«
»Ich will es nicht sehen«, antwortete ich. Aber ich folgte ihm trotzdem – welche andere Wahl hatte ich schon?
Wir gingen den Gang entlang und betraten einen schmalen, muffig riechenden Treppenschacht, der in engen Spiralen wie ein versteinertes Schneckenhaus nach unten führte. Die Fackeln, mit denen uns die zwei Templer leuchteten, warfen bizarre schwarze Schatten auf die niedrige Decke, und der Anzahl der Stufen, die wir hinabstiegen, nach zu schließen, mußten wir uns tief in den Kellergeschossen des Tempels befinden, als die Treppe schließlich vor einer massiven, aus schweren Eichenbohlen gefertigten Tür endete.
DeVries hob die Hand und murmelte ein einzelnes, düster klingendes Wort, und die Tür schwang lautlos auf. Nicht, daß mich dieses Kunststück in irgendeiner Weise beeindruckte – aber es zeigte mir mit schmerzhafter Deutlichkeit, daß DeVries wirklich eine Menge über Magie gelernt hatte. Viel mehr als ich.
»Bitte, mein Freund«, sagte DeVries, indem er sich zu mir umwandte. »Treten Sie ein.«

Ich war ein wenig überrascht, als ich bemerkte, daß seine beiden Begleiter hinter uns zurückblieben. DeVries schien sich ziemlich sicher zu fühlen, obgleich ich keine Sekunde lang daran zweifelte, diesen schmal gebauten alten Mann überwältigen zu können. Trotzdem machte er keinerlei Anstalten, seine Wächter nachzuholen, sondern trat an mir vorbei und schloß die Tür, so daß wir allein im Raum waren. Dann hob er die Arme und klatschte dreimal hintereinander rasch in die Hände, und in der gleichen Sekunde glomm ein mattes, grünes Licht auf.
Ich war so überrascht, daß ich für ein paar Sekunden sogar zu atmen vergaß.
Der Raum war gewaltig. Es war ein riesiges, sicherlich zehn Yard hohes Gewölbe, das sich unter dem gesamten Gebäude hinziehen mußte. Auf dem Boden, der aus uralten, rissig gewordenen schwarzen Keramikfliesen bestand, war ein gewaltiges Pentagramm aufgezeichnet, der fünfzackige Stern, der seit Urzeiten das Symbol für Schwarze Magie gewesen war, und in der Mitte dieses Drudenfußes stand, nein, schwebte etwas scheinbar schwerelos einen halben Yard über dem Boden, ein gewaltiges, goldenes Ding, das zu beschreiben der menschlichen Sprache die Worte und Vergleiche fehlen.
»Großer Gott!« keuchte ich. »Was ist das, DeVries?«
DeVries reagierte nicht, aber ich wußte die Antwort, noch ehe ich die Frage ganz ausgesprochen hatte. Es war gigantisch, rund und bestand aus Linien und Flächen, die auf unmögliche Weise in sich gekrümmt und gebogen waren – allen Regeln der euklidischen Geometrie hohnsprechend. Das ganze sinnverwirrende Gebilde funkelte in einem kalten, kranken Schein, der in den Augen schmerzte.
»Es ist ein Tor, nicht wahr?« flüsterte ich.
DeVries nickte. Seine Augen begannen zu leuchten. »Ja«,

antwortete er leise. »Und nein. Dies ist nicht irgendein Tor, Mister Craven. Es ist *das* Tor. Das Mastertor.«

Das Mastertor ... Ich schauderte allein beim Klang dieses Wortes. DeVries mußte nichts mehr erklären. Dieses kolossale, entsetzliche Ding war der letzte Stein des Mosaiks, der noch gefehlt hatte.

»Dafür haben Sie also all das Gold gebraucht«, murmelte ich.

»Ganz recht, Robert«, rief DeVries, und in seinen Augen glomm ein gefährliches Feuer auf. »Ich brauchte das Gold, um dieses Tor zu bauen. Gold ist ein magisches Metall, wissen Sie das? Es war schon immer der Traum aller Alchimisten und Magier, Gold zu machen, aber nicht, um damit Reichtum zu erlangen. Das hier wollten sie. Und ich habe es geschaffen!«

»Sie ... Sie sind verrückt, DeVries«, flüsterte ich. Mein Blick hing wie gebannt an dem wogenden, pulsierenden Ding, das im Zentrum des gewaltigen goldenen Gespinstes zuckte wie ein düsteres Herz aus schwarzem Licht. Ich spürte die Anwesenheit der Großen Alten wie einen üblen Pesthauch. DeVries' Tor war durch und durch von ihrer schrecklichen Präsenz erfüllt. Sie waren da, nur mehr einen Schritt von unserer Welt entfernt. Und dieser Wahnsinnige war drauf und dran, auch noch die letzte Barriere niederzureißen, die die schrecklichen alten Götter von uns trennte.

»Spüren Sie es denn nicht?« fragte ich. »Sie müssen es doch fühlen, DeVries! Sie ... Sie entfesseln Mächte, deren Sie nicht mehr Herr werden können.«

DeVries lachte leise. »Sie irren sich, Robert«, sagte er. »Oh, ich habe nachgedacht über das, was Sie mir vorhin im Wagen gesagt haben. Vielleicht haben Sie sogar recht, wenn Sie behaupten, daß ich verrückt bin – aber dumm bin ich nicht. Sie haben recht – in den Händen eines anderen wäre dieses Tor vielleicht gefährlicher als alle Atomwaffen dieser Welt zusammen.«

»Aber nicht in Ihren, wie?« höhnte ich bitter.

DeVries blieb ernst. »Nein«, sagte er. »Das ist kein x-beliebiges Tor, Robert. Es ist das Mastertor. Was immer hindurchkommt, wird mir gehorchen. Oh ja, sie werden hierherkommen, aber ich werde ihr Herr sein. Und Pri wird mir helfen«

»Das wird sie niemals!« widersprach ich. »Nicht, wenn sie erfährt, was Sie wirklich vorhaben, DeVries!«

»Unsinn!« sagte DeVries. »Ich gebe zu, Sie haben sie verwirrt mit Ihren vorlauten Worten – aber im Endeffekt haben Sie mir sogar einen Gefallen erwiesen. Sie wird einsehen, daß ich recht habe. Wir beide zusammen werden diese Welt beherrschen, schon in wenigen Tagen. Priscillas magisches Erbe und mein Wissen ...« Er zuckte bedauernd mit den Achseln. »Ich habe Ihnen dieselbe Chance angeboten. Und ich meinte es ehrlich.«

»Sie werden Sie vernichten, DeVries«, prophezeite ich düster. »Sie werden Sie töten, sobald Sie ihnen das Tor geöffnet haben. Die Großen Alten kennen keine Dankbarkeit, DeVries. Sie kennen überhaupt keine Gefühle außer Haß und Wut. Spüren Sie es denn nicht?«

Aber er mußte es doch fühlen! dachte ich. Die Aura von Zorn, von unstillbarem Haß auf alles Lebende, Fühlende, die von dem Tor ausging, machte mir das Atmen schwer! Doch DeVries schüttelte nur den Kopf. Dann wandte er sich mit einem Ruck um und deutete auf die Tür. »Gehen wir.«

»Wohin?« fragte ich. »Zu meiner Hinrichtung?«

»Sie tun mir unrecht, Mister Craven«, antwortete DeVries. »Ich ermorde niemanden.«

»Nein? Ich hatte einen anderen Eindruck«, rief ich herausfordernd. »Sie haben bereits viermal versucht, mich umzubringen.« Ich schnaubte wütend. »Ich frage mich nur, warum Sie mich haben kommen lassen. Nur um mich zu töten?«
DeVries lächelte. »Ich gebe zu, daß ich es versucht habe«, antwortete er. »Ich habe die Gefahr gespürt, die von Ihnen ausging, mein Freund. Sie wollten im falschen Moment Kontakt mit mir aufnehmen, wissen Sie? Ich hatte nichts gegen Sie – aber als Sie immer hartnäckiger versuchten, an mich heranzukommen, habe ich Erkundigungen über Sie eingezogen. Sie sind ein mächtiger Mann, Robert, auch wenn Sie es selbst noch kaum ahnen. Ihre Kräfte hätten mir gefährlich werden können.«
»Warum haben Sie mich dann von Pri hierherbringen lassen?« fragte ich.
DeVries zuckte mit den Achseln. »Nun, ich dachte, wenn Sie schon einmal hier sind, wäre es nur fair, Ihnen eine Chance zu geben. Ich denke das übrigens noch.«
Ich sah ihn fragend an, und DeVries deutete abermals auf die Tür. »Sie denken, daß ich Ihren Tod wünsche? Das stimmt. Aber ich gebe Ihnen eine faire Chance. Spielen Sie Schach, Mister Craven?«

»E2 auf E4«, sagte DeVries.
Ich runzelte die Stirn, sagte aber nichts, sondern blickte nur konzentriert auf das gewaltige Schachbrettmuster.
DeVries' Zug war alles andere als originell – genaugenommen war es eine Eröffnung, wie sie jeder Anfänger gemacht hätte. Ich selbst hatte oft genug mit genau diesem Zug gegen Jeremy eröffnet – und jedesmal prompt verloren. Zaghaft schöpfte ich ein wenig Hoffnung. Vielleicht war DeVries ein ebenso schlechter Schachspieler wie ich.

»E7 auf E5«, antwortete ich nach einer Weile.
DeVries lächelte auf eine Art, die mir ganz und gar nicht gefiel, aber er sagte nichts, bis die Bauernfigur klappernd auf das angegebene Feld vorgerückt war. »Wer weiß«, kicherte er hämisch, als hätte er meine Gedanken erraten, »vielleicht gewinnen Sie ja sogar, wenn Sie sich ein wenig anstrengen. D2 auf D4. Ihr Zug, mein Freund.«
Ich antwortete nicht, sondern versuchte mich auf das Spiel zu konzentrieren.
Wie befanden uns wieder in der Halle, und DeVries hatte all seine Männer weggeschickt – mit Ausnahme eines einzigen, der auf einem unbequemen Schemel am Rand des Feldes hockte und darauf aufpaßte, daß ich keinen unfairen Zug machte – wie etwa DeVries kurzerhand k. o. zu schlagen. DeVries hatte mir sehr eindringlich erklärt, daß der Mann mich im Falle eines groben Regelverstoßes auf der Stelle disqualifizieren würde, und zwar mit Hilfe der Maschinenpistole, die über seinen Knien lag.
Aber das war nicht das einzige Beunruhigende an dieser Partie. Beinahe noch schlimmer war das Spiel selbst:
Als Schachbrett diente das Schwarz-Weiß-Muster der Bodenfliesen, wobei jedes Feld gute anderthalb Yards im Quadrat maß. Entsprechend gigantisch waren die Figuren. Die beiden Königsbauern etwa, die sich jetzt in der Mitte des Feldes gegenüberstanden, hatten die Größe zehnjähriger Kinder. Alle Figuren bestanden aus Metall, waren zum Teil übermannshoch und mit einer komplizierten Mechanik versehen, so daß sie sich auf Zuruf wie riesige Gliederpuppen selbständig bewegten. Aber es gab keine Könige. Deren Plätze hatten DeVries und ich eingenommen. Das Ganze hätte geradewegs aus der Dekoration eines schlechten Horrorfilmes stammen können. Aber leider war es schreckliche Realität.

Ich verscheuchte den Gedanken und konzentrierte mich wieder auf das Spiel.
DeVries' Damenbauer stand jetzt neben seinem Königsbauern und somit auf einem Feld, auf dem ich ihn schlagen konnte. Aber ich zögerte. Was sollte das? Selbst ein Anfänger – und ich wagte nicht zu glauben, daß DeVries einer war – opferte keine Figur, wenn er nicht damit etwas ganz Bestimmtes im Sinn hatte. Einen Moment lang überlegte ich, die Einladung anzunehmen und DeVries' Bauern zu schlagen, nur um zu sehen, was passierte. Dann schüttelte ich den Kopf und sagte mit fester Stimme. »D7 auf D5«. Rasselnd marschierte die Metallfigur über das Feld, bis sie den angewiesenen Platz erreicht hatte. DeVries' linke Augenbraue rutschte ein Stück nach oben. »Sie schlagen nicht?« fragte er. »Das wundert mich. Haben Sie Hemmungen?«
»Vielleicht«, antwortete ich unwillig. »Ihr Zug.«
»Ich weiß.« DeVries' Lächeln wurde eine Spur kälter. »Ich nehme Ihr Angebot jedenfalls an. E4 auf D5. Bauer schlägt Bauer.«
Die silberne Bauernfigur setzte sich klirrend in Bewegung. Als sie auf dem angegebenen Feld angelangt war, riß sie einen ihrer Metallarme hoch, rasiermesserscharfer Stahl blitzte dort wo die Finger der Figur sein sollten, und mit einem gewaltigen Hieb zerfetzte sie die metallene Außenhaut meines Damenbauern, der scheppernd und klappernd zu Boden fiel und vom Spielfeld rollte. Doch statt daß der feindliche Bauer nun, wie ich erwartet hatte, zur Bewegungslosigkeit erstarrt wäre, wandte er sich gegen mich, aus seinem Inneren erscholl ein leises Klicken, und vier winzige Metallpfeile sausten zischend durch die Luft.
DeVries' hämisches Kichern ging in meinem Schmerzensschrei unter, als sich die Pfeilspitzen in meine Wade bohr-

ten. Ich brach zusammen und umklammerte stöhnend mein getroffenes Bein. Die Wunde war winzig, aber sie tat höllisch weh. Der Schmerz trieb mir die Tränen in die Augen.
DeVries lachte leise. »Oh, ich habe ja ganz vergessen, Ihnen zu sagen, daß wir hier um einen höheren Einsatz spielen, mein lieber junger Freund«, sagte er. »Sie sollten sich ein bißchen konzentrieren.« Er kicherte, wartete, bis ich taumelnd wieder auf die Beine gekommen war, und rief dann, »Ihr Zug, Mister Craven!«
Und das war erst der Anfang.

»D5 auf C6«, sagte DeVries triumphierend. »Schach, mein Freund.«
Ich duckte mich instinktiv, obwohl ich wußte, wie sinnlos es war. DeVries' Springer – eine mehr als zwei Meter große Scheußlichkeit die wie ein metallener Alptraum von Pferd aussah – sprang mit einem gewaltigen Satz auf das angegebene Feld und zermalmte meinen vorletzten Bauern. Ein Hagel winziger, scharfkantiger Eisensplitter brach aus den Nüstern des silbernen Riesenpferds und schlug in meine rechte Hand. Gleichzeitig zuckte ein blauweißer Blitz aus der Stirn des Ungetüms und traf mich in die Brust. Ich fiel auf die Knie und rappelte mich mühsam wieder auf. Vor meinen Augen begann sich das Schachbrett zu verzerren.
»Ihr Zug, mein Freund«, sagte DeVries gehässig. »Und wenn ich Ihnen einen Rat geben darf – reißen Sie sich ein wenig zusammen. Matt in vier Zügen, würde ich sagen.«
Ich ignorierte seine Worte und versuchte verzweifelt, mich auf das Spiel zu konzentrieren. Meine Gedanken wirbelten ziellos durcheinander, und jeder einzelne Schlag meines Herzens vibrierte schmerzhaft bis in meine Finger

spitzen nach.
Wenn ich mich nur konzentrieren könnte! Mehr als die Hälfte von DeVries' Figuren waren geschlagen, aber auch die schwarzen Reihen hatten sich gelichtet – und für jede verlorene Figur war eine neue Wunde hinzugekommen. Keine von ihnen war tödlich, aber sie schmerzten furchtbar. Ich hatte kaum noch die Kraft, aufrecht zu stehen, und das Denken fiel mir immer schwerer.
»E8 auf . . .F8«, sagte ich mühsam und kroch mehr von dem bedrohten Feld herunter, als ich ging.
DeVries schüttelte tadelnd den Kopf. »Das war nicht besonders klug«, sagte er. »Sie haben meine Dame übersehen, fürchte ich. Dame F2 schlägt Bauer C5 und bietet Schach.«
Ich spannte mich, als die gewaltige silberne Damenfigur diagonal über da Feld herangerast kam und meine letzte Bauernfigur einfach niederwalzte. Ein fingerlanger Metallpfeil raste heran und bohrte sich in meinen rechten Bizeps. Eine halbe Sekunde später traf mich ein weiterer Stromschlag und ließ mich aufschreien.
»F8 auf . . . G8«, stöhnte ich.
DeVries seufzte. »Sie enttäuschen mich wirklich«, sagte er. »Dame C5 auf D5 und schon wieder Schach.«
Diesmal betäubte mich die elektrische Entladung fast. Sekundenlang versuchte ich die schwarzen Schleier zu vertreiben, die mein Bewußtsein zu verschlingen drohten. DeVries' Gestalt schien sich wie in einem Zerrspiegel zu verbiegen, als ich zu ihm hinübersah.
»War das wirklich so klug?« fragte DeVries »Sie werden sterben, wenn Sie nicht achtgeben, mein Freund.«
»Das glaube ich nicht«, stöhnte ich. »Sie . . . spielen nicht besonders gut, DeVries.«
»Ich weiß«, antwortete DeVries ungerührt. »Wäre es an-

ders, wäre das Spiel auch unfair. Denn Sie, mein lieber Mister Craven, sind mit Verlaub gesagt ein miserabler Spieler.«
»Dieser Zug kostet Sie die Dame«, antwortete ich mühsam. »Springer B6 schlägt Dame D5.« Mit letzter Kraft stemmte ich mich in die Höhe und sah zu meinem Pferd hinüber. Die Figur bewegte sich nicht.
»Was ... bedeutet das?« flüsterte ich. »Wollen Sie mich betrügen?«
DeVries schüttelte den Kopf. »Keineswegs. Ich betrüge nicht. So wenig, wie ich Ihren Springer übersehen habe. Ich möchte Ihnen nur Gelegenheit geben, sich diesen Zug noch einmal in Ruhe zu überlegen.«
Mühsam taumelte ich auf die Füße, wischte mir mit dem Handrücken Blut und Tränen aus den Augen und drehte den Kopf. Die verschiedenfarbigen Figuren und Felder begannen wie wild auf und ab zu hüpfen. Ich konnte kaum mehr denken. Ich hatte die Falle, in die DeVries' Königin gelaufen war, sorgsam aufgebaut und das zweimalige Schach und den Schmerz, den es bedeutete, bewußt in Kauf genommen. Wenn DeVries' Dame fiel, hatte ich gewonnen. Selbst wenn meine Konzentration weiter sank, war meine rein zahlenmäßige Überlegenheit groß genug, die wenigen verbliebenen weißen Figuren einfach vom Brett zu fegen.
»Bleiben Sie dabei?« fragte DeVries lächelnd.
Ich starrte ihn aus brennenden Augen an. »Warum sollte ich nicht?«
»Nun ...« DeVries verließ seinen Platz und blieb unmittelbar neben der weißen Dame stehen. »Vielleicht sehen Sie sich die Figur erst einmal genauer an.« Er lächelte, hob die Hand und berührte die schimmernde Metallbrust der übermenschengroßen Statue. Ein leises Klicken erscholl,

und ein Teil des bizarren Gesichtsvisiers schob sich summend zur Seite. Dahinter kam das bleiche, angstverzerrte Gesicht Franz Dreistmeers zum Vorschein!
»Nein!« keuchte ich. Für einen Moment wurde mein Zorn so stark, daß er sogar den Schmerz und die Schwäche hinwegfegte. »DeVries!« brüllte ich. »Sie Ungeheuer! Sie haben versprochen –«
»Was habe ich versprochen?« unterbrach mich DeVries eisig. »Ich habe versprochen, Ihnen eine Chance zu geben, mehr nicht. Sie haben sie bekommen. Besiegen Sie mich, wenn Sie können!« Er kicherte böse. »Sie brauchen nur diese Königin zu schlagen, und Sie haben praktisch schon gewonnen. Ich gebe neidlos zu, daß Sie der bessere Spieler sind. Also – bleibt es bei Ihrem Zug?«
Zehn, fünfzehn Sekunden lang war ich nicht in der Lage zu reagieren. Ich starrte die gewaltige Damefigur an, die in Wahrheit nichts anderes als ein Gefängnis für Frans war, und plötzlich begriff ich die absolute Bosheit DeVries' erst richtig. Er gab mir die Chance, mein Leben zu retten – indem ich das eines Unschuldigen opferte.
»Sie Ungeheuer!« flüsterte ich.
DeVries lachte nur.

Mein Körper war nur noch ein einziger Schmerz, und meine Gedanken weigerten sich, in geordneten Bahnen zu laufen. Das Schwarz-Weiß-Muster des Schachbrettes verzerrte und bog sich immer wieder vor meinem Blick. Wir spielten jetzt seit zwei Stunden. Genausogut hätten es aber auch zweihundert Jahre sein können – ich vermochte den Unterschied nicht mehr so genau zu erkennen.
»Ich gebe es ungern zu«, sagte DeVries fröhlich, »aber ich bewundere Sie beinahe, Mister Craven. Sie spielen wirklich gut – in Anbetracht der Umstände. Trotzdem – Sie ha-

ben keine Chance mehr. Matt in drei Zügen. Und diesmal wirklich.«

Ich stöhnte nur. Ich wollte antworten, aber ich konnte es nicht mehr. Alles in mir war Schmerz.

»Wie Sie wollen«, sagte DeVries, als ich nicht auf seine Worte reagierte. »Dann bin ich wohl am Zug, so wie es aussieht. Dame H3 schlägt Turm C3.« Rasselnd und klirrend setzte ich seine Königin in Bewegung, erreichte das Feld, auf dem mein Turm stand, und zerschlug ihn mit einem einzigen Hieb ihrer gewaltigen Metallarme. Das riesige Eisengebilde stürzte polternd in sich zusammen; gleichzeitig traf mich ein ganzer Schwarm winziger silberner Pfeile an Hals und Schulter. Ich brach in die Knie und kämpfte sekundenlang gegen eine aufkommende Ohnmacht an.

Meine Lage war aussichtslos. Ich hatte gespielt wie nie zuvor in meinem Leben, trotz der Schmerzen und der Verzweiflung, die wie ein ätzendes Gift in meinen Gedanken tobte, und DeVries' Figuren regelrecht vom Brett gefegt, bis ihm nur noch die Dame geblieben war. Trotzdem würde ich verlieren, denn DeVries setzte seine Dame immer rücksichtsloser ein. Während der letzten halben Stunde hatte die weiße Königin meine Figuren eine nach der anderen geschlagen. Und mit jedem Spielstein, der ausschied, biß ein neuer, quälender Schmerz in meinen Leib. Keine der Wunden war wirklich gefährlich, aber sie alle zusammen würden mich umbringen, wenn das Spiel noch lange dauerte.

»Sehen Sie doch endlich ein, daß Sie keine andere Wahl mehr haben«, sagte DeVries. »Sie haben noch einen Springer und den Turm. Den Turm nehme ich Ihnen beim übernächsten Zug ab, und damit haben Sie praktisch verloren. Es sei denn«, fügte er kichernd hinzu, »Sie schlagen meine

Königin. Aber das werden Sie nicht tun, nicht wahr?«
Ich hatte nicht mehr die Kraft zu antworten. Mein Blick suchte die weiße Königin und saugte sich an Frans' blassem Gesicht fest. Ich wußte, daß DeVries die Wahrheit sagte. Die Dame würde auch meinen zweiten Turm schlagen, und nur mit einem Springer konnte ich nicht gewinnen, ganz egal, wie gut ich spielte. Wäre dies ein normales Spiel gewesen, hätte ich versuchen können, wenigstens ein Remis herauszuholen. Aber dies war kein normales Spiel.
»Turm A6 auf E6«, murmelte ich. »Schach«.
Meine Figur führte den Zug gehorsam aus. Ein dünner Blitz zuckte aus ihrer Vorderseite und traf DeVries in die Burst. Er schien kaum einen Schmerz zu verspüren, ganz im Gegenteil – DeVries lachte nur höhnisch und stellte seine Dame zwischen meinen Turm und sich selbst.
»Sie verlieren, Mister Craven«, sagte DeVries sarkastisch. »Aber nehmen Sie es nicht persönlich – es ist ja nur ein Spiel, nicht wahr?«
Ich spürte kaum noch, wie mir seine Dame abermals Schach bot und mich ein weiterer Stromschlag traf, kaum daß ich meinen Turm auf ein sicheres Feld zurückgezogen hatte. Ich wußte auch nicht, warum ich mich überhaupt noch wehrte. Vielleicht hatte ich einfach nicht mehr die Kraft aufzugeben. Mühsam schleppte ich mich auf das Nachbarfeld, blickte meine letzten beiden verbliebenen Figuren an und versuchte vergeblich, das Chaos hinter meiner Stirn so weit zu ordnen, daß ich einen vernünftigen Zug zustande brachte. Plötzlich wußte ich nicht einmal mehr, nach welchen Regeln sich die Figuren zu bewegen hatten.
DeVries machte seinen nächsten Zug und betrachtete mich kopfschüttelnd. »Ich weiß nicht, was ich mehr be-

wundern soll, Mister Craven«, sagte er. »Ihre Zähigkeit oder Ihr Talent als Schachspieler.«
»Und ich weiß nicht, was ich mehr verachten soll, Vater – deine Grausamkeit oder deine Gnadenlosigkeit.«
Es dauerte endlose Sekunden, bis die Worte in mein von Schmerz und Schwäche umnebeltes Gehirn vordrangen und ich begriff, daß weder DeVries noch der Mann mit der Maschinenpistole sie gesprochen hatte. Erst als die beiden sich herumdrehten und mit offenkundiger Überraschung zur Treppe hinaufsahen, genauer gesagt, zu der Galerie, die sich der Treppe anschloß, hob auch ich mühsam den Kopf und erblickte eine schlanke, schwarzhaarige Gestalt, die hinter dem Geländer stand und aus fassungslos aufgerissenen Augen auf DeVries und mich herabstarrte.
DeVries überwand seine Überraschung schneller als ich. Sein Gesicht verdunkelte sich vor Zorn. »Priscilla!« donnerte er. »Was tust du hier? Geh sofort zurück auf dein Zimmer!«
Pri machte sich nicht einmal die Mühe, den Kopf zu schütteln. Sie starrte DeVries nur an, und etwas in diesem Blick schien ihn davon zu überzeugen, daß er seine Macht über sie unwiderruflich verloren hatte.
Und dann tauchte eine zweite Gestalt neben Pri auf. Sie war ebenso schlank wie sie, aber einen guten Kopf größer, hatte hellblondes Haar und etwas Kleines, Schwarzes in den Händen, das sich auf den Mann mit der MP richtete.
»Versuchen Sie es nicht«, sagte Frans ruhig.
Der Templer versuchte es trotzdem. Er riß seine Waffe in die Höhe – und brach mit einem keuchenden Schrei in die Knie, als Frans abdrückte und ihm eine Kugel in die Schulter jagte. Die MP fiel aus seinen Händen und glitt klappernd über die Fliesen davon.
Ungläubig starrte ich die Gestalt oben auf der Treppe an,

dann die weiße Königin, hinter deren metallenem Visier Frans' schreckensbleiches Gesicht glänzte, dann wieder ihn – und dann, endlich, begriff ich.
Der Zorn ließ mich für einen Moment selbst meine Schwäche vergessen. Mit einem Satz war ich bei der Waffe, nahm sie an mich und drehte mich wieder zu DeVries um.
Aber der alte Magier würdigte mich keines Blickes, ja, er schien nicht einmal Frans zu sehen, der seinen Revolver jetzt auf ihn gerichtet hatte. Sein Augen brannten, während er Pri anstarrte.
»Du hast ihn befreit, nicht wahr?« sagte er leise.
Pri nickte. »Ja. Und ich habe noch mehr getan, *Vater.*« So, wie sie das Wort aussprach, klang es wie eine Beschimpfung. »Ich habe die Polizei benachrichtigt. Sie sind in spätestens einer Viertel Stunde hier. Es ist aus.«
»Warum?« fragte DeVries leise. »Warum, Priscilla?«
»Warum?« Pri lachte, aber es klang eher wie ein kaum unterdrückter Schrei. »Weil du mich belogen hast. Von Anfang an. Du ... du hast mich nie geliebt. Ich war nie deine Tochter, sondern bloß ein Werkzeug, nicht wahr?«
DeVries antwortete nicht, sondern starrte Pri nur wie gebannt an. Dann drehte er sich, mit langsam, unendlich mühsamen Bewegungen, wieder zu mir herum. Sein Blick glitt über die Maschinenpistole in meiner Hand und saugte sich an meinem Gesicht fest.
»Sie haben gewonnen, Mister Craven«, sagte er. »Erschießen Sie mich.« In seiner Stimme war keine Spur von Angst. Sie klang nur bitter.
Fünf, zehn Sekunden lang starrten wir uns wortlos an – und dann tat ich etwas, was ich selbst kaum verstand: Sorgsam legte ich den Sicherungshebel der MP um, damit sich nicht aus Versehen ein Schuß lösen konnte – und warf die Waffe so weit von mir, wie es nur ging.

»Erschießen?« Ich schüttelte den Kopf. »Wofür halten Sie mich, DeVries? Wir haben noch nicht zu Ende gespielt, nicht wahr?« Ich deutete auf seine Königin. »Was ist das? Auch eine Ihrer kleinen technischen Spielereien, DeVries?«

Es fiel mir schwer, mich an den Gedanken zu gewöhnen, daß ich die ganze Zeit nichts als einem Roboter gegenübergestanden hatte. Er sah so echt aus. So lebendig.

DeVries' Augen weiteten sich ungläubig. »Noch nicht ... zu Ende gespielt?« wiederholte er fassungslos. »Was meinen Sie damit?«

»Springer B8 auf C6«, sagte ich laut. »Schach!«

DeVries taumelte unter der elektrischen Entladung zurück, starrte mich einen Moment lang ungläubig an und fuhr dann herum. »König E5 auf E6«, sagte er. Eine zaghafte Hoffnung machte sich auf seinem Gesicht breit, etwas, das ich in diesem Moment für pure Verzweiflung hielt und das doch etwas ganz, ganz anderes war.

»Springer C6 auf D4«, erwiderte ich. »Schach.«

DeVries stöhnte noch lauter, ballte die Fäuste und starrte zu Frans hinauf, als wollte er ihn mit Blicken töten. »König E6 auf E7«, sagte er. »Was soll das, Craven? Sie ... Sie haben doch schon gewonnen!«

Statt einer Antwort hob ich die Hand und deutete auf meinen Springer. »Springer D4 auf F5, DeVries. Schach und Gardez.«

Meine Figur führte den Zug gehorsam aus, und DeVries begann lauthals zu fluchen, als zwei dünne, knisternde Blitze aus den Augen des Stahlpferdes schossen und seine Brust und die Dame gleichzeitig trafen. Von draußen ertönte ein ungeheuerlicher Donnerschlag, wie um meinen Zug zu bestätigen.

»Damit kommen Sie nicht durch, Craven!« sagte er. »Sie

betrügen! Es war nicht vereinbart, daß Ihnen jemand helfen darf!«
»Robert – hör auf!« rief Frans von der Galerie herab. Ich sah, wie er mit schnellen Schritten die Stufen herabgelaufen kam, und eine leise, aber sehr eindringliche innere Stimme begann mir zuzuflüstern, daß er recht hatte. Aber ich konnte nicht aufhören. Etwas in mir trieb mich dazu weiterzumachen. Ich Narr. »Ihr Zug«, antwortete ich kalt.
DeVries starrte mich eine Sekunde lang an. Dann lächelte er wieder – und ganz plötzlich hatte ich das Gefühl, einen entsetzlichen Fehler begangen zu haben. »Sie glauben, gewonnen zu haben, wie? Ich gebe zu, daß ich beim nächsten Zug meine Dame verliere – aber damit steht das Spiel allerhöchstens unentschieden. Es war vereinbart, daß Sie siegen müssen.«
Er trat zwei Schritte vor. »E7 auf E6«, sagte er. »Nehmen Sie sich die Dame, wenn es Ihnen Spaß macht! Sie verlieren trotzdem.«
Ich schlug seine Dame. Die gewaltige Stahlkreatur verging in einem grellen Blitz, aber DeVries' Reaktion bestand nur in einem abfälligen Verziehen der Lippen.
»Bravo, Craven«, sagte er. »Sie haben hervorragend gespielt. Aus diesem Grunde gewähre ich Ihnen sogar noch eine weitere Gnade. Sie dürfen zusehen, wie Ihr idiotischer Freund da oben stirbt!«
Und in diesem Moment erwachten die riesigen Schachfiguren abermals zum Leben.
Ich hörte einen Schrei, fuhr herum und sah, wie Frans rückwärts gehend die Treppe hinauftorkelte, verfolgt von einem Ding, das wie ein riesiger Skorpion aus Eisen aussah. Ein anderes bizarres Metallwesen ohne Kopf, dafü aber mit entschieden zu vielen Armen, näherte sich klikkend und rasselnd Pri. Frans fluchte und drückte zwei-,

drei-, viermal rasch hintereinander ab, aber die Kugeln jaulten als harmlose Querschläger davon.
Auch von der anderen Seite rückten die gigantischen Killermaschinen heran, und ich sah mich plötzlich von fast einem halben Dutzend waffenstarrender Eisenungeheuer bedrängt.
»Jetzt sterbt ihr!« kreischte DeVries mit der schrillen Fistelstimme eines Wahnsinnigen. »Ihr habt euch zu früh gefreut. Der Sieg ist mein!«
Ich starrte den näherrückenden Maschinen entgegen, schätzte hastig die Zeit ab, die mir noch blieb, und warf einen letzten Blick zu DeVries hinüber. Der wahnsinnige Magier starrte mich an. Vielleicht wäre dies der richtige Moment für eine theatralische – oder auch nur hämische – Bemerkung gewesen, aber mir fiel einfach keine ein.
Umso genauer wußte ich, was ich tun mußte. Es war eine verzweifelt geringe Hoffnung – aber die einzige, die mir blieb.
Ich fuhr herum, sprang auf das Fenster zu und riß beide Arme in die Höhe. Meine Lippen formten Worte, die ich vor Monaten auswendig gelernt und schon fast wieder vergessen hatte, und mein Geist tat Dinge, die ich selbst nicht richtig verstand und die ich im Grunde niemals hatte können wollen.
Aber sie wirkten.
Für einen kurzen Moment hatte ich das Gefühl, keinen Körper mehr zu haben, sondern nur noch aus pulsierender, berstender Kraft zu bestehen, aus Licht und Hitze und Energie. Ich spürte die knisternden Entladungen ungeheurer elektrischer Ströme, spürte das Wüten gigantischer Urgewalten wie etwas, das in mir war, und für einen Moment war ich eins mit dem tobenden Gewitter dort draußen, ein Teil jener entfesselten Schöpfungskräfte. Da ließ ein un-

glaublicher Donnerschlag das Gebäude erzittern.
Die Kerzen in den Kandelabern an den Wänden flackerten und erloschen eine nach der anderen. Blaue, zischende Elmsfeuer rasten durch den Saal.
Dann explodierten die Fensterscheiben, und Glassplitter hagelten in den Raum.
Ein grellweißer Blitz zuckte durch eines der zerborstenen Fenster herein, schlug in den Boden und raste in irrsinnigem Zickzack durch die Halle, um die Maschinenmenschen zu treffen und zu weißglühendem Schrott zusammenzuschmelzen.
Allmählich bekam ich Übung darin, das Bewußtsein zu verlieren. Das letzte, woran ich mich klar erinnerte, war der stachelbewehrte Arm einer von DeVries' Höllenpuppen, der sich meinem Gesicht näherte, und ein weißglühendes, ungeheuer grelles Feuer, das ebendiesen Arm aufzehrte, dann hatte mein Geist unter der Belastung endgültig aufgegeben und einfach abgeschaltet.
Ich erwachte davon, daß mir jemand eine widerhakenbesetzte Harpune in den rechten Arm stieß und sie kräftig herumdrehte. Stöhnend öffnete ich die Augen und versuchte vergeblich, den Arm zu bewegen. Der Schmerz war gräßlich. Ein weißes, schweißglänzendes Gesicht erschien über mir, und dann hörte ich Frans' Stimme die mit Abstand dämlichste Frage stellen, die ich je gehört hatte: »Wie geht es dir, Robert?«
Die pure Verblüffung über diese Unverschämtheit riß mich vollends in die Wirklichkeit zurück. Aus dem irrsinnigen Schmerz in meiner rechten Armbeuge wurde ein kaum spürbares Brennen, und der rotglühende Torpedo, der meinen Arm durchbohrte, schrumpfte zur Spitze einer Injektionsnadel zusammen, die ein Mann in weißem Kittel gerade aus meiner Vene zog. Ich erkannte, daß ich im In-

neren eines Rettungswagens lag. Draußen heulten Sirenen. Der zuckende Widerschein von Blaulicht und roter Flammenschein drangen durch die Milchglasscheiben des Fahrzeugs.
»Was ist passiert?« murmelte ich und wollte mich aufsetzen.
Frans stieß mich unsanft auf die Liege zurück. »Es ist alles in Ordnung«, sagte er. »Du bist in Sicherheit. Und Priscilla auch«, fügte er mit einem sonderbaren Lächeln hinzu.
Ich setzte mich abermals auf, Frans stieß mich abermals zurück, und der Sanitäter sagte etwas auf holländisch, das ich nicht verstand, sich aber irgendwie beunruhigend anhörte.
»Was hat er gesagt?« fragte ich.
»Daß er sich wundert, wieso du überhaupt noch lebst«, antwortete Frans vollkommen ernst. »Du hast genug Blut verloren, um eine ganze Krankenhausabteilung damit zu versorgen.«
Ich verdrehte gequält die Augen, sagte aber nichts.
»Bleib liegen«, fuhr Frans fort. »Du wirst gleich ins Krankenhaus gebracht.« »Ganz bestimmt nicht«, antwortete ich. »Ich habe genug von –«
»Ich kann dich auch verhaften und ins Gefängnishospital bringen lassen«, sagte Frans gelassen. »Überleg es dir – drei Tage freiwillig erster Klasse, oder eine Woche auf Staatskosten. So lange dürfte es dauern, bis deine Anwälte dich rausgeholt haben. Die holländische Bürokratie ist sehr träge.«
Einen Moment lang starrte ich ihn finster an, aber dann gab ich auf. »Was ist passiert?« fragte ich noch einmal.
»DeVries' kleines Gruselkabinett existiert nicht mehr«, antwortete Frans. »Du hast ganze Arbeit geleistet.« Er hob die Hand und winkte ab, als ich antworten wollte. »Nein,

sag jetzt nichts. Ich will gar nicht wissen, wie du es gemacht hast. Von seinen Spielzeugpuppen ist jedenfalls nichts mehr da. Und seine sogenannten Jünger werden gerade von meinen Kollegen eingesammelt.« Plötzlich grinste er. »Mein Boß wird sich bei mir entschuldigen müssen.«

»Was ist mit DeVries?« fragte ich.

Frans antwortete nicht gleich. Nach ein paar Sekunden zuckte er mit den Achseln. »Wir kriegen ihn schon«, sagte er.

»Ihr . . .« Ich setzte mich abrupt auf und schlug Frans' Hand einfach beiseite, als er mich abermals zurückstoßen wollte. »Soll das heißen, er ist entkommen?« keuchte ich.

»Es gab ein Feuer«, antwortete Frans. »Verdammt, wir hatten genug damit zu tun, dich da rauszuschaffen. Aber er kann nicht weit sein. Wir –«

Ich hörte ihm gar nicht mehr zu, sondern stand mit einem Ruck auf – mit dem Ergebnis, daß mir auf der Stelle schwindlig und übel zugleich wurde –, hielt mich mit der rechten Hand an seiner Schulter und mit der linken am Haarschopf des bedauernswerten Sanitäters fest, der hinzugesprungen kam, um mich zu stützen, und taumelte auf die Tür des Krankenwagens zu.

»Verdammt, willst du dich umbringen?« schrie Frans.

»Wenn es sein muß, ja«, antwortete ich, kaum weniger laut. »Aber vorher versuche ich DeVries daran zu hindern, dasselbe mit euch allen zu tun!«

Frans' Augen wurden groß. Er erbleichte sichtlich. »Du . . du meinst, er –«

»Ich meine gar nichts, Frans. Ich *weiß*", schnitt ich ihm das Wort ab. »Frag jetzt nichts – hilf mir!«

Und Frans muß jetzt wohl gespürt haben, wie bitter ernst es mir war, denn er versuchte nicht noch einmal, mich zu-

rückzuhalten, sondern stieß im Gegenteil wuchtig die Tür auf und redete dabei auf holländisch auf den erregten Sanitäter ein, der mittlerweile eine Spritze hervorgekramt hatte und versuchte, sie mir in den Arm zu jagen.
Ich stürzte, als ich die wenigen Inches aus dem Krankenwagen heraus zu Boden sprang, aber Frans half mir auf die Beine. »Pri!« keuchte ich. »Wo ist sie? Bring sie her – schnell!«
Frans gehorchte. Während ich auf das Haus zutaumelte, verschwand er in dem Durcheinander von Feuerwehr-, Rettungs- und Polizeiwagen, in das sich der Hof des Tempels verwandelt hatte. Ich torkelte auf die Treppe zu, aber ich spürte, wie ich mit jedem Schritt schwächer wurde. Verdammt, was hatte mir dieser Idiot gespritzt?
Ich weiß nicht mehr, wie ich es schaffte, die Treppe zu überwinden. Vermutlich war es die pure Angst, die mir die Kraft dazu gab. Ich kam allerdings nicht sehr weit, denn beiderseits des Portales standen uniformierte Posten, die sich nicht im mindesten davon beeindruckt zeigten, daß ich die Welt zu retten hatte, sondern mich höflich, aber sehr hartnäckig am Betreten des Gebäudes hinderten. Ich hätte sie vermutlich schlichtweg niedergeschlagen, wäre ich in einem etwas besseren Zustand gewesen – aber so verlor ich drei, vier unersetzliche Minuten, ehe Frans schließlich in Begleitung Priscillas herbeigerannt kam.
Pris Gesicht war so blaß wie das Frans', aber ich gab ihr gar nicht erst die Gelegenheit, irgend etwas zu sagen, sondern fuhr sie an: »Ein Keller, Pri. Ein riesiges Gewölbe, unter dem Haus. Auf dem Boden ist ein Pentagramm aufgemalt. Kennst du es?«
Sie nickte verwirrt. »Ja. Aber –«
»Kannst du mich hinbringen?«

»Ich ... glaube«, antwortete Pri. »Aber warum denn? Du mußt –«
Ich hörte ihr gar nicht weiter zu, sondern packte sie grob am Arm und stieß sie vor mir her ins Haus, während Frans seinen Dienstausweis zückte und uns damit den Weg ebnete. »Wohin?«
Pri deutete nach links, auf das, was das Feuer von der hölzernen Treppe übriggelassen hatte, und wir hasteten durch die verwüstete Halle. Auf den geborstenen Bodenfliesen lagen Dutzende von bis zur Unkenntlichkeit zusammengeschmolzenen Metallklumpen, und die Wände waren schwarz. Es war ein Wunder, daß Frans und Pri mich hier rechtzeitig herausgebracht hatten. Ich verscheuchte den Gedanken und sah Pri an. Sie zeigte auf eine Stelle unmittelbar neben der Treppe. Hinter den verkohlten Tapeten waren jetzt deutlich die Umrisse einer Geheimtür zu erkennen.
»Dort«, sagte sie. »Aber ich weiß nicht, wie man sie öffnet. Nur mein Vater hatte einen Schlüssel. Und den trug er immer bei sich.«
Frans löste das Problem auf seine Art – er trat die Tür kurzerhand ein. Dahinter kam der Anfang einer schmalen, sehr steil in die Tiefe führenden Treppe zum Vorschein. Wortlos ergriff ich Pri abermals beim Arm und begann die Stufen hinunterzuhasten, dicht gefolgt von Frans.
»Was ist denn überhaupt los?« fragte Pri atemlos. »Was wollen wir hier?«
»Was los ist?« Ich unterdrückte nur mit Mühe ein hysterisches Lachen. »Ich bin ein Idiot, das ist los!« antwortete ich. »Der größte Narr, der lebend herumläuft. Ich habe mich übertölpeln lassen wie ein Anfänger!«
»Du *bist* ein Anfänger«, sagte Frans hinter mir. Ich ignorierte ihn.

»DeVries wollte nur Zeit gewinnen, als er seine Maschinen auf uns gehetzt hat«, sagte ich. »Es ging ihm gar nicht mehr darum, uns zu töten. Er brauchte nur ein paar Sekunden, um zu fliehen. Und ich habe ihm auch noch die Gelegenheit dazu verschafft!«

Wir erreichten das Ende der Treppe und fanden uns jäh vor einer mannshohen Tür. Frans stieß mich unsanft zur Seite und versuchte sie einzutreten, wie die oben in der Halle, aber die Tür zitterte nicht einmal – sie war aus wesentlich massiverem Holz gebaut. Frans fluchte, warf sich mit aller Gewalt gegen die Tür und prellte sich die Schulter. Aber das war auch alles.

»Versuchen wir es zu zweit!« schlug ich vor. Frans nickte und trat einen Schritt zurück, und auch ich raffte das bißchen an Kraft zusammen, das ich noch in meinem mißhandelten Körper fand.

»Wartet!« sagte Pri, streckte die Hand aus – und öffnete die Tür ohne sichtliche Anstrengung. Sie war gar nicht versperrt gewesen! Ich verschob es auf später, mich selbst zu beschimpfen, drängelte mich an Pri vorbei – und erstarrte mitten im Schritt!

Vor uns lag das gigantische Kellergewölbe, aber es war jetzt von einem blendenden, giftgrünen Licht erfüllt, das in Schwaden wie leuchtender Nebel in der Luft zu hängen schien, Schwaden, zwischen denen sich dunkle, formlose Dinge bewegten.

DeVries kniete im Zentrum des Pentagramms, eine winzige, verloren wirkende Gestalt vor dem pulsiernden Etwas, in das sich das Mastertor verwandelt hatte, und trotz der großen Entfernung konnte ich hören, wie seine Lippen uralte verbotene Worte murmelten, Worte, deren Bedeutung ich nicht verstand, deren Klang mir aber auf entsetzliche Weise bekannt vorkam. Es waren Worte in der Spra-

che der Großen Alten – und sie dienten keinem anderen Zweck, als das Mastertor zu aktivieren und den Weg in die Vergangenheit zu öffnen.
»DeVries!« schrie ich mit aller Kraft. »Hören Sie auf, Sie Narr!«
DeVries fuhr herum. Sein Gesicht war grau und blutüberströmt, und auf seiner rechten Wange glänzte eine fürchterliche Brandwunde. Seine Augen glitzerten fiebrig, und als er sprach, war seine Stimme kaum noch menschlich.
»Zu spät, Craven!« krächzte er. »Ihr kommt zu spät, ihr Narren!«
»Tun Sie es nicht, DeVries!« sagte ich beschwörend. Pri trat an mir vorbei und wollte auf ihren Vater zugehen, aber ich riß sie an der Schulter zurück und deutete auf die phosphorgrünen Linien des Pentagramms, in dessen Zentrum DeVries kniete. Sie hatten sich verändert. Sie leuchteten und wogten, und sie schienen sich zu bewegen, als ... ja, als lebten sie. Ich wußte, daß etwas Fürchterliches geschehen würde, wenn Pri sie auch nur berührte.
DeVries stand langsam auf. Seine Augen funkelten wie kleine, glühende Feuer in seinem Schädel. »Ihr Narren«, wiederholte er. »Ihr glaubt, gewonnen zu haben? Ihr denkt, ihr hättet mich besiegt?«
»Vater – bitte!« flehte Pri. DeVries schien ihre Worte gar nicht zu hören.
»Ihr habt mich geschlagen, das stimmt«, fuhr er fort. »Aber ich bin nicht besiegt. Ich werde wiederkommen. Ich werde wiederkommen und euch vernichten, euch alle!« Und damit wandte er sich um, trat an das Tor heran und hob die Arme in einer beschwörenden Geste.
»Iähn!« schrie er. *»Cthulhu fthagn! Iäh!«*
Im Zentrum des goldenen Mastertores flammte ein gnadenloses grünes Licht auf, so grell, daß DeVries Körper für

einen Moment durchsichtig zu werden schien. DeVries lachte, hob noch einmal die Arme – und trat mit einem einzigen Schritt in das Tor hinein.
Aber er verschwand nicht.
Eine endlos scheinende Sekunde lang schien sein Körper wie unter einem inneren grünen Feuer aufzuglühen, dann schrie, nein, kreischte DeVries voller Panik und Agonie auf und taumelte zurück. Seine Kleider schwelten.
Und hinter ihm kroch etwas aus dem Tor!
Es ähnelte dem Ungeheuer, das Frans und ich in der Stahlkammer gesehen hatten, aber es war viel, viel größer, und es strahlte Haß und Wut aus wie eine Pestwolke: eine riesige, wurmartige Kreatur, unter deren Leib die Fliesen zu glühen begannen. Dutzende von armlangen, stachelbewehrten schwarzen Schlangenarmen peitschten gierig in DeVries' Richtung, und kleine, tückische Augen starrten uns an.
DeVries begann zu kreischen, als sich einer der schwarzen Schlangenarme um sein Bein wickelte, und versuchte rücklings vor dem Monster davonzukriechen, aber das Ungeheuer hielt ihn ohne sichtbare Anstrengung fest und schob sich weiter aus dem Tor heraus. »Nein!« brüllte DeVries. »Nicht das! Das wollte ich nicht! Nicht das! Nicht das«
Das Ungeheuer tötete ihn. Es ging ganz schnell: DeVries versuchte mit verzweifelter Kraft, sich loszureißen, aber plötzlich schnellten mehr und mehr der schwarzen Arme heran, woben ihn wie in ein fürchterliches schwarzes Spinnennetz ein – und dann verstummten seine Schreie abrupt.
Pri begann neben mir zu wimmern, als sich der Blick der schwarzen Dämonenaugen auf uns richtete. Frans zog seine Pistole und legte auf den gigantischen Schoggothen

an, aber er drückte nicht ab. Wahrscheinlich spürte er ganz instinktiv, wie sinnlos menschliche Waffen gegen dieses Geschöpf waren.
Langsam, ganz langsam, kroch das Ungeheuer näher. Sein gräßlicher Leib füllte nun schon fast den halben Keller, aber aus dem Tor quoll noch immer mehr der schwarzen, schleimtriefenden Masse. Vor uns erhob sich ein ganzer Wald peitschender schwarzer Tentakel, und in der Luft lag ein grauenerregender Gestank. Die Wut des uralten Wesens war fast körperlich zu spüren. Nie zuvor im Leben hatte ich solchen Haß in den Augen eines lebenden Wesens gesehen.
Das Ungeheuer zögerte, als es die phosphoriszierenden Linien des Pentagramms erreichte. Aber nur für eine Sekunde. Dann schob es sich weiter. DeVries' magische Barriere flammte für einen Moment heller auf. Ich sah, wie kleine, blaue Flämmchen nach dem Schoggothen griffen, wie auf winzigen Füßchen über seinen unheiligen schwarzen Leib glitten – und erloschen.
»Großer Gott, Robert – tu etwas!« keuchte Frans.
Und ich tat etwas.
Es war wie vorhin, als ich die Kräfte des Unwetters benutzt hatte, um DeVries' Killermaschinen zu vernichten – ich dachte nicht mehr, sondern ließ mich einfach von meinem Gefühl leiten, bediente mich eines uralten Wissens, das nicht das meine, aber trotzdem in mir war: des magischen Erbes meines Vaters, das er mir im Moment seines Todes übertragen hatte. Ohne auch nur noch eine Sekunde zu zögern, trat ich dem Schoggothen entgegen und hob befehlend die Arme.
»Halt!« schrie ich. »Bleib stehen, Kreatur der Finsternis!«
Es war nicht meine Stimme, die da aus mir sprach. Eine unbekannte Macht entfesselte Kräfte in meiner Seele, von

deren Existenz ich bis zu diesem Moment nichts geahnt hatte. Ich spürte, wie sich etwas in mir regte, etwas, das so alt und stark war wie die schwarze Kreatur der Hölle vor mir – und das Ungeheuer erstarrte!
In den Blick seiner pupillenlosen schwarzen Dämonenaugen mischte sich etwas wie Überraschung, dann Zorn und . . . Angst?
»Geh!« rief ich mit lauter, fester Stimme. »Ich, Robert Craven, ein Träger der Macht, befehle es dir! Geh! Geh zurück in den schwarzen Pfuhl, aus dem du herausgekrochen bist!«
Das Ungeheuer begann zu zittern. Seine Arme peitschten immer wieder in meine Richtung, aber es war, als schütze mich eine unsichtbare Wand – keiner der entsetzlichen Tentakel berührte mich auch nur. Und dann fühlte ich, wie sich im Inneren des Monsters etwas regte, ein Aufbegehren unsichtbarer Kräfte, die den meinen ähnelten und doch gleichzeitig ganz anders waren, die finstere Facette der strahlenden Kraft, die mich selbst erfüllte.
Es war ein bizarrer, unsichtbarer und lautloser Kampf, der aber mit gnadenloser Gewalt geführt wurde. Für Minuten, die mir wie Millenien vorkamen, standen wir uns einfach gegenüber und starrten uns an, der Mensch und das Ungeheuer, die Kräfte der Weißen und der Schwarzen Magie, die doch nur verschiedene Teile einer einzigen, allgewaltigen Macht waren. Und ganz, ganz langsam wurde ich zurückgedrängt ...
Ein jähes Gefühl von Verzweiflung ergriff mich, als ich merkte, daß ich als Verlierer aus dem Kampf hervorgehen würde. Meine Kräfte begannen zu erlahmen, während die des Schoggothen ganz allmählich wuchsen. Er bewegte sich jetzt wieder, kroch auf mich zu, ganz langsam nur, unaufhaltsam. Seine grundlosen Augen flammten triumphie-

rend auf, während sich seine Schlangenarme langsam auf mich zuschoben.
Ich verdoppelte meine Anstrengungen, und für einen kurzen Moment gelang es mir noch einmal, die gräßliche Kreatur zurückzudrängen. Aber nur für einen Moment. Es war, als begänne in meinem Inneren etwas zu zerbrechen. Ich taumelte, wich einen Schritt von dem Schoggothen zurück und brach langsam in die Knie. Das Ungeheuer stieß ein widerwärtiges Zischeln aus und kroch schneller auf mich zu. Ich wußte, daß ich sterben würde. Jetzt.
Aber ich starb nicht, und die Berührung, die ich eine Sekunde später an der rechten Hand verspürte, war auch nicht die eines schleimigen, schwarzen Tentakels, sondern kühl und sanft und auf sonderbare Weise vertraut. Und im gleichen Moment spürte ich eine Woge neuer, unbezwingbarer Kraft durch meinen Körper strömen.
Verwirrt sah ich auf und blickte in Priscillas Gesicht. Sie war sehr ernst, aber in ihrem Blick lag keine Spur von Angst, sondern fast so etwas wie ein Lächeln – und noch etwas. Ein Verstehen und Wissen, das keine Worte und umständliche Erklärungen mehr nötig hatte.
Gemeinsam richteten wir uns auf und dem Schoggothen zu.
»Geh!« rief ich. Und diesmal spürte ich, wie mein Wille, nein, Priscillas und mein vereinter Wille den geistigen Widerstand des Dämons zerschmetterte. Unsere Kräfte verdoppelten sich nicht einfach; aus ihrer Vereinigung entstand etwas Neues, tausendfach Stärkeres, unter dessen Gewalt sich der unheilige Geist des Schoggothen krümmte wie unter dem Hieb eines flammenden Schwertes.
»Geh!« sagte ich noch einmal. »Geh und kehre nie wieder in diese Welt zurück! Geh, oder wir töten dich!«

Auch das hätten wir gekonnt. Der Einheit, zu der Pri und ich in diesem Moment verschmolzen waren, war nichts mehr unmöglich, das wußte ich einfach. Ein einziger Gedanke hätte ausgereicht, das Monster zu verbrennen. Aber ich spürte auch gleichzeitig, daß wir es nicht durften. Es waren die Urkräfte der Weißen Magie, die in uns beiden erwacht waren, und sie waren nicht zum Zerstören da.
»Geh!« sagte ich zum dritten Mal. »Geh, solange du es noch kannst!«
Eine einzige, endlose Sekunde lang starrte uns das Schoggothenmonster noch an. Und dann begann es langsam in das lodernde Herz des Mastertores zurückzukriechen.

Wäre dies ein Roman und keine wirkliche Geschichte, dann wären Pri und ich spätestens in diesem Moment ein Liebespaar geworden und hätten zweifellos geheiratet und bis ans Ende unserer Tage glücklich zusammengelebt. Aber es ist nun einmal keine ausgedachte Geschichte, und so kam es, daß Pri und Frans mich eine knappe Woche später zum Flughaften Schiphol begleiteten, von wo aus ich die Heimreise nach London antreten wollte.
Es war eine sonderbare Stimmung, in der wir uns verabschiedeten. Ich hatte mich persönlich davon überzeugt, daß das Tor in DeVries' Keller auseinandergebaut und das Gold wieder eingeschmolzen worden war, um seinen rechtmäßigen Besitzern zurückgegeben zu werden, und ich hatte mich ebenso davon überzeugt, daß es in dem ehemaligen Tempel nichts mehr gab, was in den falschen Händen Unheil anrichten könnte. Trotzdem verspürte ich eine sonderbare Beunruhigung; das Gefühl, etwas vergessen, vielleicht auch verloren zu haben. Vielleicht Priscilla. Pri und ich hatten uns nicht mehr berührt seit jener Nacht. Und wir hatten auch nicht darüber gesprochen, was zwi-

schen uns geschehen war. So berauschend und ungeheuer schön das Gefühl gewesen war, hatten wir doch beide Angst davor – Angst vor der ungeheuren Macht, die für Sekunden in unserer Hand gelegen hatte. Macht über Leben und Tod, vielleicht Macht über das Schicksal dieses ganzen Planeten. Eine Macht, die nicht für Menschenhände gedacht war. Wir wußten beide, daß wir sie nie wieder entfesseln würden. Und wir wußten auch beide, was dieser Entschluß bedeutete – daß es keine gemeinsame Zukunft für uns gab.

»Was wirst du jetzt tun?« fragte ich, als wir uns in der Abfertigungshalle voneinander verabschiedeten.

Pri zuckte mit den Achseln. »Ich weiß es noch nicht genau«, gestand sie. »Wahrscheinlich gehe ich zurück nach Amerika, um zu Ende zu studieren.«

»Arkham?«

Sie nickte. »Sicher. Es ist eine schöne Stadt. Vielleicht besuchst du mich einmal dort.«

»Oder du mich«, antwortete ich. »London hat auch seine schönen Seiten, weißt du?«

Sie lachte, aber es klang nicht echt. Wir wußten beide, daß wir uns nicht wiedersehen würden.

Frans räusperte sich, und ich wandte mich an ihn. »Das gleiche gilt natürlich auch für dich«, sagte ich. »Solltest du einmal nach England kommen – besuch mich.«

»Sicher«, sagte er. »Versprochen.« Er lächelte, sah auf die Uhr und zog plötzlich ein kleines, in Geschenkpapier eingewickeltes Paket aus der Jackentasche. »Ich wollte es dir eigentlich erst im letzten Moment geben«, sagte er, »damit du es im Flugzeug auspackst. Aber es ist noch ein wenig Zeit bis zum Einchecken.«

»Und?«

»Warum sollten wir sie vertrödeln?« fragte Frans und

drückte mir das Paket in die Hand. »Spielen wir eine Runde?«

Ich ahnte, was in dem Päckchen war, noch bevor ich es auspackte, und Frans ahnte wohl auch meine Reaktion voraus, denn er zog sich vorsichtshalber ein paar Schritte zurück.

Aber das nutzte ihm nicht viel.

Ich warf ihm das kleine Schachspiel hinterher, und ich traf, obwohl er sich im letzten Moment hinter einen Blumenkübel bückte. Schließlich – wozu war ich ein Magier?